Silke Reimer

Affektregulation in der Musiktherapie mit Menschen mit schwerster Mehrfachbehinderung

Reichert Verlag

Hamburger Schriften zur Musiktherapie

herausgegeben von

Hans-Helmut Decker-Voigt

Band 5

Affektregulation in der Musiktherapie

mit Menschen mit schwerster Mehrfachbehinderung

von

Silke Reimer

Reichert Verlag

Gedruckt mit freundlicher Unterstützung
der Andreas-Tobias-Kind-Stiftung Hamburg

Titelbild: „Splash“
von Julia Siggelkow

Bibliografische Information der Deutschen Nationalbibliothek
Die Deutsche Nationalbibliothek verzeichnet diese Publikation in der Deutschen Nationalbibliografie; detaillierte bibliografische Daten sind im Internet über http://dnb.dnb.de abrufbar.

Gedruckt auf säurefreiem Papier
(alterungsbeständig – pH7, neutral)

www.reichert-verlag.de
ISBN: 978-3-95490-190-6

Printed in Germany

Danksagung

Viele Personen haben das Nachdenken über die Themen der vorliegenden Arbeit sehr bereichert und ich habe beim Fertigstellen auf vielfältige Weise große Unterstützung erfahren. Dafür danke ich herzlich folgenden Personen und Institutionen:

– Prof. Dr. Dr. h.c. Hans-Helmut Decker-Voigt als Erstgutachter dieser Arbeit für seine Unterstützung und für die immer sehr wohlwollende und unterstützende Atmosphäre angefangen bei den Doktorandenkolloquien bis hin zur Disputation

– Prof. Dr. Karin Schumacher als Zweitgutachterin für das immer neue Nachdenken über die Verbindung von Entwicklungspsychologie und Musiktherapie und für das Schärfen meines Blickes beim Analysieren von Videos

– der Andreas-Tobias-Kind Stiftung für ihre finanzielle, aber auch für ihre menschliche Unterstützung und das Interesse an meiner Arbeit

– dem St. Elisabeth-Haus Lichtenrade, der komm. Heimleitung A. Prager, den amtlichen Betreuern, sowie den Wohngruppenmitarbeitern, vor allem aber den Bewohnern, ohne die die Analyse von Videobeispielen nicht möglich gewesen wäre

– Claudine Calvet, die mich als Entwicklungspsychologin auf die Bedeutung der Affektregulation aufmerksam gemacht hat und die die Möglichkeiten der Musiktherapie so sehr wertschätzt

– meiner Kollegin M. Walk und meinem Kollegen J. Sieper, die mir Videomaterial aus ihrer musiktherapeutischen Arbeit zur Verfügung gestellt haben

– meinem Kollegen T. Bergmann für den interessanten und hilfreichen gegenseitigen Austausch

– Prof. T. Ostermann und Dipl. Psych. Gabriele Dorrer für ihre Beratung

– Dr. Erich Reimer, Dr. Evelyn Paetsch und Petra Frank für ihr Korrekturlesen und alle formalen und inhaltlichen Hinweise

– meine Kolleginnen und Kollegen, die mich durch ihre Anregungen und Diskussionen bei den Kolloquien zum Nachdenken und zur Weiterentwicklung meiner Gedanken angeregt haben

– meinen Kolleginnen und Kollegen, die an der Disputation teilgenommen haben

– und meiner Familie für ihre tatkräftige Unterstützung und das Ertragen von manch arbeitsreichen Abendstunden.

Die Sprache des DU lernen

Ein Vorwort des Herausgebers

Aus der Denkwelt Martin Bubers kommt die Überschrift für diese Vorwörter und das Zitat von Friedrich von Bodelschwingh, das Silke Reimer ihrer Einleitung voranstellt, bezieht es auf die Klientel, der ihr Gesamtwerk gewidmet ist: Menschen mit schwerer und schwerster Mehrfachbehinderung.

Ihre hier für die Veröffentlichung bearbeitete Dissertation ist insofern eine „Sprachschule" – nicht eine für das Gegenüber, das unter den Lebensbedingungen schwerer Mehrfachbehinderung lebt, sondern – zunächst – eine Sprachschule für uns, die wir diese Klientel musiktherapeutisch begleiten. Mittelbar ist diese Arbeit auch eine Sprachschule für die Angehörigen von Menschen mit schwerer und schwerstmehrfacher Behinderung und der alte wie der junge Bodelschwingh würden enthusiastisch reagieren, wenn sie wüssten, wie weit die Entwicklung der Kommunikation zwischen uns und unseren Gegenübern mit schwerer und schwerster Mehrfachbehinderung ist.

Eine solche Arbeit basiert auf Schichten: Eine ist die analytische Entwicklungspsychologie nach Daniel Stern, eine darauf aufbauende die musiktherapeutische Arbeit von Karin Schumacher und Claudine Calvet, eine weitere die Praxisforschungen von MusiktherapeutInnen wie z. B. Maria Becker mit psychoanalytischem Hintergrund. Sie alle entwickelten die wachsende Nähe durch das wechselseitige Verstehen zwischen Klient und Therapeutin vor dem Hintergrund der Forschungen zur Bedeutung der Affektabstimmungsmöglichkeiten zwischen Menschen und der Regulationsinterventionen dieser Affektwelten zwischen Klient und Therapeutin mit einem ebenso großen wie einfachen Ziel: Die Beziehungsqualität von Menschen mit schwerer und schwerster Mehrfachbehinderung zu der Welt, in der sie wie wir leben, zu entdecken, zu weiten, zu fördern, zu verstehen – indem zunächst wir es sind, die die Welt des anderen entdecken, in uns weiten, in uns fördern und verstehen.

Was Karin Schumacher, akademische Lehrerin der Autorin dieses Werks, in ihren weithin bekannt gewordenen Forschungsarbeiten mit Kindern unter den Lebensbedingungen des Autismus aufzeigte, wird hier auf das weite Feld des Lebens mit den Bedingungen schwerer und schwerster Mehrfachbehinderung bezogen.

Die wissenschaftlich durch mehrfache Perspektiven und Verfahren gestützte Annäherung an behinderte Persönlichkeiten und ihre Kräfte des „unbewußten Geistes" (Viktor E. Frankl) führt zu eindrucksvollen Verhaltensdifferenzierungen („Befindlichkeitszeichen" Kap. 4) und wird eingebunden in Verursachungs- und Bedingungszusammenhänge, deren Analyse und Auswertung letztlich zu dem Wunder führen, dass Verstehen ganz offenbar immer möglich ist – wenn wir die „Sprache des Anderen" nur erst einmal lernen.

Das Buch ist auch der Lernprozess einer jungen Wissenschaftlerin: mühsam, wissend, wissenschaftlich, menschlich – und über kleine und kleinste Verstehensfortschritte und Beziehungsqualitätssteigerungen Dankbarkeit vermittelnd.

Der Unterzeichner promovierte bereits die akademische Lehrerin von Silke Reimer, Karin Schumacher, mit dem Thema, das auch eine Basis dieser Arbeit wurde und er ist dankbar, über inzwischen zwei Generationen diese Arbeit an dieser Klientel begleiten und verfolgen zu dürfen, von der Friedrich von Bodelschwingh (der Sohn des „Alten") dem Großvater des Herausgebers dieser Reihe und nun „intergenerativen Doktorvaters bei fortzuschreibendem Dauerthema" schrieb: „Du, lieber Bruder, wirst dich wundern, wieviel Wundern und Wunder das Zusammensein mit unseren behinderten Mitmenschen ermöglicht." Der Großvater war damals Leiter des Diakonissenmutterhauses Bethel und in seinem Pfarrhaus lebten mehrere leicht und schwerer behinderte Gemeindemitglieder ...

Ein Lese-Einstiegs-Tipp für Newcomer, die den gestaltbaren Kommunikationsbogen von den Anfängen der Beziehungsaufnahme bis zur Beziehungsfüllung mit reguliertem Affekterleben „kurzgefasst" als Motivation für das dann gründliche Arbeiten mit diesem Buch nehmen wollen:

Auf der sechsten Seite der Einleitung zitiert die Autorin Maria Becker mit deren eindrucksvollen Schilderung ihrer Gegenübertragung im Spiel mit ihrem mehrfachbehinderten Gegenüber. Ein scheinbar folgenloses Spiel, noch lange keines *mit* dem Gegenüber, anfangs vielleicht nur einseitig adressiert *für* das Gegenüber. Aber wie diese An-Fänge der Beziehungsaufnahme dann entwickelbar sind – das zeigt die zitierte Arbeit ebenso wie diese von Silke Reimer. Im Kapitel „Belastungszeichen ..." (6.3.3.) findet sich eine Fallbeispiel-Vignette, aus der die gewachsene, neue Beziehungsqualität strahlt – gerahmt von der Erweiterung des Diagnose-Systems des Schumacher'schen Diagnose-Systems „EBQ" um die „TBQ-Kriterien" des Reimer'schen Verfahrens. Was dies und jene nun an Verstehenserweiterung bedeutet – das soll die Arbeit mit diesem Buch zeigen.

Im Kapitel 8 sind Teilthemen miteinander integriert, die auch für viele andere Praxisfelder gelten, z.B. die Anmerkungen zur Ethik, die diese Praxisfelder mit schützen helfen.

Die Autorin baut mit dieser Arbeit eine weitere wichtige und gewichtige Schicht auf die Geschichte der Beziehungswelten zwischen behinderten und nicht behinderten Menschen. Eine neue Schicht auf alter Geschichte, aufgrund derer besonders wir Deutschen besondere Aufmerksamkeit und Liebe der Welt unserer Klienten widmen sollten, die unter den Bedingungen schwerer und schwerster Mehrfachbehinderung leben.

Eine Liebe, die aus dieser Arbeit inmitten all ihres Wissens und all ihrer Wissenschaftlichkeit strahlt.

Prof. Dr. Dr. h.c. Hans-Helmut Decker-Voigt

Prof. h.c. der Kunstwissenschaften

Hamburg, im Juni 2016

Inhaltsverzeichnis

1 Einleitung

1.1 Eine gemeinsame Sprache

„Ob ein behinderter Mensch kommunizieren kann,
liegt darin,
ob wir seine Sprache erlernen
und nicht umgekehrt.“

(Bodelschwingh, zit. nach Bienstein & Fröhlich, 2004, S. 55)

Dieses Zitat von Friedrich von Bodelschwingh berührt wesentliche Fragen, die ich mir zu Beginn meiner musiktherapeutischen Tätigkeit in einem Pflegewohnheim für Menschen mit schwerster Mehrfachbehinderung stellte: Wie könnte ich die „Sprache“ schwerstbehinderter Menschen erlernen und meinerseits mit einer für sie verständlichen Sprache reagieren? Ich begegnete Menschen mit Verhaltens- und Ausdrucksweisen, die mir fremd waren und deren Bedeutung ich zunächst nicht erfassen konnte. Doch im Laufe der Zeit eignete ich mir ein „Grundvokabular“ der jeweiligen individuellen Sprache an. Ich lernte, Körperbewegungen, An- und Entspannung von Muskeln, Augenbewegungen, Atmung und andere körperliche Zeichen wahrzunehmen. Auch der Versuch, mich in die Befindlichkeit der Menschen mit schwerster Mehrfachbehinderung einzufühlen, führte häufig zu einer Annäherung und einem besseren Verstehen.

So sehr das oben genannte Zitat von Bodelschwingh erste Fragen zu Beginn meiner musiktherapeutischen Arbeit mit Menschen mit schwerster Mehrfachbehinderung berührt, so fasst es auch die Erfahrung nach 15-jähriger Tätigkeit zusammen: Kontakt kann nicht entstehen und Beziehung nicht wachsen, wenn ausschließlich vom Menschen mit schwerster Mehrfachbehinderung erwartet wird, dass er auf therapeutische Interventionen oder pädagogische Angebote reagiert und dass er sich entwickeln und verändern soll. Es bedarf zunächst vor allem einer Weiterentwicklung der therapeutischen Fähigkeiten, um den individuellen körperlichen und emotionalen Ausdruck dieser Menschen wahrzunehmen, zu interpretieren und angemessen darauf zu reagieren. Die vorliegende Arbeit soll dazu anregen, Verhaltensweisen schwerst mehrfachbehinderter Menschen differenziert zu betrachten und sich mit hilfreichen Interventionen zu befassen. Ein Umgang, der den Entwicklungsstand und die momentane Befindlichkeit zum Ausgangspunkt nimmt, macht Kontakt und Beziehung und damit eine gemeinsame Sprache möglich auf der sich weitere Entwicklung entfalten kann.

Auf den folgenden Seiten wird zunächst „schwerste Mehrfachbehinderung“ aus Sicht der (Heil-)pädagogik vorgestellt. In Kapitel 3 wird eine Auswahl von musiktherapeutischen Arbeitsweisen mit Menschen mit schwerer und schwerster Behinderung vorgestellt und damit das Thema „Affektregulation“ eingeleitet. Die Gliederung der vorliegenden Arbeit wird ab Abschnitt 1.4.1 entwickelt.

1.2 Interaktion mit Menschen mit schwerer und schwerster Mehrfachbehinderung

Der Pädagoge A. Fröhlich beschreibt Schwerstbehinderung als eine „komplexe Beeinträchtigung des ganzen Menschen in allen seinen Erlebnis- und Ausdrucksmöglichkeiten. Emotionale, kognitive und körperliche, aber auch soziale und kommunikative Fähigkeiten sind erheblich eingeschränkt oder verändert.“ (Fröhlich, 1991, S. 11). Je nach Menschenbild, professionellem Hintergrund oder Themenschwerpunkt sind unterschiedliche Beschreibungen von schwerster Behinderung in der Literatur zu finden (Burkart, 2004). So können Defizite und medizinische Diagnosen im Vordergrund stehen oder es werden Bedürfnisse und Fähigkeiten von Menschen mit schwerster Mehrfachbehinderung beschrieben mit dem Ziel, auf Möglichkeiten der Entwicklungsförderung hinzuweisen.

Zur Unterscheidung von *schwerer* und *schwerster* Mehrfachbehinderung sind Thalhammers Begriffe hilfreich, mit denen er Menschen mit einer schweren Behinderung als „ausdrucksfähig“ (Speck & Thalhammer, 1974) bezeichnet, Menschen mit einer schwersten Behinderung jedoch als „eindrucksfähig“ (ebd.). Diese Begriffe weisen bereits auf ein Thema hin, das im Rahmen dieser Arbeit besonders für die Interpretation der Verhaltensweisen von Menschen mit schwerster Mehrfachbehinderung von Bedeutung ist. Es wird immer wieder die Frage entstehen, ob ein Verhalten als ein Ausdruck im Sinne einer intendierten, gezielten Handlungsweise verstanden werden kann oder ob es sich um Verhaltensweisen handelt, denen der Mensch mit schwerster Mehrfachbehinderung z.B. durch vegetative Vorgänge „ausgeliefert“ ist, ohne sie gestalten zu können.

Um die Lebenssituation von Menschen mit schwerster Mehrfachbehinderung noch genauer zu beschreiben und von der Situation schwer mehrfachbehinderter Menschen zu unterscheiden, sollen hier einige Kriterien aufgeführt werden, anhand derer Haupt und Fröhlich schwerste Behinderung beschreiben (Haupt & Fröhlich, 1982):

- *Reaktions- und Verarbeitungsmöglichkeiten beziehen sich meist nur auf unmittelbar Erlebtes.*
- *Alltägliche Verrichtungen sind nur mit Hilfe anderer Menschen möglich oder müssen vollständig von anderen Menschen übernommen werden.*
- *Kommunikation über Lautsprache ist nicht möglich.*
- *Gesehenes oder Gehörtes kann nicht imitiert werden.*
- *Für die „Befriedigung emotionaler und sozialer Bedürfnisse, für Anregung und Beschäftigung“ (ebd., S. 23) ist die Hilfe anderer Menschen nötig.*

Haupt und Fröhlich weisen darauf hin, dass sie die Bezeichnung „schwerstbehindert“ nicht als „definitive Zustandsbeschreibung“ (ebd.) ansehen, „sondern als eine Lebenssituation, die durch schwerste Entwicklungsbehinderungen in allen Bereichen gekennzeichnet ist.“ (ebd.). Jedoch kann eine dem Entwicklungsstand angemessene Förderung zeigen, welche Entwicklungsmöglichkeiten ein Mensch trotz schwerster Beeinträchtigungen in sich trägt. Dabei stellt sich immer wieder die Frage, was sinnvolle Förderziele sind. Ist eine Orientierung an dem, was als „normal" angesehen wird, auch von Bedeutung für den Menschen mit schwerster Behinderung selbst? Sind die - meist gut gemeinten - Umgangsformen und Förderangebote an seinen Interessen und Bedürfnissen orientiert? Da er sich nicht selbst verbal mitteilen kann, bleiben diese Bedürfnisse oft unerkannt oder missverstanden. Aus Sicht von Bezugspersonen schildert es Becker wie folgt: „Das Gegenüber wird daher in radikaler Weise anders, fremd und uneinfühlbar empfunden, so dass Mitteilung und Verständnis stets zu scheitern drohen." (Becker, 2002, S. 15).

Die „Einschränkung oder gar die scheinbare Unmöglichkeit, mit anderen Menschen in Kontakt zu treten, sich mit ihnen zu verständigen, das heißt, Gemeinsamkeit mit ihnen herzustellen" (Fröhlich, 2010, S. 13), bezeichnet Fröhlich als die am schwersten wiegende Folge schwerster Mehrfachbehinderung. Auch von Eltern, Betreuern und Therapeuten[1] kann diese „scheinbare Unmöglichkeit", mit schwerstbehinderten Menschen in Kontakt zu kommen, immer wieder erlebt werden. In Veröffentlichungen aus der musiktherapeutischen Arbeit findet sich zum Teil die Schilderung von Unsicherheiten, was der mimische Ausdruck zu bedeuten habe, das Erschrecken vor stereotypen und selbstverletzenden Verhaltensweisen und die manchmal erfolglose Suche nach Kontaktmöglichkeiten (siehe hierzu Kap. 1.3). Wie also kann es möglich werden, dass mimische, stimmliche und körperliche Äußerungen nicht unbeantwortet bleiben?

Nach Ansicht des Pädagogen T. Klauß können Verhaltensweisen schwerstbehinderter Menschen dann zu einer Mitteilung werden, wenn andere Menschen diese Verhaltensweisen wahrnehmen und als Ausdruck eines Wunsches oder einer Intention interpretieren (Klauß, 2007). Zwar weist er darauf hin, dass eine solche Interpretation immer eine Fehlerquelle sein könne, gleichzeitig sieht er darin aber auch die Chance, eine Kommunikation zu eröffnen (Klauß, Janz & Lamers, 2007). Damit ein Mensch sich entwickeln kann, braucht er ein Gegenüber, das ihm mit Aufmerksamkeit und Zeit begegnet und auf sein Verhalten und seine emotionale Verfassung angemessen reagiert.

Diese Vorgehensweise entspricht den Erkenntnissen der Säuglingsforschung zur sogenannten „Feinfühligkeit" von Bezugspersonen (Ainsworth, 2003; Grossmann & Grossmann, 2003). Ainsworth zeigt die Bedeutung des Wahrnehmens und richtigen Interpretierens körperlicher und mimischer Ausdrucksweisen sowie einer prompten und angemessenen Reaktion der Bezugsperson für die Entwicklung eines Menschen (siehe hierzu Kap. 3.3). Dementsprechend werden in entwicklungspsychologisch orientierter Musiktherapie, die auf Erkenntnissen der Säuglings- und Bindungsforschung gründet, die musiktherapeutischen Interventionen ausgehend vom körperlich-emotionalen, dem stimmlich-vorsprachlichen

1 In dieser Arbeit wird die männliche Form verwendet, selbstverständlich sind (Musik-)Therapeutinnen, Pädagoginnen und Betreuerinnen eingeschlossen.

und dem instrumentalen Ausdruck des Patienten gestaltet (siehe Kap. 2). Zur differenzierten Einschätzung dieser Ausdrucksweisen entwickelten die Musiktherapeutin K. Schumacher und die Entwicklungspsychologin C. Calvet das sogenannte „EBQ-Instrument“ (Schumacher, Calvet, Reimer, 2013), das der **E**inschätzung der **B**eziehungs**q**ualität dient. Es wurde ursprünglich für die Arbeit mit Kindern mit Autismus entwickelt (Schumacher, 1999) und wird in der vorliegenden Arbeit in einer vorläufigen Anpassung für die therapeutische Arbeit mit Menschen mit schwerster Mehrfachbehinderung (Reimer, 2011) eingesetzt. Bei der Anwendung des EBQ-Instrumentes für diese Klientel wurde deutlich, dass körperliche Zeichen von Unruhe (z.B. Stereotypien, Selbststimulation etc.) und Anspannung relativ häufig in Erscheinung treten. Sie können entweder ganz im Vordergrund des Verhaltens stehen oder in nur geringer Intensität andere Verhaltensweisen begleiten. Kennzeichnend ist, dass sich ein Mensch mit diesen Verhaltensweisen meist isoliert und in der therapeutischen Situation keine Beziehung entstehen kann. Für die therapeutische Arbeit ist daher von zentraler Bedeutung, körperliche und mimische Zeichen in ihrer individuellen Bedeutung für den emotionalen Zustand eines Menschen zu (er)kennen, um dann durch entsprechende Interventionen eine ausgeglichene Affektlage zu ermöglichen. Diese ist aus entwicklungspsychologischer Sicht Basis jeglicher Entwicklung.

Bevor dieser Ansatz vertieft wird, sollen die folgenden Abschnitte zunächst in die musiktherapeutische Arbeit mit Menschen mit schwerer und schwerster Behinderung einführen und verschiedene Arbeitsweisen und Gedanken vorstellen.

1.3 Musiktherapie mit Menschen mit schwerer Mehrfachbehinderung

Musiktherapeuten, die mit Menschen mit schwerer und schwerster Behinderung arbeiten, sehen in der Musik als nonverbales Medium eine Möglichkeit, mit diesen Menschen in Kontakt zu treten. Selbst, wenn ein aktives Instrumentalspiel aufgrund schwerster Körperbehinderungen nicht möglich ist, so kann ein Mensch durch für ihn gespielte Musik erreicht werden. Sinnesbehinderungen müssen zwar bei jedem Menschen individuell berücksichtigt werden, dennoch sind Ergebnisse der Neurophysiologie interessant, die zeigen, dass musikalische Reize eine wesentlich intensivere Hirntätigkeit zur Folge haben als andere Sinneswahrnehmungen. „Musik ‚be-rührt‘, so gesehen, unvergleichlich früher als jeder andere Reiz.“ (Decker-Voigt, 1991). Nach Kuntsche ist Musiktherapie wegen möglicher psychischer Störungen und sozio-emotionaler Entwicklungserschwernisse indiziert (Kuntsche, 2011). Diese können sich „in Störungen der Kommunikations- und Beziehungsfähigkeit wie auch in Störungen im Bereich der Selbstentwicklung“ (ebd., S. 41) zeigen. Der entwicklungspsychologische Ansatz, der in der vorliegenden Arbeit verfolgt wird und die theoretische Grundlage für die Sichtweise auf das Thema „Affektregulation“ bildet, zeigt deutlich, dass Musiktherapie hilfreich und wirkungsvoll eingesetzt werden kann, wenn die Kommunikations- und Beziehungsfähigkeit gestört sind. Nach Schumacher ist entwicklungspsychologisch orientierte Musiktherapie vor allem indiziert bei Menschen,

- *deren Fähigkeit zur Wahrnehmungsverarbeitung beeinträchtigt ist,*
- *deren Körperempfinden beeinträchtigt ist,*
- *deren Beziehungsfähigkeit zu sich selbst, zu Gegenständen und zu anderen Menschen gestört ist (vgl. Schumacher, 1999, S. 45).*

Da der Schwerpunkt der vorliegenden Arbeit das Thema „Affektregulation" ist, wurden für dieses Kapitel in Veröffentlichungen zur Musiktherapie mit Menschen mit schwerer und schwerster Mehrfachbehinderung vor allem Hinweise für den Umgang mit hohen Affekten, Stereotypien, selbstverletzendem Verhalten etc. gesucht. Diese Themen werden bei manchen Autoren nur am Rande erwähnt, bei anderen werden musiktherapeutische Interventionen oder andere Möglichkeiten des Umgangs beschrieben. In den folgenden Abschnitten sollen dazu drei Veröffentlichungen vorgestellt werden. Hiervon bezieht sich nur die erste auf Menschen mit schwerster Mehrfachbehinderung, zwei weitere beschreiben die Musiktherapie bei schwerer Mehrfachbehinderung. Die musiktherapeutische Arbeitsweise der Autoren wird an dieser Stelle nur knapp beschrieben, um dann vor allem auf Interventionen zur Affektregulation einzugehen. Diese werden aus einer entwicklungspsychologisch orientierten Perspektive beleuchtet.

Perovic-Kniesel beschreibt in ihrem Buch „Freiräume" (Perovic-Kniesel, 1997) ihre Arbeitsweise, die sich aus der pädagogischen und musiktherapeutischen Arbeit mit schwerstbehinderten Kindern und Jugendlichen entwickelte. Ihr grundlegender Ansatz ist es, mit Musik Situationen zu schaffen, „in denen sich schwerstbehinderte Menschen mit den ihnen zur Verfügung stehenden Ausdrucksmöglichkeiten aktiv beteiligen können und die sie mit ihren ganz individuellen Äußerungen mitgestalten" (ebd., S. 9). Diesen Ansatz bezeichnet Perovic-Kniesel als „musikalischen Umgang" (ebd.). Methodisch beschreibt sie ihr Vorgehen so, dass individuelle motorische und vokale Ausdrucksmöglichkeiten zunächst erkannt werden müssen, um sie aufzugreifen und in einen musikalischen Kontext einbeziehen zu können. Das Einfühlen in die Situation des Gegenübers (ebd., S. 11) spielt dabei eine zentrale Rolle. Die Therapeutin bewegt sich in einem Freiraum aus einerseits Lauschen, Einfühlen, Beobachten und Aufgreifen, andererseits bringt sie selbst auch ein reiches Repertoire an musikalischen Äußerungen ein, um damit möglicherweise bei ihrem Gegenüber ebenfalls Äußerungen auszulösen (ebd., S. 38). Durch die entstehenden gemeinsamen musikalischen Aktivitäten (hier sind instrumentale, vokale und körperliche Aktivitäten gemeint) kann die Lebendigkeit der schwerstbehinderten Menschen geweckt werden. Bewegungen, die in ihrer Verbindung zur Musik erlebt werden, vermitteln „intensive Körpererfahrung, ein gutes Selbstgefühl" (ebd., S. 9) und tragen „zu körperlicher und seelischer Entspannung bei" (ebd.). Wie auch in der vorliegenden Arbeit wird die Erfahrung mit dem eigenen Körper und den eigenen Handlungs- und Äußerungsmöglichkeiten als Basis angesehen, um in Kontakt mit der Umwelt zu treten (ebd., S. 9 f.).

Zeichen von Anspannung, Unruhe oder auch stereotype Verhaltensweisen, die für die vorliegende Arbeit von besonderem Interesse sind, werden von Perovic-Kniesel ebenfalls genannt. Als körperliche Zeichen beschreibt sie z.B. stark angespannte Arme, an den Mund gehaltene Hände, Schreien bei Unwillen, etc. (ebd., S. 14). In den Beispielen, die Perovic-Kniesel aus der Musiktherapie hierzu anführt, wird die Suche der Therapeutin nach Kontakt deutlich. Es scheinen jedoch fast zufällige Ereignisse zu sein, die schließlich zu einer musikalischen Annäherung und zu einem Kontakt führen (ebd., S. 15). So reagiert eine junge Frau auf das absichtslose Schnalzen der Therapeutin, indem sie zunächst kurz in ihrer stereotypen Bewegung innehält. Durch diese Reaktion ermutigt schnalzt die Therapeutin nun lauter und es kommt zu einer längerfristigen Begegnung, bei der die Therapeutin und die junge Frau einander anschauen, Emotionen über Blicke und Mimik austauschen und in einem dialogischen Wechsel schnalzen (ebd.). Diesem scheinbaren „Zufall" – das absichtslose Schnalzen der Therapeutin - ging jedoch ein intensives Einlassen der Therapeutin auf das Gegenüber voraus. Die Fähigkeit der Therapeutin, die Bedürfnisse und Äußerungen ihres Gegenübers wahrzunehmen und daraus eine musikalische Idee zu entwickeln, führt hier zunächst zu kurzfristigen Kontakten und schließlich zu einer Begegnung.

Zur Musiktherapie mit schwer behinderten Menschen soll hier die Arbeitsweise von Becker vorgestellt werden, die in dem Buch „Begegnungen im Niemandsland" (Becker, 2002) veröffentlicht wurde. Beckers Sichtweise auf das Geschehen in der Musiktherapie ist psychoanalytisch geprägt und so spielen Gefühle und Gedanken der Therapeutin eine wesentliche Rolle – sowohl für den therapeutischen Prozess als auch für die Beschreibungen in ihrer Veröffentlichung. Die Rolle der Musik sieht Becker in ihrer Arbeit wie folgt: „In der Arbeit mit schwermehrfachbehinderten Menschen stellt sie als therapeutisches Medium eine exklusive Möglichkeit dar. Wegen ihrer engen Verknüpfung mit vegetativen Vorgängen ist sie geeignet, Beziehungen auch dort ‚hörbar' zu machen und damit zu vermitteln, wo diese auf vegetative Formen reduziert zu sein scheint, und – dies ist das Entscheidende – diese Reduktion zugleich zu reflektieren, d.h. auf eine Vermittlung, auf das Gemachte an der Reduktion zu verweisen." (Becker 2002, S. 20). Interventionsmethodisch fasst Becker „alle Angebote, Aktionen, Laute, Bewegungen, Handlungen – Ereignisse – als Interaktionsangebote auf, die sich an mich richten und die ich zu verstehen suche. Ich beziehe sie auf mich und bin darin offen, die sich entwickelnde Inszenierung deuten zu können, zu verstehen, was mein Gegenüber mir im Kontext der therapeutischen Beziehung mitteilt." (ebd., S. 15). Dabei spielt die Empfindung der Therapeutin eine wesentliche Rolle für ihre musikalische Gestaltung: „Das, was die Wahrnehmung ihres/ seines Verhaltens bei mir als Empfindung auslöste, wie ich es verstand, wie ich berührt war, welcher Eindruck sich mir bildete, versuchte ich, mit Klängen, Tönen, Sing-Sang, Rhythmen, Schreien, Worten und Satzfetzen wiederzugeben." (ebd., S. 49).

Becker schreibt, dass in der körperlichen Behinderung des schwerbehinderten Menschen die „Erfahrung des Scheiterns seiner Ich-Entwicklung" (ebd., S. 98) festgelegt sei. Durch diese fehlende Ich-Entwicklung sei der schwermehrfachbehinderte Mensch nicht in der Lage, Urheberschaft auf ein Gegenüber hin zu erleben. „In ihren stereotypen, erstarrten und vegetativ organisierten Verhaltensweisen scheint sich das Misslingen dieses Bezuges wieder und wieder zu wiederholen." (ebd.). Becker schildert, wie intensiv sie dieses „Scheitern der Interaktion" (ebd., S. 109) erlebt und beschreibt ihre Reaktion wie folgt: „So spiele ich beispielsweise in manchen Situationen in ständiger Wiederholung zwei Töne im Intervall einer kleinen Sekunde. Ich spielte dies zu Bewegungen oder Lauten, die mich sehr schmerzlich berührten, mit denen die PatientIn ganz allein zu sein schien: Kopf-Schlagen, Zähne-Knirschen, wackeln, wimmern. Ich war mit dem Spiel für mich, so wie die PatientInnen ganz woanders zu sein – wo? – erschienen. Das Spiel machte – mir? – die Situation aushaltbar, ohne sie zu ändern." (ebd., S. 183). In dieser Beschreibung wird nicht deutlich, wie interventionsmethodisch genau vorgegangen wurde. Wurde das Intervall in rhythmischer Abstimmung auf die Bewegungen gespielt oder ohne genauen rhythmischen Bezug zu den Bewegungen? Machte die Therapeutin ihr eigenes Empfinden hörbar oder die Bewegungen der Patientin? War die vorrangige Intention, das Geschehen für die Therapeutin selbst „aushaltbar" zu machen? Zumindest schien die Intervention keine sichtbare Veränderung des Verhaltens herbei zu führen. Becker stellt zwar in ihrer Reflexion eine Verbindung zwischen der Stereotypie und der entstehenden Musik her (ebd., S. 183), jedoch wird darüber hinaus nicht gefragt, ob es sinnvoll sein könne, aus dem selbstverletzenden Verhalten heraus in einen Kontakt zu kommen, so wie es z.B. Perovic-Kniesel (siehe oben) beschrieben hat. Es bleibt die Frage offen, ob das von Becker beschriebene Vorgehen den Bedürfnissen des schwerbehinderten Menschen entspricht. Denn er ist nun – neben seinem selbstverletzenden Verhalten und den damit einhergehenden Emotionen – vermutlich außerdem den Zweifeln der Therapeutin ausgesetzt. Dies berührt grundsätzliche Fragen, die in der abschließenden Diskussion (Kap. 8) aufgegriffen werden sollen.

In seiner Veröffentlichung „Gefühle sind nicht behindert" (Meyer, 2009) widmet sich Meyer ausführlich dem Thema „Emotionen". Aus Meyers Sicht könne zwar die „Fähigkeit zum *Ausdruck* von Gefühlen [...] behindert sein, und das beileibe nicht nur bei den so genannten ‚Behinderten' – die Fähigkeit des *Erlebens* von emotionalen Zuständen wie Wohlbefinden, Unwohlsein, Erregung, Angst, Freude, Aggression, Trauer usw. ist es nicht." (ebd., S. 10). Fasst man diese Aussage so auf, dass Menschen mit Behinderungen verschiedene emotionale Zustände erleben können, d.h. als Tatsache, dass Emotionen überhaupt vorhanden sind, so ist dem sicher zuzustimmen. Jedoch kommen häufig auch Auffälligkeiten in der Qualität des Erlebens vor, wie z.B. bei Menschen, die sehr schnell emotional übererregt sind, oder denen es nur sehr schwer gelingt, affektive Zustände selbst zu regulieren. Dies wird später in Meyers Buch deutlich: „Sie können nur fühlen, sie haben wahrscheinlich nicht wie wir die Fähigkeit, über ihre Gefühle zu reflektieren, sie haben oftmals nicht wie wir die Wahl sich in etwas hineinzusteigern oder sich aber abzulenken oder die Gefühle zu verdrängen – alles löst direkt und ungefiltert Gefühle aus, und die werden genauso erlebt." (ebd., S. 106).

Mehrere Beispiele im Buch vermitteln einen Eindruck davon, wie Meyer mit dem körperlich-emotionalen Ausdruck schwer behinderter Menschen in der Musiktherapie umgeht. Er nennt hierzu mehrere Interventionstechniken. So schreibt er z.B. zum emotionalen Gehalt von Lauten, dass der Therapeut auf diese Lautierungen mit Klängen antworten, oder sie spiegeln könne: „Ein Klang als Antwort auf ein stark emotional gefärbtes Lautieren jedoch kann dem anderen das Gefühl vermitteln, *gehört* zu werden. Der Betroffene hört etwas, das dem, das er fühlt ähnlich ist." (ebd., S. 125). Ziel ist hier, „dem anderen das Gefühl zu vermitteln, zu verstehen, was er ausdrückt." (ebd.). Bei höheren Erregungsniveaus, wenn das Lautieren zum Schreien wird, könne diese Äußerung ebenso mit einem Schrei des Therapeuten beantwortet werden, oder „mit einem kurzen und scharfen Schlag auf die Trommel. Ein längeres Schreien mit einem wilden Schlagen auf die Trommel. Laute können gespiegelt werden." (ebd.). Ähnlich greift Meyer auch körperliche Zeichen von Erregungszuständen auf, bei denen z.B. „der ganze Körper wie von Erregungsschauern geschüttelt wird". Diese werden von Meyer musikalisch begleitet, „vielleicht indem der Therapeut die Bewegungen auf einer Handtrommel mit einem Wirbel oder auf dem Klavier ein Beben und Zittern als Tremolo mitspielt." (ebd., S. 23). Auch selbstverletzendes Verhalten beantwortet Meyer auf diese Weise und beschreibt hierzu einen Patienten, der sich stark selbst in die Hand beißt. „Auf der Trommel lässt sich dieses autoaggressive Beißen sehr gut darstellen durch kräftige und laute Schläge im Tempo seiner Beißbewegungen und sichtbaren –impulse." (ebd., S. 48).

Wie in der vorliegenden Arbeit noch ausführlicher dargestellt wird, ist es von wesentlicher Bedeutung, die Reaktionen des Menschen mit Behinderung auf diese Intervention zu beobachten. Nur wenn die Intervention zur Folge hat, dass ein Mensch in einen besseren Kontakt zu sich oder zum Therapeuten kommt, kann sie sinnvoll sein, auch wenn dennoch immer die Frage gestellt werden muss, ob die Intervention den Kern der Problematik trifft. Steigert sich das autoaggressive Verhalten während der Intervention, so müssen andere Wege des Zugangs gesucht werden. Bei dem von Meyer beschriebenen Beispiel kann der Patient sein Beißen mit dem Spielen des Therapeuten in Verbindung bringen und hält inne. Er „versucht es vielleicht noch ein- oder zweimal; dann lässt er von dieser Handlung ab und bewegt sich auf andere Art." (ebd., S. 48).

Wie die oben aufgeführten Beispiele zeigen – und hiervon gibt es in Meyers Veröffentlichung noch weitere – kann ein Spiegeln und Aufgreifen durchaus dazu führen, dass ein Mensch sich seiner Verhaltensweisen bewusst wird. Fühlt er sich vom Therapeuten gehört und verstanden, kann er seine Ausdrucksmöglichkeiten durch die musiktherapeutischen Interventionen weiter entwickeln. Meyer schildert jedoch auch Beispiele, in denen das Gelingen dieser Interventionstechnik nicht ganz so offensichtlich erscheint. So schreibt er bezüglich stereotyper Verhaltensweisen, dass sich diese vor allem dann verändern könnten, wenn „die Musik über eine recht lange Zeit gespielt wurde und es tatsächlich schafft, sich an das Bewegungsmuster anzupassen“ (ebd., S. 127).

Wie die Ausführungen der vorliegenden Arbeit zeigen werden, ist es bei dem Auftreten von stereotypem oder selbstverletzendem Verhalten wichtig, nach möglichen Ursachen des Verhaltens zu fragen, da die Interpretation eines Verhaltens immer auch Konsequenzen für die Interventionstechnik nach sich zieht. Wie diese und andere Aspekte untersucht werden sollen, zeigt der folgende Abschnitt.

1.4 Beschreibung des Untersuchungsvorhabens

Ist die Beziehungsfähigkeit eines Menschen mit Behinderung schwer beeinträchtigt, so ist es ihm nicht möglich, auf Angebote, die ein Nach- oder Mitmachen voraussetzen, entsprechend zu reagieren. Umso wichtiger sind musiktherapeutische Interventionen, die auch dann wirksam werden können, wenn ein Mensch nicht zum Nach- oder Mitmachen in der Lage ist. Entwicklungspsychologisch orientierte Musiktherapie setzt hier an, indem zunächst Merkmale der Entwicklungsschichten beschrieben werden, die der interpersonellen Beziehungsfähigkeit vorausgehen. Im nächsten Schritt werden musiktherapeutische Interventionen genannt, die für den jeweiligen Entwicklungsstand angemessen und hilfreich sind. Vor dem Hintergrund entwicklungspsychologischer Erkenntnisse soll in dieser Arbeit insbesondere das Thema „Affektregulation“ untersucht und beschrieben werden. Analog zu dem oben genannten Vorgehen soll hierzu der körperlich-emotionale Ausdruck schwerst mehrfachbehinderter Menschen differenziert untersucht und beschrieben werden, um dann musiktherapeutische Interventionen zu formulieren, die zur Affektregulierung beitragen. In den folgenden Abschnitten werden zu diesem Vorhaben das Ziel dieser Arbeit, die daraus folgende Fragestellung und die Vorgehensweise benannt.

1.4.1 Ziele der Untersuchung

Ziele der Arbeit sind:

1. *die Beschreibung des körperlich-emotionalen Ausdrucks von Menschen mit schwerster Mehrfachbehinderung aus einer entwicklungspsychologisch orientierten Perspektive,*
2. *die Darstellung musiktherapeutischer Interventionen, die zur Aufrechterhaltung oder Wiedererlangung eines regulierten affektiven Zustandes beitragen.*

Wie bereits beschrieben, ist aus entwicklungspsychologischer Sicht eine ausgeglichene Affektlage die Voraussetzung, um die Beziehung zu sich selbst, d.h. zu den eigenen Affekten und zum eigenen Körper empfinden und entwickeln zu können. Dies ist wiederum die Basis zwischenmenschlicher Beziehungsfähigkeit und damit einer Verringerung der Isolation von Menschen mit schwerster Mehrfachbehinderung.

1.4.2 Fragestellung

Um den körperlich-emotionalen Ausdruck schwerst mehrfachbehinderter Menschen besser zu verstehen und um musiktherapeutische Interventionen zu beschreiben, die zu einem ausgeglichenen emotionalen Zustand beitragen, sollen in dieser Arbeit folgende Fragen beantwortet werden:

Zum theoretischen Hintergrund:

- *Welchen Beitrag leistet das Wissen der Entwicklungspsychologie über die emotionale Entwicklung im ersten Lebensjahr zu einem Verständnis des körperlich-emotionalen Ausdrucks von Menschen mit schwerster Mehrfachbehinderung?*
- *Welchen Einfluss haben die physischen Voraussetzungen eines Menschen mit schwerster Mehrfachbehinderung auf die Entwicklung der Fähigkeit zur Affektregulation?*

Zur Untersuchung des körperlich-emotionalen Ausdrucks:

- *Welche körperlichen und mimischen Verhaltensweisen schwerst mehrfachbehinderter Menschen weisen auf eine unregulierte Affektlage hin?*
- *Mit welcher Dauer treten diese Verhaltensweisen auf?*
- *Was sind mögliche Ursachen, d.h. in welchem Zusammenhang steht der körperlich-emotionale Ausdruck mit musiktherapeutischen Interventionen, Umweltreizen etc.?*

Zu musiktherapeutischen Interventionen:

- *Wie müssen musiktherapeutische Interventionen gestaltet werden, damit eine ausgeglichene Affektlage wiedererlangt oder beibehalten wird und der Mensch bei seiner Affektregulation unterstützt wird?*

Im folgenden Abschnitt werden der Aufbau dieser Arbeit und das Vorgehen zur Beantwortung dieser Fragen dargestellt.

1.4.3 Vorgehensweise

Kapitel 2 führt in entwicklungspsychologisch orientierte Therapien ein. Dabei liegt ein Schwerpunkt der Ausführungen bei der Darstellung des EBQ-Instrumentes zur **E**inschätzung der **B**eziehungs**q**ualität (Schumacher et al., 2013). Es wird kurz in seiner ursprünglichen Fassung für Kinder mit tiefgreifender Entwicklungsstörung vorgestellt (Kap. 2.2), um dann ausführlich die überarbeitete Fassung für schwerst mehrfachbehinderte Menschen zu beschreiben (Kap. 2.3).

Entwicklungspsychologisch orientierte Therapien gehen davon aus, dass sich Entwicklung normalerweise in einer logischen Abfolge von Entwicklungsschritten vollzieht. Der Säuglingsforscher D. N. Stern schreibt von Entwicklungsschichten, die zum Teil bereits vorgeburtlich angelegt sind und in ihrer reifen Form das gesamte Leben lang erhalten bleiben können (Stern, 2007). Spezifisch für eine entwicklungspsychologische Sichtweise ist nicht nur die Feststellung eines bestimmten Entwicklungsstandes, sondern vor allem die Frage, wie sich frühe Verhaltensweisen zu späteren weiterentwickeln (Sroufe 1995). Dies schließt die Frage ein, welche Erfahrungen für einen Säugling notwendig sind, damit er sich weiter entwickeln kann.

Die Fähigkeit zur interpersonellen Beziehungsfähigkeit und zur Affektregulation entwickelt sich normalerweise im ersten Lebensjahr eines Menschen. Daher sind für die vorliegende Arbeit Erkenntnisse der Säuglingsforschung zur emotionalen Entwicklung, speziell zur Affektregulation, relevant (siehe Kap. 3). Zu diesem Thema werden Forschungsergebnisse dargestellt, ergänzt durch Ausführungen zur sogenannten „Verhaltensorganisation" nach H. Als (Als, 1986). Als hebt die Bedeutung einer regulierten Affektlage für die Interaktion hervor und weist auf die negativen Auswirkungen von Affektdysregulationen hin. Abschließend werden die Ergebnisse der Säuglingsforschung zusammengefasst und ihre Bedeutung für das Thema der vorliegenden Arbeit diskutiert.

Kapitel 3.3 führt in die Beobachtung und Interpretation des körperlich-emotionalen Ausdrucks ein, welcher hier anhand von Ergebnissen der Säuglingsforschung beschrieben wird. Derksen und Lohmann (2009) führen hierzu verschiedene physische und motorische Zeichen auf, die auf emotionale Belastung hinweisen können und somit für eigene Beobachtungen eine Hilfe darstellen.

Die Suche nach Forschungsarbeiten, in denen stereotype, selbststimulierende und selbstverletzende Verhaltensweisen bei Menschen mit schwerster Mehrfachbehinderung untersucht wurden, hatte keinen Erfolg. Es finden sich jedoch Veröffentlichungen zu „Verhaltensauffälligkeiten" (Mühl, Neukäter, Schulz, 1996) oder sogenanntem „Problemverhalten" (Leitner, 2007; Došen, 2010) bei Menschen mit geistiger Behinderung. Hier werden oben genannte Verhaltensweisen beschrieben und versucht, Ursachen und Bedeutung zu erfassen. Obwohl zu den Verhaltensweisen der Menschen mit schwerster Mehrfachbehinderung teilweise Unterschiede bestehen, werden diejenigen Ergebnisse und Testverfahren zur Erfassung der Verhaltensweisen bei Menschen mit geistiger Behinderung dargestellt, die für ein Verständnis von Menschen mit schwerster Mehrfachbehinderung von Bedeutung sein können (siehe hierzu Kap. 4).

Nachdem im ersten Teil dieser Arbeit theoretische Grundlagen zur Entwicklung der Affektregulation sowie Forschungsergebnisse zu unregulierten Affekten bei Menschen mit Behinderungen dargestellt werden, schließen sich im zweiten Teil Ergebnisse einer Videoanalyse an (siehe Kap. 5). Situationen aus der Einzelmusiktherapie, einer Musikgruppe und dem Wohngruppenalltag wurden analysiert, um zu sehen, welche Befindlichkeitszeichen auftreten und mit welcher Dauer sie in den verschiedenen Situationen vorkommen. Im letzten Schritt werden aus jeder Musiktherapiestunde zwei relevante Szenen ausgewählt, um zu untersuchen, welche Interventionen mit einer erhöhten Belastung der Menschen mit schwerster Mehrfachbehinderung einhergingen und welche Interventionen zu einer regulierten Affektlage beitrugen (Kap. 6). Die genaue Vorgehensweise zur Untersuchung wird zu Beginn der Kapitel 5 und 6 dargestellt. In Kapitel 7 werden aus den Ergebnissen der Untersuchung die wichtigsten Erkenntnisse zur musiktherapeutischen Arbeit mit Menschen mit schwerster Mehrfachbehinderung zusammengefasst. Die abschließende Diskussion (Kap. 8) weist auf den Nutzen der Ergebnisse dieser Arbeit für eine Verbesserung der Lebensqualität schwerst mehrfachbehinderter Menschen hin.

1.5 Forschung und ethische Fragen

Forschung im Bereich musiktherapeutischer Arbeit kann darauf zielen, die Wirksamkeit von Interventionen zu untersuchen, Leiden zu lindern und einem Menschen die Hilfe zukommen zu lassen, die er für seine Entwicklung benötigt. Auf Seiten von Betroffenen, von Eltern und Betreuern aber auch von therapeutischen und pädagogischen Berufsgruppen, die mit Menschen mit Behinderungen arbeiten, können Forschungsarbeiten mit Hoffnung auf Erkenntnisgewinn, aber auch mit Fragen und Ängsten verbunden sein. Dies mag besonders dann gelten, wenn ein Dritter, z.B. ein amtlicher Betreuer, die Entscheidung für einen Menschen mit Behinderung treffen soll. Eine wichtige Frage ist, ob es ethisch vertretbar ist, einen Menschen als „Forschungsobjekt“ zu betrachten. Wird er immer noch „menschlich“, d.h. ausgehend von seinen Bedürfnissen behandelt oder wird er Forschungsabläufen unterworfen, die ihm schaden könnten? Bezüglich sogenannter „auffallender Verhaltensweisen“ schwerstbehinderter Menschen können Ängste wach werden, ob es denn ethisch vertretbar sei, hier mit therapeutischen Interventionen „einzugreifen“ oder ob man die Menschen mit ihren Ausdrucksweisen nicht so respektieren und in ihrem Zustand belassen solle?

In vielen Forschungsbereichen sind Kommissionen etabliert, die Forschungsvorhaben unter ethischen Gesichtspunkten überprüfen. Musiktherapeutische Vorhaben werden von der Ethikkommission der Deutschen Musiktherapeutischen Gesellschaft (siehe: www.musiktherapie.de) überprüft. Besonders Menschen, die sich nicht verbal äußern können, sind davon abhängig, dass Ethikkommissionen, amtliche Betreuer, besonders aber auch die Forschenden selbst, verantwortlich handeln. Dies gilt sowohl für den Forschungsprozess an sich, als auch für die Interpretation der Ergebnisse. Forschungsergebnisse können, wie auch im Falle der vorliegenden Arbeit, Hinweise auf den Fokus von Beobachtungen geben, die einerseits Hilfestellung sind, andererseits natürlich aber auch immer bestimmte Aspekte des „ganzen“ Menschen ausklammern. Weiterhin können durch Forschungsergebnisse Möglichkeiten aufgezeigt werden, Beobachtungen zu interpretieren und Schlüsse für hilfreiche musiktherapeutische Interventionen daraus zu ziehen. Je nach theoretischen Grundlagen, nach musiktherapeutischer Schule, nach dem Menschenbild eines Therapeuten, u.U. auch je nach musikalischer Vorbildung werden bestimmte Überzeugungen und Herangehensweisen sowohl die musiktherapeutische Arbeit, als auch die Forschungsmethodik und die Sicht auf die Ergebnisse prägen. Kanter weist darauf hin, dass bereits aus diesen Überzeugungen, wenn sie unreflektiert bleiben, eine Gefährdung für den Menschen mit Behinderung entstehen kann. Dass von jedem Menschen, „von unseren Erwartungen, Vorstellungen und Handlungen Gefährdungen für den anderen ausgehen, bleibt in unserem Denken (und damit auch Verhalten dem anderen gegenüber) weitgehend ausgeklammert. Kollidieren im konkreten Umgang unsere Vorstellungen und Handlungen mit denen anderer, dann nehmen wir für uns in Anspruch, die Dinge ‚richtiger' als der andere zu sehen und leiten daraus die Rechtfertigung ab, den eigenen Standpunkt durchzusetzen. Sublimer noch nehmen viele das Mandat (es bleibt offen, von wem verliehen) in Anspruch, im sogenannten ‚wohlverdienten Interesse des anderen' ihn nach dem eigenen Willen (‚zu seinem Glück') zu zwingen" (Kanter, 1986, S. 67). Aus Sicht Kanters sei aber schon der Versuch, „das eigene Bezugssystem zu erhellen, den eigenen Standpunkt als relativ zu akzeptieren, sich auf den anderen einzulassen und dessen Bezugsschema zu erfassen suchen" (ebd., S. 68), ein wesentlicher Schritt, um Gefährdungen zu verringern.

Ob bestimmte Umgangsweisen, erzieherische Maßnahmen oder therapeutische Interventionen zu einer Unterstützung oder zu einer Gefährdung werden, kann und sollte immer wieder an dem körperlich-emotionalen und/oder stimmlichen Ausdruck des Menschen mit Behinderung beobachtet werden. Zeigt ein Mensch in einer Situation sogenannte Belastungszeichen (vgl. Kap. 3 und 4), so überfordern ihn die (oft gut gemeinten) Angebote oder Aktivitäten seiner Umwelt und er kann sein Empfinden und Erleben nicht positiv verarbeiten. Darüber hinaus ist es immer wieder nötig, dem inneren Zustand eines Menschen nachzuspüren. Wie verändert sich die Affektlage eines Menschen durch die Intervention? Gelingt es ihm, in den Kontakt zu sich selbst zu kommen, bzw. in den Kontakt zu seiner Umwelt? Sind die Ziele des Therapeuten auch lohnenswerte Ziele für den Menschen mit schwerster Mehrfachbehinderung?

Werden Fragen dieser Art nicht gestellt und fehlt auf Seiten der Bezugspersonen und Therapeuten eine positive Hypothese, die von Entwicklungs- und Kontaktmöglichkeiten ausgeht, kann dies ebenso als Gefährdung angesehen werden. Kanter beschreibt es als „verheerend für die Entwicklung und Selbstfindung eines Menschen" (ebd., S. 74), wenn „aus Unkenntnis, Nachlässigkeit oder gar in vorurteilsbedingter Ablehnung nicht alle Möglichkeiten ausgelotet und ausgeschöpft werden, die heute aufgrund gezielter Erziehungs- und Unterrichtsforschung bestehen, um Menschen mit Schwierigkeiten und Behinderungen bei der Überwindung ihrer ‚Lebenserschwerungen' zu unterstützen [...] (Deutscher Bildungsrat, 1973)" (ebd.).

In diesem Sinne soll diese Arbeit einen Beitrag dazu leisten, Menschen mit schwersten Behinderungen so zu begegnen, dass sie sich angenommen, respektiert und verstanden fühlen.

2 Entwicklungspsychologisch orientierte Musiktherapie

2.1 Entwicklungspsychologie, Säuglingsforschung und Therapie

Seit Mitte des 20. Jahrhunderts wiesen verschiedene Autoren auf die Bedeutung einer Entwicklungsperspektive für das Verständnis von Verhaltensstörungen hin (Sroufe & Rutter, 1984). Im Laufe der Jahre entwickelte sich daraus die Entwicklungspsychopathologie, die sich zur Aufgabe machte, normale Entwicklungsverläufe mit Abweichungen zu vergleichen. Es wurde betont, dass sich pathologische Entwicklungsprozesse besser verstehen lassen, wenn man die Norm kennt und umgekehrt. So schreibt Cicchetti: „we can learn more about the normal functioning of an organism by studying it's pathology and, likewise, learn more about its pathology by studying it's normal condition" (Cicchetti, 1999, S. 1).

Nach Sroufe (1995) beinhaltet eine entwicklungspsychologische Perspektive zunächst die Beobachtung der Ursprünge und des Auftauchens eines Verhaltens in der Entwicklung eines Menschen. Doch mehr noch als eine Feststellung, in welchem Lebensalter ein bestimmtes Verhalten erstmals in Erscheinung tritt, ist von Bedeutung, wie sich früheres Verhalten zu späterem weiterentwickelt. Bezogen auf emotionale Entwicklung schreibt Sroufe: "This includes not only how an emotional reaction at one age differs from that at another age, but also how the later reaction is an outgrowth of the former. A simple interest in the age at which some reaction emerges based on a given criterion does not in itself define a developmental position." (Sroufe, 1995, S. 3).

Entwicklungspsychologisch orientierte Therapien gehen von der Annahme aus, dass die Entwicklung einer reifen Fähigkeit immer bestimmte Erfahrungen und Vorläufer voraussetzt. Bei einer Einschätzung des Entwicklungsniveaus ist zu berücksichtigen, dass dieses in verschiedenen Bereichen, wie z.B. Kognition, Motorik, Emotionen, divergieren kann, so dass eine Einschätzung sehr differenziert vorgenommen werden muss. Dies gilt nicht nur für die Diagnostik, sondern insbesondere auch für jede Situation in der Therapie. Hier ist neben dem Wissen über den jeweiligen Entwicklungsstand auch die momentane Befindlichkeit und das Verhalten des Menschen mit schwerster Mehrfachbehinderung Ausgangspunkt der therapeutischen Intervention.

Um eine therapeutische Vorgehensweise entwicklungspsychologisch zu fundieren, sind folgende Schritte nötig:

1. *Beschreibung entwicklungspsychologischer Grundlagen zu spezifischen Entwicklungsbereichen*
2. *Beschreibung des jeweiligen Krankheitsbildes aus entwicklungspsychologischer Sicht und Beschreibung der Auswirkungen körperlicher und psychischer Beeinträchtigungen auf die Entwicklung,*

3. *Einschätzung des Entwicklungsstandes,*
4. *Zusammenführung der entwicklungspsychologischen Perspektive und der krankheitsspezifischen Entwicklung zur Beschreibung sinnvoller therapeutischer Interventionen.*

Mit Blick auf die zwischenmenschliche Beziehungsfähigkeit zeigt sich die Relevanz entwicklungspsychologischer Grundlagen für die therapeutische Arbeit besonders dort, wo die Fähigkeit zur zwischenmenschlichen Beziehung nicht entwickelt werden konnte oder durch bestimmte Bedingungen wie Krankheiten, Behinderungen und/ oder traumatische Erlebnisse beeinträchtigt wird. Da sich die Fähigkeit zur interpersonellen Beziehung normalerweise im ersten Lebensjahr eines Menschen entwickelt, sind hier vor allem Erkenntnisse der neueren Säuglingsforschung von Bedeutung, die die Entwicklung des Säuglings im Zusammenleben mit seinen Bezugspersonen beschreibt.

Wie im folgenden Kapitel noch ausführlicher beschrieben wird, entwickelt der Säugling in seinen ersten Lebensmonaten die Fähigkeit, Reize so zu integrieren, dass er zunehmend eine Ordnung in seiner Umwelt erleben kann. Er macht im Zusammenleben mit seinen Bezugspersonen wichtige Regulationserfahrungen, die es ihm ermöglichen, zunehmend eigene Strategien zur Affektregulation zu entwickeln. Können Reize sinngebend integriert werden und sind Affekte ausreichend reguliert, kann sich auf dieser Basis ein Selbstempfinden entwickeln. Dies schließt nicht nur die psychische Komponente ein, sondern ebenso ein Empfinden des eigenen Körpers.

Nach Winnicott sind diese beiden Aspekte allein nicht ausreichend, um das menschliche Leben darzustellen. Aus seiner Sicht darf ein „intermediärer Bereich von Erfahrung, in den in gleicher Weise innere Realität und äußeres Leben einfließen" (Winnicott, 2012), nicht außer Acht gelassen werden. Dieser kann sich bilden, sobald „der Mensch die Phase erreicht hat, in der er sich als abgegrenzte Einheit, ein Innen und Außen erlebt" (Winnicott 2012, S. 11). Für die vorliegende Arbeit ist es interessant, diesen Gedanken einzubeziehen, da sich viele Menschen mit schwerster Mehrfachbehinderung in der Musiktherapie an dieser Schwelle befinden: Entwicklung bedeutet hier, nicht nur in einer eigenen Welt der Isolation zu leben, sondern auch etwas „von Außen" wahrzunehmen und sich womöglich auch auf die äußere Realität einzulassen. Musik kann hier einen intermediären Raum schaffen. Damit dieser wahrgenommen werden kann, bedarf es einer musikalischen Gestaltung, die ganz von dem Menschen mit schwerster Mehrfachbehinderung ausgeht. Interventionsmethodisch wird dies in Kapitel 7 ausführlich dargestellt, so dass es an dieser Stelle auf andere Weise umschrieben werden soll: die Musik muss genügend von dem „Innen" des schwerstbehinderten Menschen enthalten, damit er beginnen kann, ein „Außen" wahrzunehmen. Durch die musikalische Gestaltung kann ein Raum entstehen, der den Menschen mit schwerster Mehrfachbehinderung aus seiner Welt heraustreten lässt, damit er etwas entdecken kann, was er selbst und gleichzeitig auch etwas anderes ist. Auf dieser Basis kann darüber hinaus die Fähigkeit zur zwischenmenschlichen Beziehung wachsen. Dies ist oftmals ein längerer Prozess und setzt voraus, dass der Therapeut mit den Entwicklungsschritten vertraut ist, die dem Selbstempfinden vorausgehen.

Hierzu sind die Beschreibungen des Säuglingsforschers D. N. Stern sehr hilfreich, der in seiner Monografie „Die Lebenserfahrung des Säuglings“ (Stern, 2007) die Entwicklung des Säuglings im ersten Lebensjahr beschreibt. Neben der Darstellung relevanter Forschungsergebnisse, die Verhaltens- und Erlebensweisen des Säuglings in Bezug auf andere Menschen und seine Umwelt untersuchen, unternimmt Stern den Versuch, sich in das subjektive Empfinden und Erleben des Säuglings einzufühlen. Er beschreibt die Selbstentwicklung des Säuglings in einem Schichtenmodell, das bereits vorgeburtlich angelegte Entwicklungsschichten und die weitere Entwicklung in den ersten Lebensmonaten zeigt. Dabei wird der Säugling nicht isoliert betrachtet, sondern es spielt vor allem die emotionale Entwicklung des Säuglings im Kontext zwischenmenschlicher Beziehung eine Rolle. Wechselseitige Regulationsvorgänge sind hier von wesentlicher Bedeutung für die Entwicklung.

Bei der Anwendung dieser Erkenntnisse für die Arbeit mit Menschen mit schwerster Mehrfachbehinderung kann das Missverständnis entstehen, man wolle erwachsene Menschen Säuglingen gleichsetzen. Dies würde weder ihrer langen Lebenserfahrung gerecht werden, noch der Tatsache, dass das Entwicklungsalter verschiedener Entwicklungsbereiche stark divergieren kann. Jedoch ist der Vergleich mit Entwicklungsstufen, die die Säuglingsforschung für die frühe Zeit beschreibt, eine wesentliche Hilfe, um Fähigkeiten und Bedürfnisse von Menschen mit schwerster Mehrfachbehinderung einzuschätzen und ihnen angemessen zu begegnen. Dies wird in Kapitel 2.3 näher ausgeführt. Haupt schreibt hierzu: „Die „Entwicklungsanalogie als Leitlinie in der Förderung ist eine wesentliche Erleichterung, Befindlichkeiten, Handlungs- und Verhaltensmuster [...] zu sehen und zu verstehen.“ (Haupt, 2006, S. 130). Dies soll nicht zu einer Infantilisierung des erwachsenen Menschen mit schwerster Mehrfachbehinderung führen, sondern zu Interventionen, die seinen Bedürfnissen gerecht werden.

Die Erfahrung in der Arbeit mit schwerstbehinderten Menschen zeigt, dass in Therapie und Pädagogik das Entwicklungsniveau tendenziell eher zu hoch eingeschätzt wird. Die daraus abgeleiteten Interventionen und Förderkonzepte überfordern häufig die betroffenen Menschen und führen oft zu Überstimulation. Daher ist es für eine entwicklungspsychologisch orientierte Vorgehensweise von wesentlicher Bedeutung, den sozio-emotionalen Entwicklungsstand differenziert einzuschätzen und mit angemessenen Interventionen zu reagieren. Für die musiktherapeutische Arbeit wurde eine solche Vorgehensweise von Schumacher und Calvet entwickelt und als „entwicklungspsychologisch orientierte Musiktherapie“ (Decker-Voigt, 2001, S. 13) bezeichnet. Dieser Ansatz wird im folgenden Kapitel dargestellt.

2.2 Grundlagen des EBQ-Instrumentes zur Einschätzung der Beziehungsqualität

Entwicklungspsychologisch orientierte Musiktherapie geht auf die Arbeit der Musiktherapeutin K. Schumacher und der Entwicklungspsychologin C. Calvet zurück. Die musiktherapeutische Arbeit mit tiefgreifend entwicklungsgestörten Kindern, bei denen die fehlende interpersonelle Beziehungsfähigkeit deutlich in Erscheinung trat, führte Schumacher und Calvet zu der Frage, „wann und unter welchen Bedingungen sich normalerweise die Fähigkeit, eine zwischenmenschliche Beziehung eingehen und herstellen zu können, entwickelt“ (Schumacher & Calvet, 2001, S. 102). Die Auseinandersetzung mit Stern Konzept der Selbstentwicklung (Stern, 2007) führte dazu, die tiefgreifende Entwicklungsstörung autistischer Kinder aus der Sicht der Säuglings- und Bindungsforschung zu betrachten.

Anhand zahlreicher Videoanalysen, in denen das Verhalten von Kindern mit tiefgreifender Entwicklungsstörung bezüglich ihres körperlich-emotionalen, ihres stimmlich-vorsprachlichen und ihres instrumentalen Ausdrucks in der Musiktherapie beobachtet und beschrieben wurde, entwickelten Schumacher und Calvet das EBQ-Instrument zur **E**inschätzung der **B**eziehungs**q**ualität (Schumacher et al., 2013). Das EBQ-Instrument umfasst vier Skalen: die TBQ-Skala fokussiert den Therapeuten und seine Interventionen, drei weitere Skalen dienen der Einschätzung des Kindes. Es werden der körperlich-emotionale Ausdruck (KEBQ-Skala), der stimmlich-vorsprachliche Ausdruck (VBQ-Skala) und der instrumentale Ausdruck (IBQ-Skala) beschrieben. Mit Orientierung an Sterns Schichtenmodell zur Entwicklung des Selbstempfindens des Säuglings werden in jeder Skala sieben Qualitäten von Beziehung, „Modi“ genannt, unterschieden:

Modus 0: Kontaktlosigkeit / Kontaktabwehr
Modus 1: Sensorischer Kontakt / Kontaktreaktion
Modus 2: Funktionalisierender Kontakt
Modus 3: Selbsterleben
Modus 4: Intersubjektivität
Modus 5: Interaktivität
Modus 6: Interaffektivität

Die charakteristischen Merkmale eines jeden Modus, anhand derer der Entwicklungsstand des Kindes bezüglich seiner Beziehungsfähigkeit zu sich selbst, zu Objekten und zum Therapeuten eingeschätzt werden kann, werden in Merkmallisten ausführlich beschrieben (siehe: Schumacher et al., 2013). Dies ist nicht nur zu Beginn einer Therapie im Rahmen der Diagnostik von Bedeutung, sondern vor allem auch für jede Situation in der Therapie. Die Beobachtung des Verhaltens des Kindes und seines körperlich-emotionalen Ausdrucks führt zu einer Einschätzung und schließlich zu spezifischen therapeutischen Interventionen (zur Anwendung des EBQ-Instrumentes siehe: Schumacher et al. 2013, S. 64 ff.). Ausgehend von der Befindlichkeit und vom Verhalten des Kindes zu intervenieren, ist für eine entwicklungspsychologisch orientierte Vorgehensweise eine wesentliche Voraussetzung.

Setzt man die Einschätzung des instrumentalen, des vokalen, bzw. des körperlich-emotionalen Ausdrucks des Kindes in Bezug zu einer Einschätzung der therapeutischen Interventionen, wird deutlich, ob der Therapeut dem Entwicklungsstand bzw. dem momentanen Zustand des Kindes entsprechend interveniert. So können Einschätzungen mittels EBQ-Instrument neben ihrem Nutzen für Diagnostik und Evaluation auch klare Hinweise auf die musiktherapeutische Methodik geben. Inwieweit diese „Entsprechung" zwischen Kind und Therapeut mit der Entwicklung des Kindes korreliert, wird in einem internationalen Forschungsprojekt am Forschungszentrum der Grieg Akademie in Bergen/ Norwegen (GAMUT) untersucht (siehe: www.uni.no/helse/timea, hier besonders das angeschlossene Projekt „Shared moments – the quality of relationship in music therapy with children with autism").

Die Verlässlichkeit des EBQ-Instrumentes wurde für den Anwendungsbereich tiefgreifende Entwicklungsstörung durch eine Reliabilitätsanalyse nachgewiesen (Schumacher, Calvet, Stallmann, 2005). Durch die Schulung zahlreicher Musiktherapeuten bei der Anwendung des EBQ-Instrumentes wird es nun in weiteren Bereichen eingesetzt, jedoch stehen theoretisch fundierte Überarbeitungen für die jeweiligen Bereiche noch aus. Bisher zeigte sich, „dass eine Eins-zueins-Übertragung nicht sinnvoll ist" (Schumacher et al. 2013, S. 11). Zwar werden häufig ähnliche Beobachtungen angestellt, jedoch können sich bei verschiedenen Krankheitsbildern die Ursachen eines Verhaltens oder die Ursachen fehlender Fähigkeiten von denen autistischer Kinder unterscheiden. So müssen für eine fundierte Anwendung des EBQ-Instrumentes in anderen Indikationsbereichen die Begrifflichkeiten der bestehenden EBQ-Skalen vor dem Hintergrund des jeweiligen Krankheitsbildes noch einmal neu beschrieben und die therapeutischen Interventionen entsprechend angepasst werden.

Wie oben bereits erwähnt, ist das EBQ-Instrument besonders für die musiktherapeutische Arbeit mit Menschen relevant, denen die Fähigkeit zur Imitation bzw. zum Nach- und Mitmachen fehlt. Es ist bisher das einzige Beobachtungs- und Einschätzungsinstrument, das Empfindungen und Erfahrungen, die der Entwicklung der Dialogfähigkeit vorausgehen, differenziert beschreibt (vgl. Kap. 2.3, Modus 0-4). Während viele therapeutische Ansätze die Fähigkeit zum Nachmachen oder Mitmachen bzw. die Dialogfähigkeit voraussetzen, wird durch differenzierte Einschätzung und entsprechende musiktherapeutische Interventionen eine sinnvolle und die Entwicklung unterstützende therapeutische Arbeit „Jenseits des Dialogs" (Bergmann et al., 2011) möglich.

Im folgenden Kapitel werden die Modi des EBQ-Instrumentes anhand des derzeitigen Standes der Überarbeitung für Menschen mit schwerster Mehrfachbehinderung (Reimer, 2011) ausführlich beschrieben und in einen Zusammenhang mit Sterns Konzept der Selbstentwicklung gestellt.

2.3 Anwendung des EBQ-Instrumentes in der Musiktherapie mit Menschen mit schwerster Mehrfachbehinderung

Wie in Kapitel 2.2 beschrieben ist die Einschätzung des Entwicklungsstandes, bzw. des Verhaltens und der Befindlichkeit eines Menschen in entwicklungspsychologisch orientierter Musiktherapie Ausgangspunkt der therapeutischen Interventionen. In der Arbeit mit Menschen mit schwerster Mehrfachbehinderung steht die Einschätzung des körperlich-emotionalen Ausdrucks im Vordergrund, da stimmlicher oder instrumentaler Ausdruck eher selten vorkommen. So werden in diesem Kapitel die Hauptmerkmale der Skala zur Einschätzung des körperlich-emotionalen Ausdrucks (KEBQ) in ihrer vorläufigen Überarbeitung für Menschen mit schwerster Mehrfachbehinderung gezeigt (Reimer, 2011a, unveröffentlichtes Manuskript). Diese Fassung wird im folgenden Text mit „KEBQ-sMb" (**k**örperlich-**e**motionale **B**eziehungs**q**ualität bei **s**chwerster **M**ehrfach**b**ehinderung) bezeichnet.

Folgende Beobachtungsschwerpunkte dienen der Einschätzung des körperlich-emotionalen Ausdrucks: intra- und interpersonelle Beziehung, Affekt, Blick/ Blickkontakt und Körperkontakt (vgl. Schumacher et al., 2013). Bei Menschen mit schwerster Mehrfachbehinderung wird dazu folgendes beobachtet:

Intrapersonelle Beziehung: Hier wird die Qualität des Körperempfindens beschrieben. Bei Menschen mit schwersten Körperbehinderungen ist durch Verhaltensbeobachtung oft schwer festzustellen, ob und wie der eigene Körper gespürt werden kann und empfunden wird.

Interpersonelle Beziehung: Dies ist die Fähigkeit, im körperlichen Kontakt/ Austausch mit dem Therapeuten zu sein. Bei Menschen mit Körperbehinderungen ist hier zu unterscheiden, ob die intra- bzw. interpersonelle Beziehungsfähigkeit aufgrund der Körperbehinderung, also der biologischen Voraussetzungen, nicht entwickelt werden konnte, bzw. bei fortschreitenden Behinderungen wieder verloren ging, oder ob psychische Ursachen dahinter stehen (Beispiel: fehlende positive Körper- und Beziehungserfahrungen). Auch die Wechselwirkung psychischer und physischer Beeinträchtigungen muss berücksichtigt werden.

Affekt: Hier werden Mimik und körperlich sichtbare Verhaltensweisen in ihrer Bedeutung für die affektive Befindlichkeit des Menschen mit schwerster Mehrfachbehinderung eingeschätzt.

Blick/ Blickkontakt: Hier wird die Qualität des Blickes und die Art und Dauer des Blickkontaktes zum Therapeuten eingeschätzt. Mögliche Sehbehinderungen müssen bei der Einschätzung berücksichtigt werden.

Körperkontakt: Körperkontakt bezeichnet die Akzeptanz oder den Wunsch des Menschen mit sMb sich berühren zu lassen bzw. aktiv körperlichen Kontakt aufzunehmen (auch hier sind bei körperbehinderten Menschen physische und psychische Ursachen zu unterscheiden).

Die überarbeitete KEBQ-sMb-Skala (Reimer, 2011a) und eine Überarbeitung der TBQ-Skala (TBQ-sMb) zur Einschätzung des Therapeuten und seiner Interventionen (Reimer, 2011b) wurden zuerst in der Weiterbildung eines multiprofessionellen therapeutischen Teams in einem Pflegewohnheim für Erwachsene mit schwerster Mehrfachbehinderung eingesetzt und diskutiert. Theoretische Grundlage dieser Weiterbildung waren entwicklungspsychologische Erkenntnisse zur Entwicklung zwischenmenschlicher Beziehungsfähigkeit und eine Einführung zur Anwendung des EBQ-Instrumentes. Die überarbeitete KEBQ-Skala diente einerseits der Einschätzung des Entwicklungsstandes der Heimbewohner und wurde andererseits während des Arbeitsprozesses durch das therapeutische Team weiter überprüft und angepasst. Es zeigte sich, dass die KEBQ-sMb- Skala nicht nur für die Musiktherapie, sondern darüber hinaus insgesamt für die therapeutische und pädagogische Arbeit mit Menschen mit schwerster Mehrfachbehinderung hilfreich ist. Eine Ergänzung mit Einschätzungsmerkmalen zur Entwicklung der Objektbeziehungsfähigkeit, die in der IBQ-Skala enthalten sind (Schumacher et al. 2013, S. 48 ff.) ist sinnvoll, da in vielen therapeutischen Angeboten für Menschen mit Behinderungen auch Objekte eine Rolle spielen.

In den folgenden Abschnitten werden zu jedem der sieben Modi des EBQ-Instrumentes entwicklungspsychologische Grundlagen zur Entwicklung der zwischenmenschlichen Beziehungsfähigkeit nach Stern (2007)[2] dargestellt. Vor diesem Hintergrund werden im nächsten Schritt Störungen dieser Entwicklung beschrieben, die durch schwerste Mehrfachbehinderung entstehen können. Anschließend wird das Hauptmerkmal eines jeden Modus genannt. Diese Hauptmerkmale werden aus früheren Arbeiten der Autorin zitiert (siehe Reimer 2011a und Reimer 2011b) und sind im untenstehenden Text durch Kästen gekennzeichnet. Jeder Abschnitt endet mit Hinweisen auf Aspekte, die bei der weiteren Überarbeitung der KEBQ-Skala für Menschen mit schwerster Mehrfachbehinderung zu berücksichtigen sind. Die vorläufige Fassung der KEBQ-sMb-Skala wurde im Rahmen der Untersuchung in dieser Arbeit zur Auswertung von Videobeispielen eingesetzt und ist im Anhang dieser Arbeit zu finden.

Neben den Merkmalen des körperlich-emotionalen Ausdrucks werden in den folgenden Abschnitten auch entsprechende therapeutische Interventionen beschrieben. Die Hauptmerkmale der TBQ-sMb-Skala sind hier nahezu identisch mit denen der ursprünglichen Skalen von Schumacher et al. (2013), jedoch ist es Ziel der vorliegenden Arbeit, therapeutische Interventionen zur Affektregulation (TBQ Modus 2) differenzierter zu betrachten und Ergänzungen zu beschreiben (siehe Kap. 7).

2 Zur Entwicklung der EBQ-Modi aus dem Stern'schen Modell der Selbstentwicklung siehe Schumacher (1999) und Schumacher et al. (2013), S. 13 ff.

2.3.1 Modus 0: Kontaktlosigkeit

Stern (2007) beschreibt folgende Fähigkeiten und Empfindungen, mit denen gesund geborene Säuglinge bereits auf die Welt kommen:

- *die Fähigkeit zur amodalen Wahrnehmung,*
- *das Empfinden korrespondierender Vitalitätsaffekte,*
- *die Fähigkeit, Blickkontakt aufzunehmen,*
- *die Imitationsfähigkeit.*

Der Begriff „amodale Wahrnehmung" bedeutet, dass ein Säugling Informationen, die er in einer Sinnesmodalität aufgenommen hat, in eine andere Sinnesmodalität übersetzen und Zusammenhänge erkennen kann (Stern, 2007, S. 75 ff.). So zeigten Säuglinge, dass sie die zeitliche Übereinstimmung zwischen „einem auditiv dargebotenen Zeitmuster und einem ähnlichen, visuell dargebotenen erkennen" (Stern, 2007, S. 77). Eine weitere Untersuchung zeigte, dass Säuglinge die Oberflächenbeschaffenheit von Gegenständen (hier verschiedene Schnuller), die sie zuvor gespürt hatten, visuell wiedererkennen konnten (ebd., S. 75). Die Fähigkeit, Sinnesreize nicht nur aufzunehmen, sondern sie auch so zu verarbeiten, dass eine Ordnung erlebt werden kann, ist die Basis, um Interesse an der Umwelt entwickeln zu können und zu explorieren.

Die Integration von Sinneseindrücken wird, so Stern, immer von Empfindungen begleitet, die er mit dynamischen Begriffen näher charakterisiert (z.B. „aufwallend", „verblassend", „flüchtig", „explosionsartig" (ebd., S. 83)) und damit deutlich von „kategorialen Affekten wie Freude und Traurigkeit" (Stern, 2007, S. 223) unterscheidet. Diese sogenannten „Vitalitätsaffekte" (ebd., S. 83 ff.) sind „für Säuglinge mit Sicherheit spürbar und täglich, ja in jedem Augenblick von großer Bedeutung." (Stern, 2007, S. 83). Die Unterscheidung zwischen Vitalitätsaffekten und diskreten, kategorialen Affekten spielt für die weiteren Ausführungen zum Thema Affektregulation in der Interaktion zwischen Säugling und Bezugsperson eine wesentliche Rolle (siehe hierzu Kap. 3.1).

Fehlt einem Menschen die Fähigkeit zur amodalen Wahrnehmung, können Reize aus der Umgebung nicht sinngebend verarbeitet werden. Das Interesse, sich der Umwelt zuzuwenden und sie zu explorieren, kann bei diesen Menschen nicht entstehen. Auch die Fähigkeiten, Blickkontakt aufzunehmen oder das Verhalten eines anderen Menschen zu imitieren, können nicht entwickelt werden. Stereotypien können ebenfalls vor diesem Hintergrund gesehen werden. So beschreibt Schumacher stereotype Verhaltensweisen als „gleichbleibende sensorische Reize als Schutz vor überwältigenden nicht verarbeitbaren Reizen" (Schumacher, 1999, S. 28). Doch nicht nur die Beeinträchtigung der Wahrnehmungsverarbeitung, sondern auch Sinnesbehinderungen können dazu führen, dass ein Mensch mit Behinderung keine sichtbaren Reaktionen auf Reize zeigt. Per Diagnostik lässt sich zwar die Hör- bzw. Sehfähigkeit untersuchen, jedoch bleibt unklar, wie ein Mensch die wahrgenommenen Reize verarbeitet. Auch motorische Beeinträchtigungen können es verhindern, dass ein Mensch sich einem Reiz zuwendet. Fehlt z.B. die Fähigkeit, den Blick nach einer Klangquelle auszurichten, so fehlt die Erfahrung, akustische mit visuellen Eindrücken in Übereinstimmung zu bringen. Es kommt dazu, „dass in einer negativen Wechselwirkung die einzelnen geschädigten Bereiche sich nicht mehr positiv stimulieren und Entwicklungsprozesse in Gang bringen, sondern dass vielmehr umgekehrt gestörte oder geschädigte Bereiche einander in der Entwicklung bremsen und so zu einer zunehmenden Deprivation führen." (Fröhlich, 1998, S. 55 f.).

Ein Mensch, der nicht auf die ihn umgebenden Reize reagiert, wird in der Terminologie des EBQ-Instrumentes als „kontaktlos" (Schumacher et al., 2013, S. 15) beschrieben. In der Therapie führen weder die angebotenen Gegenstände, noch der Therapeut und seine Interventionen zu einer sichtbaren Reaktion.

Beispiel: *Zu Beginn der Therapie spielt die Therapeutin für Mirko*[3] *auf der Gitarre. Während ihres Spiels kann sie zunächst keine körperlichen oder mimischen Zeichen sehen, die für ein Wahrnehmen der Therapeutin oder der Musik sprechen.*

„Kontaktlosigkeit" wird in der KEBQ-sMb-Skala wie folgt beschrieben:

„KEBQ-sMb - Modus 0: Kontaktlosigkeit

Hauptmerkmal ist die Beeinträchtigung der sozialen Interaktion. Der Mensch mit schwerster Mehrfachbehinderung scheint nicht zugänglich zu sein. Stereotype Verhaltensweisen können zu beobachten sein. Der affektive Ausdruck des Menschen mit schwerster Mehrfachbehinderung ist schwer zu deuten. Es entsteht kein Blickkontakt."

Bei der Überarbeitung der EBQ-Skalen für Menschen mit schwerster Mehrfachbehinderung ist generell zu beachten, dass Sinnes- und Körperbehinderungen große Auswirkungen auf die Entwicklung von Fähigkeiten und Verhaltensweisen, besonders aber auch auf das Empfinden und Erleben haben. Die Ursachen von Verhaltensweisen, wie z.B. fehlendem Blickkontakt, müssen vor diesem Hintergrund differenziert betrachtet werden. So kann die Beeinträchtigung der sozialen Interaktion verschiedene Ursachen haben:

a) Sinnesbehinderungen (Beeinträchtigung der Seh- oder Hörfähigkeit)
b) Störung der Wahrnehmungsverarbeitung (Reize werden zwar aufgenommen, können aber nicht sinngebend verarbeitet werden, korrespondierende Vitalitätsaffekte fehlen)
c) Behinderung der Bewegungsfähigkeit (es fehlt die Fähigkeit, den Körper oder den Kopf zu wenden, um den Blick auf eine Klangquelle etc. ausrichten zu können)

---

3 Die Namen aller Personen wurden für diese Arbeit geändert.

d) emotionale Störung/ Traumatisierung, bei der besonders der direkte Blickkontakt als emotional zu belastend erlebt wird
e) Interessenverlust, evtl. auch vor dem Hintergrund einer Depression.

Der Therapeut versucht, mit seiner Musik zunächst eine Atmosphäre zu schaffen, in der sich der Mensch mit schwerster Mehrfachbehinderung angenommen fühlt.

„TBQ-sMb - Modus 0: Der musikalische Raum / Einhüllen

Hauptmerkmal der therapeutischen Intervention ist eine Haltung, die den Menschen mit schwerster Mehrfachbehinderung akzeptiert und ihn musikalisch einhüllt. Resonanzreiche Musik wird im Sinne einer Atmosphäre angeboten, die Beziehung potentiell ermöglicht, aber keinen direkten Kontakt forciert.“

Für eine differenziertere Beschreibung von Interventionen im TBQ-sMb - Modus 0 ist es wichtig, oben genannte mögliche Ursachen für die scheinbare Kontaktlosigkeit darzustellen. Liegt z.B. eine schwere Hörbeeinträchtigung vor, so kann der Mensch mit schwerster Mehrfachbehinderung evtl. über andere Sinneskanäle erreicht werden.

2.3.2 Modus 1: Kontaktreaktion

Nach Stern bestehen die Erfahrungen des Säuglings in den ersten Lebenswochen noch aus „vereinzelten, unverbundenen Ereignissen, die erst in eine zusammenfassende Perspektive integriert werden müssen“ (Stern, 2007, S. 71). Dann erlebt der Säugling, dass bestimmte Ereignisse oder Abläufe immer wiederkehren und es bildet sich zunehmend eine Organisation. Sowohl den Prozess, als auch das Resultat dieser beginnenden Organisation bezeichnet Stern als „auftauchendes Selbstempfinden“ (ebd., S. 72).

Die Fähigkeit zur Wahrnehmungsverarbeitung ist Voraussetzung dafür, dass ein Mensch sich für Reize aus der Umwelt öffnen und ein Empfinden für sich selbst entwickeln kann. Fröhlich weist darauf hin, dass nicht nur fehlende Verarbeitungsprozesse im Gehirn die Verknüpfung von Wahrnehmungen verhindern. Auch schwerste Körperbehinderungen können es verhindern, „all die an der Wahrnehmung beteiligten Körperpartien auf das Objekt selbst hin zu orientieren.“ (ebd., S. 58).

Um dem Menschen mit schwerster Mehrfachbehinderung die Verknüpfung der Sinnes- und Gefühlswahrnehmungen[4] zu ermöglichen, verknüpft der Therapeut mit seiner Intervention hör- und spürbare, evtl. auch sichtbare Reize. Damit der Mensch mit schwerster Mehrfachbehinderung diese Reize mit dem eigenen

4 Der Begriff „Wahrnehmung“ wurde hier und für die folgenden Abschnitte aus der Terminologie der EBQ-Instrumentes zu Modus 1 übernommen (vgl. Schumacher et al. 2013, S. 16). Evtl. ist hier „Proto-Wahrnehmung“ zutreffender. Dieser Begriff bezeichnet eine noch nicht bewusste Wahrnehmung.

Empfinden in Verbindung bringen kann, ist es von entscheidender Bedeutung, Reize nicht „von außen" an den Menschen heranzutragen, sondern die Intervention von ihm ausgehend zu gestalten, d.h. seinen Atem, seine Körperlichkeit, seinen Gefühlsausdruck etc. als Ausgangspunkt der Intervention zu nehmen (siehe hierzu auch Kap. 7). Da diese Intervention einer möglichen Kontaktreaktion (KEBQ-sMb - Modus 1) vorangeht, wird hier zunächst das therapeutische Vorgehen beschrieben:

„TBQ-sMb - Modus 1: Wahrnehmungsverknüpfung:
Hauptmerkmal der therapeutischen Intervention ist die intermodale Verknüpfung, mit der die Sinneseindrücke des Menschen mit schwerster Mehrfachbehinderung Spüren, Sehen und Hören sowie sein Körperempfinden genau in Übereinstimmung gebracht werden."

Gelingt die Verknüpfung der Wahrnehmung, so können kurzfristige Blicke (oder bei sehbehinderten Menschen evtl. ein Hinwenden) zur Klangquelle im Sinne einer Orientierung auftreten oder der Mensch mit schwerster Mehrfachbehinderung zeigt eine kurze positive Reaktion. Dies wird als „Kontaktreaktion" bezeichnet (Schumacher et al., 2013, S. 16).

Beispiel: *Janine bewegt sich stereotyp in ihrem Rollstuhl vor und zurück. Die Therapeutin nimmt diese Bewegung zum Ausgangspunkt ihrer Intervention und stimmt sich rhythmisch exakt mit Xylophon-Glissandi darauf ab. So wird für Janine ihre gespürte Bewegung nun auch „hörbar". Sie unterbricht für kurze Zeit ihre Bewegungen, lächelt und wendet ihren Kopf aus einer der Therapeutin abgewandten Haltung kurz in Richtung Xylophon.*

Häufig treten Kontaktreaktionen durch eine Aktivierung des Körperempfindens auf. Dies gelingt z.B. durch das Spüren des eigenen Körpers bei ganzkörperlicher Bewegung (z.B. Schaukeln in einer Hängematte oder Rollstuhlschaukel[5], Wiegen auf dem Schoß, etc.) verknüpft mit hörbaren Reizen (z.B. dem Gesang der Therapeutin). Oftmals ist aber auch schon im Alltag der Menschen zu beobachten, dass schon allein das Körperempfinden, das durch das Angehoben werden in einem Liftertuch entsteht, zu Veränderungen führt. Das „Spürbarwerden" des eigenen Körpers wirkt sich häufig auf den affektiven Zustand des Menschen mit schwerster Mehrfachbehinderung aus, meist im Sinne einer Beruhigung. Jedoch hält diese Veränderung häufig nur für die Dauer der Intervention an. Ausgehend von einem aktivierten Körperempfinden kann eine (kurzfristige) Orientierung nach außen folgen.

„KEBQ-sMb - Modus 1: Auftauchendes Körperempfinden/ Kontaktreaktion:
Der Mensch mit schwerster Mehrfachbehinderung lässt Körperkontakt oder die Bewegung seines Körpers passiv zu. Durch die Interventionen des Therapeuten kommt

5 Die Rollstuhlschaukel ist ein Schaukelgerüst, an dem mit Seilzügen ein Rollstuhl in die Luft gehoben und dann in eine Schaukelbewegung versetzt werden kann.

eine Verknüpfung der Sinneswahrnehmungen oder eine Veränderung des Körperempfindens zustande. Hauptmerkmal ist der veränderte körperlich-emotionale Zustand, der häufig nur für die Dauer der Intervention anhält. Auch eine kurzfristige Orientierung nach außen kann sichtbar werden.“

Auch genaue Beobachtungen können keine Auskunft darüber geben, wie Menschen mit schwerster Mehrfachbehinderung diese Empfindungen und Erlebnisse verarbeiten. Kann sich zunehmend eine Organisation herausbilden? Können synaptische Verbindungen entstehen, die die Fähigkeit zur Wahrnehmungsverknüpfung nachreifen lassen? Oder haben Erlebnisse dieser Art nur im Augenblick, also für den Moment der Intervention eine beobachtbare Auswirkung und werden wie ein „Blitzlicht“ erlebt, das wieder verlöscht, ohne Spuren zu hinterlassen? Sicher spielt hier auch nicht nur die Qualität der therapeutischen Intervention eine Rolle, sondern auch die Quantität. Aus der Hirnforschung ist bekannt, dass synaptische Verbindungen umso stärker werden, je intensiver und je häufiger eine Erfahrung gemacht wird. Das menschliche Gehirn kann sich somit lebenslang verändern, sich ausbauen und sich den Umgebungsbedingungen anpassen (Hüther, 2001). Eventuell könnten durch ein häufiges Erleben intermodaler Verknüpfung und/ oder einer Aktivierung des Körperempfindens Veränderungen eintreten, die über die Dauer der therapeutischen Intervention hinaus anhalten.

Für die weitere Beschreibung des KEBQ sMb – Modus 1 ist es notwendig, noch genauer zu untersuchen, an welchen Zeichen (wie z.B. Körperspannung, Atmung, Hautfarbe, Mimik etc.) eine Veränderung des Körperempfindens sichtbar werden kann. Bei Menschen mit nur minimalen Reaktionen sind Affekte oftmals kaum aus der Mimik „abzulesen“. Ob Erlebnisqualitäten, die die Wahrnehmung des Menschen i.S. der Stern'schen „Vitalitätsaffekte“ begleiten, nicht vorhanden sind, oder ob sie nur nicht nach außen hin sichtbar werden, ist allein aufgrund der Verhaltensbeobachtung nicht festzustellen. In Forschungsergebnissen anderer Disziplinen wurde jedoch nachgewiesen, dass Gefühlsqualitäten evtl. „mimisch nicht nachweisbar [waren], obwohl physiologische Erregungsparameter eindeutig das Gegenteil anzeigten, d.h. auf eine erhöhte Grundanspannung hinwiesen“ (Dornes, 1997, S. 296). Vor diesem Hintergrund kann die Untersuchung physischer Parameter eine wertvolle, wenn auch zeit- und kostenintensive Ergänzung der Verhaltensbeobachtung sein.

2.3.3 Modus 2: Funktionalisierender Kontakt

Das Empfinden und Regulieren affektiver Zustände begleitet sämtliche Entwicklungsphasen und ist über die gesamte Lebensspanne von Bedeutung. Für das Säuglingsalter beschreibt Stern ein „optimales Erregungsniveau“ (Stern, 2007, S. 111), das einen „gewissen Spielraum“ (ebd.) umfasst. In Interaktions- und Spielsituationen unterstützt die Bezugsperson den Säugling dabei, sein Aktivitätsniveau in einem für ihn angenehmen Bereich zu halten (siehe hierzu Kap. 3). Dazu passt sie Tempo, Rhythmus und Intensität der Interaktion dem Aufmerksamkeits- und Aktivitätsniveau des Säuglings an. Für hohe affektive Zustände, die der Säugling durch Schreien, Anspannen des Körpers etc. äußert, beschreibt Stern Strategien, die Eltern zur Beruhigung ihres Babys einsetzen. Der mimische und stimmliche Ausdruck und die taktilen Verhaltensweisen der Bezugspersonen sind „stark übertreibend und werden mit ständigen Variationen so lange wiederholt, bis der Erfolg eintritt.“ (Stern, 2007, S. 113).

Diese beiden Aspekte affektiver Regulation (zum einen als ein Geschehen, das die Interaktion begleitet, zum anderen als ein Geschehen, das bei sehr hohen Affekten im Mittelpunkt der Interaktion steht) sind ebenso in entwicklungspsychologisch orientierter Musiktherapie wieder zu finden. Hier spielt die Beobachtung des affektiven Ausdrucks eine wesentliche Rolle für die therapeutische Methodik. Der Therapeut beachtet den körperlichen und mimischen Ausdruck und passt seine Interventionen in Intensität und Tempo an, damit der Mensch mit schwerster Mehrfachbehinderung nicht über- oder unterstimuliert wird. Dies gilt für alle Qualitäten von Beziehung, d.h. für die Modi 0 – 6. Steht jedoch ein unregulierter Affekt im Vordergrund des Ausdrucks, so wird dies mit Modus 2 „Funktionalisierender Kontakt“ (Schumacher et al., 2013, S. 38 ff.) bezeichnet. Der Therapeut muss sich hier ganz in den Dienst der Affektregulation stellen und fühlt sich in diesem Sinne funktionalisiert.

Menschen mit schwerster Mehrfachbehinderung können sowohl negative als auch positive Affekte so intensiv erleben, dass ihre Fähigkeit zur Selbstregulation nicht ausreicht. Dazu ein Beispiel:

Beispiel: *Gina beginnt zu lachen, sobald ein Klang ertönt. Zunächst ist noch ein deutlicher Bezug zwischen Ereignis und ihrer Reaktion zu erkennen, dann aber verstärkt sich das Lachen immer weiter, Ginas Körper spannt sich zunehmend an, sie überstreckt sich nach hinten und ihre Atmung wird eng und flach.*

Die hohe Affektlage steht ganz im Vordergrund des Erlebens und ist deutlich im körperlichen und mimischen Ausdruck zu sehen.

„KEBQ-sMb – Modus 2: Hohe Spannung/ Funktionalisierender Kontakt: *Hauptmerkmale sind eine hohe Spannung und/ oder Unruhe, die sich körperlich und mimisch zeigen.“*

Erkenntnisse der Entwicklungspsychologie zeigen, dass die Regulation hoher Affekte zunächst nur durch die Hilfe einer Bezugsperson gelingen kann, bis ein Mensch zunehmend eigene Strategien zur Beruhigung zur Verfügung hat. Diese Entwicklung wird ausführlich in Kapitel 3 beschrieben.

Zur Regulation hoher Affekte geht der Musiktherapeut wie folgt vor:

„TBQ-sMb – Modus 2: Affektabstimmung/ Affektregulation

Hauptmerkmal der therapeutischen Intervention ist die Affektabstimmung und die Gestaltung der hohen Affekte des Menschen mit schwerster Mehrfachbehinderung mit körperlichen, musikalischen oder auch verbalen Mitteln. Der Therapeut stellt sich dabei ganz in den Dienst der Affektregulation.“

Die Ausdifferenzierung des KEBQ- und TBQ-sMb - Modus 2 ist zentrales Thema dieser Arbeit. In den Kapiteln 5 und 6 wird ausführlich darauf eingegangen.

2.3.4 Modus 3: Selbstempfinden

Das Empfinden eines „Kern-Selbst“ (Stern, 2007) entwickelt sich auf der Basis der Fähigkeit zur Sinn gebenden Verarbeitung von Wahrnehmungen und durch die Erfahrung affektiver Regulation. Es ist nach Stern durch folgende Merkmale gekennzeichnet:

1. *Selbstkohärenz: Das Empfinden, „ein vollständiges körperliches Ganzes zu sein und sowohl in der Bewegung (Verhalten) als auch im Ruhezustand über Grenzen und ein körperliches Handlungszentrum zu verfügen“ (Stern, 2007, S. 106), wird mit dem Begriff „Selbstkohärenz“ bezeichnet.*
2. *Urheberschaft: Der Säugling empfindet, dass er Urheber eigener Handlungen und Nicht-Urheber der Handlungen anderer Menschen ist. Urheberschaft umfasst das Empfinden eines „Wollens“, das einer motorischen Aktivität vorausgeht, weiter das propriozeptive Empfinden dieser motorischen Aktivität und die Erwartung von Konsequenzen dieser Handlung (ebd., S. 114).*
3. *Selbst-Geschichtlichkeit: Der Begriff „Selbst-Geschichtlichkeit“, den Stern in der Neuauflage seines Buches durch „Selbst-Kontinuität“ (ebd., S. xii) ersetzt, meint die Erfahrung, sich verändern zu können, dennoch aber dieselbe Person zu bleiben. Die Voraussetzung hierfür ist die Fähigkeit, sich an Wahrnehmungen und Empfindungen des „motorischen“, des „perzeptiven“ und des „affektiven“ Selbst zu erinnern. Affektiv geladene Episoden können besonders gut erinnert werden (Schumacher, 1999, S. 30).*

In den folgenden Abschnitten werden alle drei Merkmale ausführlich beschrieben und eine Verbindung zu der Situation behinderter Menschen hergestellt. Bleibt man bei Thalhammers Beschreibung, dass Menschen mit schwerster Mehrfachbehinderung eindrucksfähig seien und Menschen mit schwerer Behinderung darüber hinaus auch ausdrucksfähig, im Sinne eines gestalteten intendierten Ausdrucks, ist es konsequent, in den folgenden Abschnitten von Menschen mit schwerer Mehrfachbehinderung zu schreiben.

Zu 1. Selbst-Kohärenz:

Ein kohärentes Selbstempfinden ist durch die Fähigkeit gekennzeichnet, seinen Körper als vollständiges Ganzes empfinden zu können (Schumacher et al., 2013, S. 39). Dies ist die Basis der Fähigkeit zur Exploration. Ein kohärentes Körperselbstempfinden zeigt sich z.B. in von der Körpermitte ausgehenden Bewegungen der Extremitäten, die synchron mit anderen Bewegungen in Erscheinung treten.

Diese sogenannte „Intra-Synchronizität" gibt einen Hinweis auf das Körperempfinden eines Menschen. Schumacher und Calvet weisen in ihrem Film zum Thema „Synchronisation" darüber hinaus auf die Bedeutung des Erlebens synchroner Momente für die Entwicklung zwischenmenschlicher Beziehungsfähigkeit hin (Schumacher & Calvet, 2008). Dabei spielt neben der Entwicklung der Intra-Synchronizität auch das Erleben synchroner Momente zwischen zwei Menschen (Inter-Synchronizität) eine wichtige Rolle.

Da schwere körperliche Beeinträchtigungen zu den biologischen und damit wenig veränderbaren Voraussetzungen von Menschen mit schwerer Mehrfachbehinderung gehören, kann ein kohärentes Körperselbst i.S. eines Empfindens des eigenen Körpers als Einheit mit all seinen Fähigkeiten nicht erfahren werden. Auch Fröhlich weist darauf hin, dass durch fehlende Loslösung von Reflexen, Asymmetrien in der Bewegung durch Schädigungen des ZNS und auch durch Lähmungen häufig die Möglichkeit fehlt, den ganzen Körper als zu sich selbst gehörig zu empfinden (Fröhlich, 1998, S. 58). Beobachtungen zeigen jedoch, dass musiktherapeutische Interventionen, wie sie z.B. unter TBQ Modus 1 beschrieben wurden, das Körperempfinden von Menschen mit schwerer und schwerster Mehrfachbehinderung zumindest für die Dauer der Intervention verändern können.

Ein fehlendes Körperselbstempfinden kann sich weiterhin im Nähe- und Distanzverhalten zeigen, so dass ein Mensch sich nicht berühren lässt oder – im Gegenteil – distanzlos ist (Schumacher 1999, S. 47). Auch selbstverletzendes Verhalten, ein fehlendes Raumgefühl und/ oder die unverhältnismäßig starke Wahrnehmung eigener körperlicher Signale (ebd., S. 27), können vor diesem Hintergrund gesehen werden. Hat ein Mensch kein Empfinden für seinen Körper und seine Bewegungsmöglichkeiten entwickelt, so kann er weder intentionale Handlungen ausführen, noch kann er Ereignisse, die er durch eigene Bewegungen verursacht hat, mit sich selbst in Verbindung bringen. Bei schwerst mehrfach behinderten Menschen wird dies z.B. an fehlenden Reaktionen auf selbst hervorgebrachte Klänge sichtbar.

Beispiel: Die Therapeutin legt Mona eine Kantele auf die Oberschenkel. Mona greift, ohne ihren Blick zu dem Instrument zu wenden, in Richtung der Saiten und bringt sie eher zufällig zum Klingen. Die hörbaren Töne führen bei ihr zu keiner sichtbaren Reaktion. Sie scheint sich nicht als Urheberin des Klanges zu erleben.

Zu 2. Urheberschaft:

Vielen Menschen mit schweren körperlichen Behinderungen ist es kaum möglich, Handlungen gewollt auszuführen und sich als Urheber einer Handlung zu erleben. Durch fehlende Koordination, Spastik, überschießende Bewegungen und weitere Beeinträchtigungen der Bewegungsfähigkeit muss ein schwerst körperbehinderter Mensch „in Teilbereichen oder fast vollständig darauf verzichten, seinen Körper als Medium des Erkundens, Erforschens und seiner Neugier zu benutzen, aber auch auf den Körper als Medium der Annäherung und Kommunikation" (Fröhlich, 1998, S. 59). Sind minimale Fähigkeiten vorhanden, können diese im Alltag selten eingesetzt werden, da es auf Seiten der Bezugspersonen meist sehr viel Zeit erfordert, Impulse abzuwarten und Handlungsmöglichkeiten zu unterstützen.

Für die musiktherapeutische Arbeit wurden verschiedene Hilfsmittel erfunden, die es schwer körperbehinderten Menschen ermöglichen sollen, eigenständig Klänge hervorzubringen und sich so als Urheber zu erleben. Dies können Glöckchenarmbänder sein, die an Handgelenken oder Füssen befestigt werden können, oder auch Schnurkonstruktionen, genannt „Schnukos®“ (Thoms, 2004), die die Bewegungen schwerst behinderter Menschen zu Instrumenten wie Chimes oder Triangel leiten und diese zum Klingen bringen. Diese Hilfen sind dann sinn- und wertvoll, wenn ein Mensch tatsächlich einen Zusammenhang zwischen seiner Bewegung und den ertönenden Klängen herstellen und sie gezielt beeinflussen kann. Ist diese Fähigkeit nicht entwickelt, so ist das Klangereignis meist zu wenig mit der Bewegung synchronisiert, als dass es tatsächlich zu einer Verbindung der Sinneseindrücke Spüren und Hören kommen könnte und ein urheberschaftliches Erleben möglich wird. Auch elektronische Geräte, die Bewegungen exakt in Töne umsetzen können, werden eingesetzt. Hier ist immer wieder Sinn und möglicher Schaden abzuwägen. Es darf nicht zu einer Überstimulation kommen, indem bei einem Menschen - der womöglich auch noch sich selbst überlassen wird - über längere Zeit jegliche Bewegung hörbar gemacht wird, ohne dass er die Möglichkeit hat, das Gerät abzustellen. Auch hier ist es wichtig, dass er durch einen Menschen begleitet wird, der zur Regulation von Affekten zur Verfügung steht und das Erleben des Menschen mit schwerer Mehrfachbehinderung teilt.

Für die weitere Überarbeitung der EBQ-sMb-Skalen ist zu überlegen, welche Merkmale dafür sprechen, dass ein Kern-Selbst zumindest in einzelnen Aspekten entwickelt ist. Auch wenn ein Mensch sich nicht oder nur mit Unterstützung als Urheber einer Handlung erleben kann, so kann es ihm z.B. dennoch möglich sein, seine Aufmerksamkeit auf etwas außerhalb seiner Selbst zu richten. Dementsprechend heißt es in der KEBQ-sMb-Skala:

„KEBQ-sMb - Modus 3: Kontakt zu sich selbst/ Selbsterleben

Hauptmerkmale dieses Modus sind eine ruhige Affektlage und eine gerichtete Aufmerksamkeit. Ist der Mensch mit schwerer Mehrfachbehinderung körperlich dazu in der Lage, Handlungen auszuführen, so sind diese mit einer Intention verbunden.“

Für das Erleben von Urheberschaft ist es wichtig, dem Menschen mit schwerer Mehrfachbehinderung Gelegenheiten zu selbst initiiertem eigenständigem Handeln zu geben, oder es ihm zu ermöglichen, Auslöser einer Situation zu sein. Während es im Alltagsgeschehen oftmals der Zeitdruck nicht erlaubt, die Initiativen eines schwer behinderten Menschen zu beachten oder gar auf sie zu warten, kann im therapeutischen Kontext das Erkennen und Unterstützen kleinster Initiativen ein wesentlicher Inhalt der Therapie sein. Zur Entwicklung eines Kern-Selbstempfindens greift der Therapeut die Äußerungen und Handlungen des Menschen mit schwerer Mehrfachbehinderung auf und imitiert, begleitet und/ oder umspielt sie, um ihm so seine eigenen Aktivitäten bewusst zu machen.

Beispiel: *Linas Arme sind durch ihre Spastik meist angewinkelt und zum Oberkörper gezogen. Die Therapeutin hält eine Gitarre vor Linas Hände, so dass die Saiten in Schwingung versetzt werden, als Lina ihre Arme streckt und nach unten bewegt. Lina bemerkt, dass sie es ist, die Klänge hervorgerufen hat, und beginnt zu lächeln. Sie unternimmt einen neuen Versuch, streckt die Hände, soweit es ihr möglich ist, nach vorne und spielt erneut die Saiten an. Die Therapeutin unterstützt Linas Spiel stimmlich und gibt ihm einen musikalischen Rahmen.*

„TBQ-sMb - Modus 3: Selbsterleben/ Bewusst machen

Hauptmerkmal der therapeutischen Intervention ist das Ziel, dem Menschen mit schwerster Mehrfachbehinderung die eigenen Äußerungen (instrumental oder stimmlich) oder auch seinen Körper bewusst zu machen. Der Therapeut imitiert, begleitet, umspielt, besingt die Äußerungen bzw. Handlungen des Menschen mit schwerster Mehrfachbehinderung oder er setzt Situationslieder ein.“

Für die therapeutische Intervention bedarf es zunächst einer Grundhaltung, die den Impulsen und Initiativen des Menschen mit schwerer Mehrfachbehinderung Raum gibt. Im Gegensatz zu einem Umgang, bei dem er erlebt, dass an ihm oder stellvertretend für ihn gehandelt wird, soll ihm hier Raum für eigene Handlungen gegeben werden. Hierbei spielt der Faktor Zeit und das (Er-)warten möglicher Äußerungen eine wesentliche Rolle. In seiner Musik lässt der Therapeut genügend Freiraum für den Menschen mit schwerer Mehrfachbehinderung entstehen, gleichzeitig schafft er aber auch einen musikalischen Rahmen, damit keine spannungsreichen Pausen entstehen.

Zu 3. Selbstkontinuität:

Die Fähigkeit, sich an Situationen zu erinnern, die affektiv besonders stark erlebt wurden, setzt voraus, dass ein Mensch Wahrnehmung, Handlung und Empfinden koordinieren kann (Schumacher, 1999, S. 46). Inwieweit diese Fähigkeit bei einem Menschen entwickelt ist, ist meist schwer zu beurteilen, wenn Erinnerungen nicht verbal mitgeteilt werden können, aber Reaktionen auf eine Situation die Erinnerung an frühere ähnliche Erlebnisse vermuten lassen. Aus dieser Sicht wird deutlich, wie wichtig Alltagsstrukturen und wiederkehrende Abläufe im Leben schwer und schwerst mehrfachbehinderter Menschen sein können. Auch in der Musiktherapie können immer wiederkehrende Stundenelemente nach einigen Therapiestunden evtl. wiedererkannt werden. Dies umfasst nicht allein bestimmte Lieder und Abläufe, sondern auch Spannungsverläufe, die in den Stunden durch bestimmte Interventionen wiederkehren.

Beispiel: *Lina wird von der Therapeutin auf den Schoß genommen und in ihrem Atemrhythmus gewiegt. Dazu singt die Therapeutin eine einfache Melodie, die auch* *mit Linas Atem verknüpft ist. Lina kommt hierbei sehr zur Ruhe und entspannt ihren Körper. Über viele Musiktherapiestunden hinweg hat sie erlebt, dass diese Intervention der Therapeutin ihr gut tut und scheint sich daran bereits zu erinnern, wenn sie auf den Schoß gesetzt wird, da sie ihren Körper viel weniger anspannt, als zu Beginn der Therapie vor einigen Jahren.*

2.3.5 Modus 4: Intersubjektivität

Ab dem 7. – 9. Lebensmonat ist bei Säuglingen die Entwicklung einer „intersubjektiven Bezogenheit" (Stern, 2007, S. 56) zu beobachten. Dies setzt voraus, dass sich der Säugling als eigene Person empfindet, die physisch von anderen Personen getrennt ist. Nun entdecken die Säuglinge, „dass die innerlichen subjektiven Erfahrungen, der Inhalt ihrer Gefühle und Gedanken, unter Umständen mit anderen geteilt werden können" (Stern, 2007, S. 179).

Nach Stern sind hier drei innere Zustände kennzeichnend:

1. *Inter-Attentionalität: Der Säugling ist in der Lage, gemeinsam mit seiner Mutter oder einer anderen Person seine Aufmerksamkeit auf etwas Drittes zu richten. Der Säugling lässt dabei „den Blick zwischen dem Zielpunkt und dem Gesicht der Mutter hin- und herwandern, um festzustellen, ob sie seine Aufmerksamkeitsrichtung teilt" (Stern, 2007, S. 186).*
2. *Inter-Intentionalität: Die Fähigkeit zur Inter-Intentionalität beinhaltet, dass der Säugling in der Lage ist, einer anderen Person einen inneren Zustand zuzuschreiben, in dem die andere Person Verständnis für die Absicht des Kindes hat und die Erfüllung dieser Absicht zu einer eigenen Intention macht (ebd., S. 188).*
3. *Interaffektivität: Mit diesem Begriff bezeichnet Stern die Fähigkeit des Säuglings, „eine Entsprechung zwischen dem eigenen, innerlich erlebten Gefühlszustand und dem Gefühlszustand, den er ‚an' oder ‚in' einer anderen Person beobachtet" (ebd., S. 190) herzustellen. Hierfür ist der Blickkontakt zur Bezugsperson i.S. der sozialen Rückversicherung entscheidend.*

Was Stern unter dem Begriff der „Intersubjektivität" zusammenfasst, ist in den Skalen des EBQ-Instrumentes in drei Modi zu finden: Intersubjektivität (Modus 4), Interaktivität (Modus 5) und Interaffektivität (Modus 6). Dazu die folgenden Abschnitte.

Schaut ein Mensch mit schwerer Mehrfachbehinderung bei einem für ihn wichtigen Erlebnis oder bei emotionaler Unsicherheit zum Therapeuten, so zeigt die Qualität dieses Blickes nicht nur, dass der Therapeut als Person wahrgenommen wird, sondern auch, dass das Erleben des Therapeuten für sein Empfinden eine Bedeutung hat.

Beispiel: *Axel kommt zu seiner ersten Musiktherapiestunde in den Raum und geht sofort auf einen großen Gong zu. Er greift nach dem Schlegel, dreht sich dann aber* *zunächst zur Therapeutin um und blickt sie an. Erst als er ihr zustimmendes Gesicht gesehen hat, beginnt er auf dem Gong zu spielen.*

Die Hauptmerkmale der Intersubjektivität werden in der KEBQ-sMb-Skala wie folgt beschrieben:

„KEBQ-sMb – Modus 4: Kontakt zum Anderen/ Intersubjektivität:
Hauptmerkmal ist die Fähigkeit zur sozialen Rückversicherung. Der Mensch mit schwerster Mehrfachbehinderung zeigt Interesse an einer Tätigkeit und am Therapeuten. Durch Blickaustausch und Pausen kann sich der Mensch mit schwerster Mehrfachbehinderung selbst affektiv regulieren.“

Für das Ziel der vorliegenden Arbeit ist eine differenzierte Untersuchung der genannten Hauptmerkmale sinnvoll. Wie oben beschrieben wurde, ist ein Merkmal des Modus 4 die Fähigkeit zur Intersubjektivität, d.h. der Mensch mit schwerer Mehrfachbehinderung ist in der Lage, seine Aufmerksamkeit auf eine gemeinsame Tätigkeit und/ oder den Therapeuten und sein Spiel zu richten (Inter-Attentionalität) bzw. gemeinsam mit ihm ein Ziel zu verfolgen, wie z.B. das gemeinsame Spiel auf Instrumenten (Inter-Intentionalität) und sein Erleben rückzuversichern. Diese Fähigkeiten werden für die Untersuchung im Rahmen dieser Arbeit mit 4I (I = Intersubjektivität) eingeschätzt und dargestellt. Ein weiteres wesentliches Merkmal des Modus 4 ist die Fähigkeit, Pausen zu machen, um das Erlebte zu verarbeiten. Pausen mit dieser Qualität werden in dieser Arbeit mit 4P (P = Pause) gekennzeichnet. Diese Unterscheidung ist hilfreich, da Pausieren der Selbstregulation dienen kann und daher eine Kompetenz des Menschen mit schwerer Mehrfachbehinderung darstellt, die der Therapeut wahrnehmen sollte, um entsprechend zu reagieren (vgl. Schumacher et al., 2013, S. 25 f.). Übersieht der Therapeut das Bedürfnis nach einer Pause und forciert neuen Kontakt, so kann dies zu einer erhöhten Anspannung führen.

Für die weitere Entwicklung der Skalen ist es wichtig zu untersuchen, welche körperlichen oder mimischen Zeichen bei schwer mehrfachbehinderten Menschen, die aufgrund schwerer Sehbehinderung keinen Blickkontakt zum Therapeuten suchen, auf die Fähigkeit zur interpersonellen Bezogenheit hinweisen und welche Verhaltensweisen bei diesen Menschen auf das Einbeziehen des Therapeuten in das eigene Erleben hinweisen können. So zeigen z.B. mimische Reaktionen, mit denen ein Mensch mit schwerer Behinderung adäquat auf Reize reagiert, dass er sich auf Menschen oder Ereignisse außerhalb seiner Selbst beziehen kann. Die Fähigkeit, sich auf etwas zu beziehen, also z.B. auf das Instrumentalspiel des Therapeuten zu reagieren, ist in der Musiktherapie mit Menschen mit schwerer Mehrfachbehinderung wesentlich häufiger zu beobachten, als ein aktives Instrumentalspiel, gemeinsames Singen etc. Hier sollte zur Anpassung des EBQ-Instrumentes für die Arbeit mit Menschen mit schwerer Mehrfachbehinderung weiter untersucht werden, ob die geteilte Aufmerksamkeit ohne die Fähigkeit zur Inter-Intentionalität, evtl. auch ohne die Fähigkeit zum interpersonellen Blickaustausch, tatsächlich das ausschlaggebende Merkmal für die Einschätzung des Modus 4 sein kann. In der vorliegenden Arbeit wurde dies angenommen und im Untersuchungsteil entsprechend eingeschätzt.

Kommt ein interpersoneller Blickaustausch zustande, so fühlt sich der Therapeut als Person wahrgenommen und kann im Rahmen seiner musiktherapeutischen Interventionen eigene Ideen einbringen. Auch deutliche Reaktionen verbunden mit längerfristiger Aufmerksamkeit auf das Spielen, Singen, Sprechen oder die Berührungen des Therapeuten, können darauf hinweisen, dass der Mensch mit schwerer Mehrfachbehinderung dazu in der Lage ist, seine Aufmerksamkeit gemeinsam mit dem Therapeuten auf etwas Drittes zu richten.

„TBQ-sMb – Modus 4: Intersubjektivität/ als Person einbezogen werden
Der Therapeut erlebt, dass er vom Menschen mit schwerer Mehrfachbehinderung als Person einbezogen wird. Zeigt der Mensch mit schwerer Mehrfachbehinderung rückversichernde Blicke, so kommt der Therapeut diesem Bedürfnis nach Rückversicherung der Wahrnehmung und Empfindungen entgegen. Kommt kein Blickaustausch zustande, so ist kennzeichnendes Merkmal die Inter-Attentionalität, d.h. die gemeinsame Ausrichtung der Aufmerksamkeit auf etwas Drittes.“

Neben einer weiteren Untersuchung der Merkmale, die zu einer Einschätzung des KEBQ Modus 4 führen, sind hilfreiche Interventionen zu überlegen. Besonders, wenn ein Mensch die Fähigkeit zur interpersonellen Bezogenheit entwickelt hat, ist zu beachten, dass seine Beeinträchtigungen dennoch in Entwicklungsschichten liegen können, die mit Blick auf die EBQ-Skalen „darunter“, also bei den Modi 0-3 liegen können. So kann es z.B. sinnvoll sein, einem Menschen, der auf Grund seiner Körperbehinderung nur wenige Möglichkeiten zu eigenen Aktivitäten hat, in der Therapie nicht nur etwas vorzuspielen und seine Reaktionen zu erwarten, sondern ihm auch urheberschaftliches Erleben (Modus 3) zu ermöglichen.

2.3.6 Modus 5: Interaktivität

Der Begriff Interaktivität umfasst die Fähigkeit, sowohl eigene Spielideen einzubringen als auch die des Therapeuten aufzugreifen und diese zu imitieren oder auf sie im Sinne eines Dialogs zu reagieren. Der Begriff Dialog bedeutet in diesem Zusammenhang, dass zwei Menschen Motive gegenseitig voneinander aufgreifen und mit eigenen Ideen darauf antworten. Das Einhalten von Wechselpausen ist ein Kennzeichen dafür, dass die Dialogpartner einander zuhören und in der Lage sind, den jeweils anderen „ausreden“ zu lassen, ohne sich gegenseitig „ins Wort zu fallen“. Ob ein Mensch mit schwerer Mehrfachbehinderung diese Fähigkeit entwickeln kann, ist nicht nur von seiner emotionalen Entwicklung, sondern auch von seinen physischen Voraussetzungen abhängig.

„KEBQ-sMb – Modus 5: Beziehung zum Anderen/ Interaktivität

Hauptmerkmal ist der von dem Menschen mit schwerer Mehrfachbehinderung und dem Therapeuten gewünschte Kontakt mit dialogischem Charakter. Der Austausch ist entspannt und von positivem Affekt begleitet.“

Aufgrund der schweren körperlichen Behinderung und der damit verbundenen Einschränkung im Umgang mit Instrumenten, kommt dieser Modus selten im aktiven Instrumentalspiel in der Musiktherapie mit schwer oder schwerst mehrfachbehinderten Menschen vor. Im vokalen Bereich, d.h. stimmlich-vorsprachlich oder auf sprachlicher Ebene kann eine dialogische Fähigkeit durchaus entwickelt sein. Hier ein Beispiel von Mira, einer schwerst körperbehinderten, aber sprechenden jungen Frau.

Beispiel: *Zu Beginn der Stunde steht ein Lied, mit dem sich Mira und die Therapeutin wechselseitig begrüßen. Dabei stimmt sich Mira rhythmisch auf die von der Therapeutin gespielte Gitarrenbegleitung ab und singt ihre Antwort auf die Begrüßung der Therapeutin nach einer dem Melodiefluss entsprechenden Pause.*

> *Therapeutin (singt): „Hallo Mira, guten Tag!“*
> *Mira antwortet: „Hallo Silke, guten Tag!“*

„TBQ-sMb - Modus 5: Der musikalische Dialog/ Musikalisch antworten und fragen:

Hauptmerkmal ist der musikalische Dialog. Der Therapeut fühlt sich als Gegenüber und wird zum Dialogpartner.“

Für die weitere Überarbeitung der Skalen ist vor allem die Beobachtung der körperlichen und mimischen Zeichen derjenigen Menschen mit schwersten Körperbehinderungen wichtig, die in ihrer zwischenmenschlichen Beziehungsfähigkeit nur wenig beeinträchtigt sind. Wie bereits bei Modus 4 erwähnt, können verschiedene Entwicklungsbereiche stark divergieren. So ist evtl. die zwischenmenschliche Beziehungsfähigkeit und auch die Dialogfähigkeit entwickelt, die Beziehung zum eigenen Körper bzw. zu Objekten aber aufgrund der körperlichen Behinderungen sehr stark beeinträchtigt, so dass hier ein starkes Bedürfnis bestehen kann, den eigenen Körper zu spüren und Urheberschaft (siehe Modus 3) zu erleben. Therapeutische Interventionen sollten sich auch auf diese Entwicklungsschichten richten und nicht allein den dialogischen Kontakt in den Mittelpunkt stellen.

2.3.7 Modus 6: Interaffektivität

Das Teilen von Affekten wird zunächst durch therapeutische Interventionen erfahrbar, in denen sich der Therapeut rhythmisch, tonal, aber vor allem auch dynamisch auf die Äußerungen des Menschen mit schwerer Mehrfachbehinderung abstimmt. Von Interaffektivität im Sinne des Modus 6 spricht man, wenn Therapeut und Patient nicht nur wechselseitig initiieren (siehe Modus 5), sondern darüber hinaus im Spiel ein flexibler affektiver Austausch entsteht. Dies wird vor allem in der Dynamik des Spiels hörbar. Für Menschen mit schwerer Mehrfachbehinderung sind folgende Merkmale kennzeichnend:

„KEBQ-sMb - Modus 6: Begegnung/ Interaffektivität

Hauptmerkmal dieses Modus ist die Freude, die auch durch bestimmte Vorstellungsinhalte oder Rollenspiele entstehen kann. Die Beziehung ist sicher etabliert. Freude und Spaß können gemeinsam erlebt und gezeigt werden, ohne dass der Mensch mit schwerer Mehrfachbehinderung von hohen Affekten überfordert wird. Die Freude kann sich in der Qualität des Blickkontaktes ausdrücken.“

Häufig bestehen starke Diskrepanzen in unterschiedlichen Entwicklungsbereichen und so kann z.B. aufgrund körperlicher Behinderungen die Beziehung zum eigenen Körper oder die Möglichkeit, flexibel mit Objekten/ Musikinstrumenten umzugehen, sehr stark beeinträchtigt sein, während die Fähigkeit zur zwischenmenschlichen Beziehung entwickelt ist. Spielideen können gemeinsam entwickelt und z.B. im Rollenspiel umgesetzt werden. Das folgende Beispiel zeigt, dass dies neben der zwischenmenschlichen Beziehungsfähigkeit auch ein emotionales und kognitives Entwicklungsniveau voraussetzt, was z.B. ein Rollenspiel ermöglicht.

Beispiel: *Mara und die Therapeutin improvisieren mit Xylophon und Gitarre. Plötzlich unterbricht ein lauter von Mara gespielter Xylophonschlag die ruhige Musik und Mara eröffnet das Rollenspiel: Heinzelmännchen sind in den Musiktherapieraum gekommen, um sich auf den Instrumenten auszutoben! Sie müssen unbedingt aus dem Raum vertrieben werden, damit sie keinen Schaden anrichten! Mara und die Therapeutin hecken einen Plan aus, wie dies geschehen kann: lautstarkes Trommeln soll die Heinzelmännchen verjagen! Es entsteht ein gemeinsames Trommelspiel, das sowohl von dem Rollenspiel als auch von wiederkehrendem Blickaustausch und geteilter Freude geprägt ist.*

Der Therapeut ist hier Partner im gemeinsamen Spiel:

„TBQ-sMb - Modus 6: Der Spielraum - Spielen / Spaß haben /Phantasieren

Hauptmerkmal der therapeutischen Intervention ist das gemeinsame Erleben von Freude und Spaß. Der Therapeut fühlt sich als Spielpartner.“

Ein Aspekt, der für die therapeutische Interventionsmethodik und damit auch für die weitere Überarbeitung der Skalen von wesentlicher Bedeutung ist, ist die Beobachtung des affektiven Ausdrucks. Die Freude, die in diesem Modus gemeinsam mit dem Therapeut erlebt wird, kann die Fähigkeit zur Selbstregulation übersteigen, so dass der Therapeut besonders hier darauf achten muss, welche Unterstützung der Mensch mit schwerer Mehrfachbehinderung bei der Affektregulation benötigt.

2.4 Affektregulation im Kontext entwicklungspsychologisch orientierter Musiktherapie

In Kapitel 2.3 wurden die verschiedenen Qualitäten der EBQ-Modi 0-6 anhand von Beispielen aus der Skala zum körperlich-emotionalen Ausdruck (KEBQ-sMb) und der Skala zum Therapeuten und seinen Interventionen (TBQ-sMb) vorgestellt. Die vorläufige Anpassung der KEBQ-Skala mit der Beschreibung aller Merkmale ist im Anhang dieser Arbeit zu finden (siehe Anhang 1). Bisher zeigte die Einschätzung des körperlich-emotionalen, des stimmlich-vorsprachlichen und des vokalen Ausdrucks schwerst mehrfachbehinderter Erwachsener, dass das Entwicklungsniveau verschiedener Fähigkeiten stark divergieren kann (Reimer, 2010), das heißt, es können unterschiedliche Modi für verschiedene Entwicklungsbereiche festgestellt werden. Weiterhin wird deutlich, dass die Fähigkeit zur zwischenmenschlichen Beziehung bei vielen Menschen nicht entwickelt ist, d.h. das sozio-emotionale Entwicklungsalter beträgt weniger als sieben Monate. Dies zeigte auch die Videoanalyse, die im Rahmen dieser Arbeit durchgeführt wurde (siehe Kap. 5).

Die Beschreibungen zur TBQ-Skala zeigten, dass Interventionen zur Affektregulation (TBQ Modus 2) nur eine von mehreren Interventionstechniken sind, die dann hilfreich und sinnvoll sind, wenn beim Menschen mit schwerster Mehrfachbehinderung eine unregulierte Affektlage (KEBQ-sMb Modus 2) in Erscheinung tritt. Dies ist notwendig zu betonen, damit durch die vorliegende Arbeit nicht das Missverständnis entsteht, es gehe in der Musiktherapie mit schwerst mehrfachbehinderten Menschen ausschließlich um dieses Thema. Wie jedoch Kapitel 4 zeigen wird, ist eine ausgeglichene Affektlage die Basis für die Fähigkeit zur Interaktion und für die weitere Entwicklung.

Tabelle 1 (siehe S. 49) zeigt, in welchen Schritten das Thema „Affektregulation“ im Kontext entwicklungspsychologisch orientierter Musik in den folgenden Kapiteln dargestellt wird. In Spalte 1 werden die in Kapitel 2.1 genannten Aspekte entwicklungspsychologisch orientierter Therapien genannt, Spalte 2 zeigt hierzu die Themen, die für die vorliegende Arbeit relevant sind.

Tabelle 1: Umsetzung eines entwicklungspsychologisch orientierten Vorgehens für das Thema dieser Arbeit

Aspekte entwicklungspsychologisch orientierter Therapien	**Affektregulation in der musiktherapeutischen Arbeit mit schwerst mehrfachbehinderten Menschen**
Beschreibung entwicklungspsychologischer Grundlagen zu spezifischen Entwicklungsbereichen	Entwicklungspsychologische Grundlagen zur emotionalen Entwicklung und zur Entwicklung der Affektregulation (siehe Kap. 3)
Beschreibung des Krankheitsbildes aus entwicklungspsychologischer Sicht und Beschreibung der Auswirkungen von körperlichen und psychischen Beeinträchtigungen auf die Entwicklung	Beschreibung der Auswirkung schwerster Mehrfachbehinderung auf die emotionale Entwicklung, speziell Affektregulation
Einschätzung des Entwicklungsstandes	Beschreibung von körperlichen und mimischen Zeichen, die auf Belastung oder Stress hinweisen (siehe Kap. 4 und 5)
Zusammenführung der entwicklungspsychologischen Perspektive und der krankheitsspezifischen Entwicklung zur Beschreibung sinnvoller therapeutischer Interventionen	Beschreibung therapeutischer Interventionen, die zu einer ausgeglichenen Affektlage beitragen (siehe Kap. 6)

3 Erkenntnisse der Säuglingsforschung zur Affektregulation und ihre Bedeutung für Menschen mit schwerster Mehrfachbehinderung

3.1 Entwicklung der Affektregulation

In der Beziehung zu feinfühligen Bezugspersonen erlebt ein Säugling von Geburt an, dass er mit seinen Bedürfnissen wahrgenommen wird und die Bezugsperson auf ihn reagiert. Nach Ainsworth ist Feinfühligkeit durch folgende Merkmale gekennzeichnet: Die Bezugsperson nimmt den affektiven Ausdruck und die Verhaltensweisen des Säuglings wahr, interpretiert sie richtig und reagiert prompt und angemessen (Ainsworth, 2003). Auf diese Weise erlebt der Säugling, dass hohe affektive Zustände regulierbar sind und erwirbt im Laufe des ersten Lebensjahres zunehmend eigene Kompetenzen im Umgang mit hohen Affekten. Untersuchungen haben gezeigt, dass Kinder feinfühliger Bezugspersonen in ihrem späteren Leben positive Affekte sehr intensiv erleben, während negative Affekte auf einem eher niedrigen Niveau erlebt werden (Bradley, 2003, S. 30). Für Kinder, auf deren Bedürfnisse nicht angemessen reagiert wurde, können negative Affekte schnell überflutend sein.

In seiner Monografie „Emotional Development“ (Sroufe, 1995) bezeichnet Sroufe die zunehmende Fähigkeit, Spannung zu tolerieren und zu regulieren als eine der bemerkenswertesten Entwicklung des ersten Lebensjahres. Handelt es sich um Spannung, die den Säugling negativ belastet, so wird dies mit dem Begriff „Distress“ bezeichnet. Je nach Entwicklungsstand und Situation benötigt ein Mensch zur Regulation der Spannung die Unterstützung eines anderen Menschen oder ihm stehen eigene Fähigkeiten zur Regulation zur Verfügung. Die folgenden Abschnitte zeigen die Vorläufer der Selbstregulation in der Entwicklung eines Säuglings und die jeweilige Bedeutung der Bezugsperson für diese Entwicklung. Sroufe beschreibt die Vorläufer der Selbstregulation in drei Phasen:

1. Phase: physische Regulation durch die Bezugsperson (0. – 3. Lebensmonat)

2. Phase: Bezugspersongeleitete dyadische Regulation (4. – 6. Lebensmonat)

3. Phase: Dyadische Spannungsregulation (6. – 12. Lebensmonat)

Für eine entwicklungspsychologisch orientierte Musiktherapie mit Menschen mit schwerster Mehrfachbehinderung ist von Interesse, inwieweit Sroufes Ausführungen zu einem besseren Verständnis des Erlebens und des Ausdrucks dieser Menschen beitragen können. Folgende Fragen sind für die Anwendung dieser Erkenntnisse in der Arbeit mit schwerst mehrfachbehinderten Menschen interessant:

Ursachen von Erregung, Anspannung und Distress: Welche Ursachen können im Säuglingsalter zu Erregung, Anspannung und Distress führen? Lassen sich hier Parallelen zu Menschen mit schwerster Mehrfachbehinderung finden?
Eigene Regulationsfähigkeiten: Welche Fähigkeiten bzw. Verhaltensweisen des Säuglings tragen zur Modulation von Erregung und Anspannung bei? Welchen Einfluss haben schwerste Körperbehinderungen auf die Entwicklung dieser Fähigkeiten und Verhaltensweisen?
Regulation durch die Bezugsperson: Welche Umgangsweisen der Bezugspersonen sind für den Säugling zur Regulation hilfreich? Lassen sich hieraus Erkenntnisse für (musik-)therapeutische Interventionen zur Affektregulation ziehen?

In den folgenden Abschnitten werden die drei Phasen der Entwicklung affektiver Regulation nach Sroufe beschrieben und die mögliche Anwendung dieser Erkenntnisse in der musiktherapeutischen Arbeit mit Menschen mit schwerster Mehrfachbehinderung dargestellt. Hinweise auf therapeutische Interventionen sind hier nur beispielhaft angeführt und werden ausführlich in Kapitel 7 dieser Arbeit beschrieben.

3.1.1 Physische Regulation durch die Bezugsperson

0. – 1. Lebensmonat: In den ersten Lebenswochen ist die Anpassung an die Umwelt die vorrangige Entwicklungsaufgabe des Säuglings. Distress rührt vorwiegend von inneren Spannungen her, die aus den Grundbedürfnissen des Säuglings entstehen. Auch externe Reize können besonders in den ersten Lebenswochen Distress hervorrufen. Zwar fixieren Säuglinge in den frühen Wochen Objekte meist nur für eine kurze Zeit, jedoch kommt es vor, dass manche visuelle Stimuli die Aufmerksamkeit des Säuglings sehr stark fesseln. Währenddessen stoppt der Säugling seinen Verhaltensfluss, was zunächst zu einer ansteigenden Erregung und schließlich zu Distress führen kann (Sroufe, 1995, S. 62).

Ursache von Anspannung und Distress: – *innere Spannungen (bedingt durch Hunger, Müdigkeit etc.)* – *gefesselte Aufmerksamkeit – Stoppen des Verhaltensflusses*

Säuglinge haben in den ersten Lebenswochen nur sehr begrenzte Fähigkeiten zur Selbstberuhigung. Zwar dient Saugen der eigenen Beruhigung, jedoch erlauben es die motorischen Fähigkeiten eines Neugeborenen noch nicht, gezielt die eigenen Finger zum Mund zu führen, so dass es auf Hilfe angewiesen ist. Bezüglich externer Reize beschreibt Sroufe für den ersten Lebensmonat eine angeborene Fähigkeit, sich vor zu starker Stimulation zurück zu ziehen. Wenn z.B. ein sehr lautes Horn mehrfach ertönt, schlafen Säuglinge erstaunlicherweise nach einigen Tönen ein (ebd., S. 113). Diese sogenannte „absolute stimulus barrier" (ebd.) schützt Säuglinge in den ersten Lebenswochen, in denen sie noch keine Bewältigungsmechanismen zur Verfügung haben, vor Überstimulation.

Weint oder schreit das Neugeborene, erregt es sich zunächst noch mehr. Jedoch kann dies als Technik angesehen werden, die die Fürsorge der Bezugsperson sicherstellt (ebd., S. 115). Der Säugling erfährt, dass die Bezugsperson auf seine Signale reagiert und er sich mit ihrer Hilfe wieder beruhigen kann.

Eigene Regulationsfähigkeiten:
- *Saugen*
- *Weinen und Schreien, um die Fürsorge der Bezugsperson sicherzustellen*
- *Einschlafen bei schädigender Stimulation („absolute stimulus barrier")*

Die Säuglingsforscherin Als beschreibt vier sogenannte Systeme, die dem Säugling ebenfalls von Geburt an zur Regulation zur Verfügung stehen (Als, 1986). Da Als' Ausführungen für die vorliegende Arbeit eine wichtige Bedeutung haben, werden sie in einem eigenen Kapitel dargestellt (siehe Kap. 3.3).

In den ersten Lebenswochen ist der Säugling ganz auf die Unterstützung einer Bezugsperson angewiesen, die für ihn sorgt und seine Grundbedürfnisse befriedigt. Bei hoher Erregung beruhigt sie ihn durch physischen Kontakt wie z.B. das Halten Bauch an Bauch, Schaukeln und Streicheln und durch ihre Stimme.

Regulation durch die Bezugsperson:
- *Grundbedürfnisse: Sicherstellen der Versorgung*
- *durch physischen Kontakt, durch Schaukeln und durch eine beruhigende Stimme*

Überlegungen zur Anwendbarkeit dieser Erkenntnisse für Menschen mit schwerster Mehrfachbehinderung:

Sroufes Ausführungen zeigen, wie bedeutsam die Bewegungsfähigkeit für die Spannungsmodulation ist. Im Kontext der „absolute stimulus barrier" wurde beschrieben, dass bereits das kurzfristige Stoppen des Verhaltensflusses beim Säugling während einer Aufmerksamkeitsspanne zu einem erheblichen Spannungsanstieg und schließlich zu Distress führen kann. Es ist anzunehmen, dass Bewegungsbeeinträchtigungen bei schwersten Körperbehinderungen ebenfalls einen großen Einfluss auf die Fähigkeit zur Spannungsmodulation haben. Für therapeutische Interventionen zur Affektregulation könnte dies einen Hinweis darauf geben, wie essentiell das Einbeziehen der Körperlichkeit des Menschen mit schwerster Mehrfachbehinderung ist.

Beobachtungen in der eigenen Arbeit zeigen, dass auch bei Menschen mit schwerster Mehrfachbehinderung das intensive Aufnehmen von Reizen mit einer Bewegungslosigkeit einhergehen kann, die zu einem starken Spannungsanstieg führt.

Beispiel: *Marie nimmt an einer Musikgruppe teil, in der die Therapeutin ein Frühlingslied für die Gruppe singt. Marie nimmt Blickkontakt mit der Therapeutin auf und bewegt sich für einige Sekunden nicht, sondern blickt ununterbrochen zu ihr. Dabei zeigt der Blick keinen flexiblen Austausch mit der Therapeutin, sondern wirkt starr. Plötzlich bewegt Marie die Hände zum Mund, lautiert mit gepresster Stimme und beißt sich vor Übererregung in die Hand.*

Analog zu der von Sroufe beschriebenen physischen Regulation kann sich bei Menschen mit schwerster Mehrfachbehinderung die Aktivierung des Körperempfindens positiv auf eine hohe Körperspannung auswirken. Auch ruhige Musik oder die Stimme des Therapeuten können zu einer Beruhigung führen. Welche Faktoren hier für das Gelingen einer Intervention von Bedeutung sind, wird in Kapitel 7 ausführlich dargestellt.

Kennzeichnend für diese Entwicklungsphase ist, dass sich der Mensch mit schwerster Mehrfachbehinderung in seiner Not nicht gezielt an seine Bezugspersonen richten kann, um aktiv nach Hilfe zu suchen. Er ist ganz darauf angewiesen, dass die Bezugspersonen seine Äußerungen wahrnehmen und angemessen darauf reagieren. Dies kann bereits in der Säuglingszeit eines Menschen mit schwerster Mehrfachbehinderung zu Schwierigkeiten führen, wie in den Ausführungen zum 2. – 4. Lebensmonat (siehe S. 54 ff.) beschrieben wird.

Das Fehlen basaler Fähigkeiten und Erfahrungen kann einen großen Einfluss darauf haben, ob ein Mensch mit schwerster Mehrfachbehinderung die Handlungen und Äußerungen der Bezugsperson wahrnehmen und als Hilfe zur Regulation erleben kann. Welche Schwierigkeiten hierbei auftreten können, zeigen die folgenden Abschnitte:

- **Handlungen und Äußerungen eines anderen Menschen können nicht wahrgenommen werden:** *Wahrnehmungsbeeinträchtigungen können verhindern, dass der Mensch mit schwerster Mehrfachbehinderung die stimmlichen Äußerungen der Bezugsperson hört, ein ihm zugewandtes Gesicht sieht, oder Berührungen spürt. Hier ist es wichtig, eine Reizintensität zu finden, die der Mensch mit schwerster Mehrfachbehinderung wahrnehmen kann, oder Sinneskanäle zu suchen, über die eine Wahrnehmung am besten möglich ist.*
- **Handlungen und Äußerungen eines anderen Menschen können nicht integriert werden:** *Wahrnehmungsverarbeitungsstörungen können verhindern, dass der Mensch mit schwerster Mehrfachbehinderung die stimmlichen Äußerungen oder die Berührungen der Bezugsperson integrieren kann und beruhigend erlebt, da sie nicht mit dem eigenen Gefühlszustand in Verbindung gebracht werden. Hier können therapeutische Interventionen, die zunächst auf*

eine Verknüpfung der Sinnes- und Gefühlswahrnehmung zielen, zu einer Beruhigung führen.

- **Fehlende positive Beziehungserfahrung, Hospitalisierung/ Deprivation:** *Menschen mit schwerster Mehrfachbehinderung, denen z.B. durch Hospitalisierung oder Deprivation nicht ausreichend angemessene Unterstützung durch andere Menschen zur Verfügung stand, fehlt die Erfahrung, dass Spannung und hohe Affekte mit Hilfe eines anderen Menschen reguliert werden können. Bei diesen Menschen kann direkter Körperkontakt zu einem weiteren Spannungsanstieg führen.*
- **Fehlende Erfahrung mit positiv erlebtem Körperkontakt:** *Der größte Teil der Berührungserfahrung, die ein Mensch mit schwerster Mehrfachbehinderung in seinem Alltag macht, findet vermutlich während der Pflege statt. Hier kann Zeitdruck dazu führen, dass pflegerische Maßnahmen durchgeführt werden müssen, ohne dass das individuelle Tempo des Menschen mit schwerster Mehrfachbehinderung berücksichtigt werden kann. Steht ausreichend Zeit zur Verfügung so können Konzepte wie z.B. die „Basale Stimulation" nach Fröhlich (1998) dem Pflegepersonal wertvolle Hinweise geben, wie auch in diesem Kontext das Körperempfinden schwerst behinderter Menschen positiv verändert werden kann. Darüber hinaus hat ein großer Teil der Menschen mit schwerster Mehrfachbehinderung Klinikaufenthalte mit z.T. schmerzhaften Eingriffen erfahren müssen. Auch körperliche Untersuchungen durch Ärzte können als überwältigend erlebt werden. Fehlt einem Menschen mit schwerster Mehrfachbehinderung das Sprachverständnis, so kann er kaum verbal auf das vorbereitet werden, was ihm begegnen wird. Werden körperliche Berührungen häufig als überwältigend erfahren, so wird vermutlich auch Körperkontakt, der im Rahmen einer musiktherapeutischen Intervention stattfindet, zu einer erhöhten Spannung führen. Hier können musikalisch-spielerische Interventionen (kurze, rhythmische Berührungen zur Musik, Körperspiellieder etc.) erste positive Erfahrungen mit körperlichen Berührungen ermöglichen.*

2. – 3. Lebensmonat: Im zweiten bis dritten Lebensmonat wendet sich der Säugling vermehrt der Umwelt zu. In dieser Periode ist er relativ verletzlich, da er sich zwar für Stimulation öffnet, aber seine eigenen Fähigkeiten zur Erregungsmodulation noch nicht ausreichend entwickelt sind (Sroufe, 1995, S. 73).

Ursache von Anspannung und Distress:
- *vermehrte Aufnahme von Informationen*
- *noch wenig eigene Fähigkeiten zur Regulation*

Während sich der Säugling seiner Umwelt zuwendet, zeigt sich die beginnende Fähigkeit, Aufmerksamkeit, motorische Aktivitäten und Lächeln zu koordinieren. Dies ist für die affektive Regulation von großer Bedeutung, da nun das Stoppen des Verhaltensflusses (wie für den ersten Lebensmonat beschrieben) weniger in Erscheinung tritt. Auch die beginnende Fähigkeit, eine Ordnung in wiederkehrenden Ereignissen herstellen zu können (vgl. „auftauchendes Selbstempfinden“ (Stern, 2007, S. 72), hilft dem Säugling, die Erfahrung einer zuverlässigen Bezugsperson zu integrieren. Nach Baer sind Erregungsverläufe „die ersten Modalitäten, die Säuglinge lernen. [...] Steigende, anschwellende und abfallende, verblassende, heftige, abgehackte, niedrige oder hohe Erregung, das sind Leibregungen, die sie an sich, in ihrem eigenen Körpererleben und gleichzeitig in ihrer nahen Umgebung, im Kontakt mit der Mutter oder anderen nahe stehenden Personen erfahren.“ (Baer, 2009, S. 51).

Eigene Regulationsfähigkeiten:
- *Koordination von Aufmerksamkeit, motorischen Aktivitäten und Lächeln*
- *Erkennen von wiederkehrenden Ereignissen*

Eine wichtige Entwicklungsaufgabe in der Beziehung zwischen Säugling und Bezugsperson ist in den ersten drei Monaten das gegenseitige „Kennenlernen“. Die Bezugsperson wird mit den Äußerungen und Verhaltensweisen des Babys zunehmend vertrauter und gewinnt mehr und mehr die Sicherheit, dass sie die Bedürfnisse des Babys kennt und sie spezifisch treffen kann (Sroufe, 1995, S. 159 ff.). Beruhigungsstrategien werden immer effektiver, so dass der Säugling die Verlässlichkeit seiner Bezugsperson erlebt. Die entstehende Vertrautheit bildet die Basis für die Entwicklungsaufgaben der folgenden Monate.

Regulation durch die Bezugsperson:
- *Beruhigungsstrategien (physische Regulation) werden effektiver*

Überlegungen zur Anwendbarkeit dieser Erkenntnisse für Menschen mit schwerster Mehrfachbehinderung:

Das Vertrautwerden, was Sroufe für die erste Zeit nach der Geburt eines Säuglings als eine wichtige Entwicklungsaufgabe hervorhebt, ist sehr stark davon abhängig, wie kompetent sich die Mutter erlebt und wie effektiv ihre Möglichkeiten sind, hohe Affekte des Säuglings zu regulieren. Obwohl sich die vorliegende Arbeit hauptsächlich auf erwachsene Menschen mit schwerster Mehrfachbehinderung bezieht, sollen an dieser Stelle Überlegungen zur Säuglingszeit aufgeführt werden, die auch für die gesamte Lebensspanne von Bedeutung sind.

Durch körperliche Behinderungen kann der körperlich-emotionale Ausdruck eines Säuglings bereits von Geburt an verändert sein, so dass Bezugspersonen zunächst mit ihrem intuitiven Vorgehen scheitern können. So wirken Säuglinge mit einer Hypotonie schlapp und schlaff, wodurch sie in ihrem körperlichen Erscheinungsbild müde wirken. „Man begegnet ihnen vorsichtig und leise, möchte sie nicht stören und enthält ihnen so wichtige Anregungsimpulse vor.“ (Fröhlich, 1998, S. 60). Auch das Gegenteil kann der Fall sein, wenn ein inaktives Kind die

Erwachsenen dazu bringt, „ein Repertoire von zunehmend direktiveren Verhaltensweisen zu verwenden, im Versuch, das kindliche Niveau sozialer Teilnahme zu verbessern“ (Plahl, 2000, S. 52).

Auch Hypertonie hat einen Einfluss auf die Kommunikation. So wirken hypertone Säuglinge erregt und angespannt, woraufhin Bezugspersonen mit Beruhigungsstrategien reagieren. Gelingt die Regulation nicht, erleben sich Bezugspersonen angesichts der Stresszeichen des Säuglings häufig als inkompetent oder hilflos. Weiterhin ist es möglich, dass eine Anspannung der Muskeln als besondere Wachheit und Aufmerksamkeit missinterpretiert wird, was dann wiederum zu einer Überstimulation der Kinder durch die Eltern führen kann (Fröhlich & Simon, 2004, S. 51). Sowohl Überstimulation als auch eine Reizdeprivation haben negative Folgen für die weitere Entwicklung. Plahl weist darauf hin, dass „ursprünglich normale selbstregulierende Verhaltensweisen des Kindes [...] pathologisch oder defensiv werden [*können*], wenn Situationen mit interaktivem Versagen andauern und chronisch werden.“ (Plahl, 2000, S. 53).

Neben der starken emotionalen Belastung, die durch die Geburt eines behinderten Kindes entstehen kann, führen die Gefühle, vom Kind abgelehnt zu werden und Hilflosigkeit zu einer negativen Entwicklung der Beziehung. Während die Anstrengungen und Bemühungen von Müttern gesunder Säuglinge durch das Wachsen und Gedeihen des Kindes bestätigt und belohnt werden, erleben die Mütter von Kindern mit Behinderungen trotz all ihrer Anstrengungen keinen Erfolg. „Belohnung wird negiert, das Kind ist vielleicht steif, es spuckt die Nahrung wieder aus, es stagniert in seiner allgemeinen Entwicklung, es schreit viel“ (Fröhlich, 1998, S. 34). Die hier beschriebenen Schwierigkeiten haben nicht nur für diese erste Entwicklungsphase eine Bedeutung, sondern es wird vermutlich während der gesamten Lebensspanne eines Menschen mit schwerster Mehrfachbehinderung immer wieder zu Missinterpretationen seines Verhaltens kommen.

In den meisten Einrichtungen ist die therapeutische Arbeit so organisiert, dass spezifische Therapien (z.B. Musiktherapie, Ergotherapie, Logopädie etc.) jeweils einmal pro Woche stattfinden. Bezüglich des von Sroufe beschriebenen Aspektes des Vertrautwerdens ist es sehr unterschiedlich, inwieweit ein Mensch mit schwerster Mehrfachbehinderung über den Zeitraum von einer Woche eine Kontinuität herstellen kann und z.B. den Therapeuten oder zumindest bestimmte Abläufe und Erfahrungen wiedererkennt. Auch auf Seiten des Therapeuten kann es zu Beginn einer wöchentlich stattfindenden Therapie oft mehrere Wochen oder sogar Monate dauern, bis Verhaltens- und Ausdrucksweisen dieses Menschen und ihre mögliche Bedeutung dem Therapeuten vertrauter werden. Diese Vertrautheit kann sich durch ein genaues Beobachten der körperlich-emotionalen Zeichen des Menschen mit schwerster Mehrfachbehinderung entwickeln sowie durch ein Erspüren seines Gefühlszustandes während der Musiktherapie. Eine genaue Beobachtung und Interpretation der Verhaltensweisen per Videoanalyse kann sehr hilfreich sein, besonders um Reaktionen und Zusammenhänge zu erkennen, die in der Therapiesituation unbemerkt blieben. Auch Hospitationen bei Kollegen sind sinnvoll, um den Menschen in seinem Alltag oder bei anderen Therapeuten zu erleben. Ähnlich wie es Sroufe für die Säuglingszeit beschreibt, wird auch der Therapeut im Laufe der Zeit immer effektivere Interventionen finden, mit denen er den Menschen mit schwerster Mehrfachbehinderung erreichen kann.

Beispiel: *Nina sitzt auf dem Schoß der Therapeutin. Die Therapeutin wiegt sie ausgehend von Ninas Atemrhythmus und verknüpft diese Bewegung mit einem Gesang. Am Ende des Liedes drückt Nina ihren Oberkörper nach hinten, was die Therapeutin als Bedürfnis nach einer Pause interpretiert. Sie legt Ninas Oberkörper in ihrem Arm auf ein großes Kissen. Hier ruht Nina eine Weile bis sie schließlich ihren Kopf zur Therapeutin wendet, als sei sie nun erneut bereit. Die Therapeutin richtet sie wieder auf und beginnt erneut, zu Ninas Atemrhythmus zu singen. Durch die Interpretation und verlässliche Reaktion der Therapeutin wächst Vertrautheit und Nina wird den Zusammenhang zwischen ihren Bewegungen und den Reaktionen der Therapeutin zunehmend erkennen.*

In Einrichtungen wie z.B. Wohnheimen findet der Kontakt zwischen den Menschen mit schwerster Mehrfachbehinderung und dem Pflegepersonal meist während der Versorgung und Pflege statt. Darüber hinaus gibt es Gemeinschaftsräume, in denen sich Heimbewohner und Mitarbeiter über einen Teil des Tages gemeinsam aufhalten. So sind hier längere Zeitintervalle für das Zusammensein gegeben und die Mitarbeiter lernen die Heimbewohner in verschiedenen Alltagssituationen kennen. Andererseits fehlt wegen der umfangreichen Arbeitsaufgaben meist die Möglichkeit, dem Menschen mit schwerster Mehrfachbehinderung in einem zweckfreien oder sogar spielerischen Kontext zu begegnen. Um die gesamte Persönlichkeit eines Menschen kennenzulernen, ist ein Austausch der Berufsgruppen untereinander notwendig. Hier können Eindrücke und Erfahrungen aus Therapiestunden und Alltagsbeobachtungen zu einem größeren Bild zusammengefügt werden.

3.1.2 Bezugspersongeleitete dyadische Spannungsregulation[6]

„When well orchestrated, interactions between infants and caregivers can give the impression of true reciprocity, with each following the lead of the other. In fact, however, it has been shown that in the first half year it is the caregiver that guides the interaction, crafting the mutuality that the infant may then experience." (Sroufe, 1995, S. 165).

Die kognitive Entwicklung ist ab dem 4. Lebensmonat so weit fortgeschritten, dass der Säugling bei neuartigen Stimuli zwischen vertrauten und unvertrauten Elementen eines Stimulus unterscheidet. Vier Monate alte Säuglinge waren in einer experimentellen Situation zwar in der Lage, ihre Aufmerksamkeit von dem un-

6 Übersetzung der Verfasserin, im Original: „caregiver guided dyadic regulation" (Sroufe, 1995, S. 162).

beweglichen Gesicht eines Fremden abzuwenden, jedoch nahmen sie nach kurzer Zeit immer wieder Blickkontakt auf, als seien sie von diesem Gesicht angezogen (Bronson, 1972, in: Sroufe, 1995, S. 103). Die Pausen zwischen den Blicken schienen jedoch nicht auszureichen, um das Erlebte zu verarbeiten, so dass die Anspannung der Säuglinge zunehmend anstieg.

Ursachen von Anspannung und Distress:
- *Stimuli werden länger aufgenommen, als es die Verarbeitungsmöglichkeit erlaubt*
- *Intensität der Spannung erhöht sich durch Aufnahme von Reizen und bleibt zu lange auf hohem Niveau (siehe hierzu Kap. 3.2)*

Vom 4. bis 6. Monat entwickeln Säuglinge charakteristische Stile im Umgang mit Spannung und auch die Fähigkeit, schädigende Stimulation aktiv zu vermeiden. So sind sie z.B. in der Interaktion mit Bezugspersonen und auch im Kontakt mit anderen Stimuli nun in der Lage, steigende Spannung durch ein Abwenden des Blickes ausreichend zu modulieren.

Eigene Regulationsfähigkeiten:
- *Abwenden des Kopfes zur Verarbeitung des Erlebten*

Erlernte Strategien können zunächst nur dann effektiv genutzt werden, wenn sich der Säugling in einem Zustand relativ geringer Erregung befindet. Ist er hoch erregt, tendiert er dazu, auf frühere Stufen zurückzufallen. Bei chronischer Übererregung ist die Entwicklung von effektiven Strategien zur Spannungsmodulation nicht möglich. Hierzu weist Bradley auf den engen Zusammenhang zwischen Übererregung und Psychopathologie hin: „in those situations where the individual cannot use an effective coping/ problem-solving strategy and the situation continues to generate negative affect, the individual will experience a chronic/ prolonged state of arousal, which will be relevant in the development of psychopathology." (Bradley, 2003, S. 29).

Die Hauptentwicklungsaufgabe vom 4. bis 6. Monat bezeichnet Sroufe als „caregiver guided dyadic regulation" (Sroufe, 1995, S. 162). Die Bezugsperson liest den affektiven Ausdruck des Säuglings und die Zeichen von Distress, erfüllt sie mit Bedeutung und antwortet auf sie. Der Säugling sucht in dieser Phase zwar noch nicht aktiv nach der Bezugsperson zur Unterstützung, doch haben seine Zeichen einen Einfluss auf das Verhalten der Bezugsperson. Diese Phase ist ein wichtiger Vorläufer für die Affektregulation der folgenden Monate.

Regulation durch die Bezugsperson:
- *Wahrnehmen der Zeichen des Säuglings, entsprechende Anpassung des eigenen Verhaltens (z.B. in Intensität und Tempo der Interaktion) zur Spannungsmodulation*

Überlegungen zur Anwendbarkeit dieser Erkenntnisse für Menschen mit schwerster Mehrfachbehinderung:

Schwerste Körperbehinderungen können die Möglichkeit beeinträchtigen, sich durch Abwenden aus einer Situation selbst zu regulieren. Es ist Aufgabe des Therapeuten, ansteigende Spannung, die zur Überlastung des Menschen mit schwerster Mehrfachbehinderung führen könnte, rechtzeitig an körperlichen und physischen Zeichen zu erkennen und mit entsprechenden Interventionen zu reagieren.

Beispiel: *Marie löst bei ansteigender Spannung ihre sonst meist zusammengeführten Hände und beginnt, mit den Armen in der Luft zu rudern und mit dem Kopf zu wackeln, bis sie sich vor Übererregung in die Hand beißt. Die Therapeutin hat diese Abfolge von Verhaltensweisen häufig beobachtet und nun in der Arbeit mit Marie Möglichkeiten gefunden, sie bei der Regulation ihrer hohen Anspannung zu unterstützen. Wenn sich Maries Hände voneinander lösen und sie mit den Armen zu rudern beginnt, gibt die Therapeutin Marie Halt, indem sie zunächst Maries Hände berührt. Dies führt unmittelbar zu einer Reduktion der Anspannung, so dass die Therapeutin Maries Hände zusammenführen kann, was zu einer weiteren Beruhigung führt. Auf diese Weise steigert sich Maries Affekt nicht bis hin zur Selbstverletzung, sondern bleibt auf einem niedrigeren Niveau. Im weiteren Verlauf gelingt es dann durch das Singen der Therapeutin in Maries Atemrhythmus, Marie wieder zu sich selbst und zur Ruhe zu bringen (zur genauen Beschreibung der Intervention siehe Kap. 7).*

Dieses Beispiel zeigt, wie hilfreich es ist, Zeichen einer ansteigenden Spannung zu kennen, so dass schon zu einem frühen Zeitpunkt die Intervention entsprechend angepasst werden kann.

3.1.3 Dyadische Regulation

Wie die Ausführungen in diesem Abschnitt zeigen, werden in der zweiten Hälfte des ersten Lebensjahres die Fähigkeiten des Säuglings zur Spannungsmodulation immer differenzierter. Dennoch kann es zu Situationen kommen, in denen der Säugling Stimulation erfährt, die seine Fähigkeiten zur Verarbeitung übersteigen.

Ursachen von Anspannung und Distress:
- *Überstimulation*

Zur Spannungsmodulation kann der Säugling z.B. in der Interaktion mit seiner Bezugsperson den Blick abwenden, bevor seine Spannung zu hoch ansteigt. Er macht eine Pause und kann so das Erlebte verarbeiten. Ist seine Spannung wieder auf niedrigerem Niveau, wendet er sich seiner Bezugsperson erneut zu und erhält den Kontakt aufrecht. Tritt trotz dieser Fähigkeiten sehr hohe Spannung auf, so ist der Säugling nun in der Lage, seine Signale direkt an die Bezugsperson zu richten. Im Gegensatz zum Weinen der ersten Lebensmonate, das nicht sozial gerichtet ist, ruft der Säugling nun seine Bezugsperson, reicht nach ihr oder nähert sich und sucht auf diese Weise eine Assistenz bei der Regulation seiner Affekte. So spielt der Säugling zunehmend eine aktivere Rolle in einem dyadischen Regulationsprozess. Die Entwicklung dieser Fähigkeiten setzt voraus, dass der Säugling in den ersten Lebensmonaten positive und verlässliche Beziehungs- und Regulationserfahrungen gemacht hat.

Eigene Regulationsfähigkeiten:
- *Abwenden des Blickes zur Verarbeitung des Erlebten gelingt immer besser*
- *erneute Zuwendung bei niedrigem Spannungsniveau*
- *aktive Suche nach Hilfe*

Eine feinfühlige Bezugsperson versteht das Abwenden des Blickes als Bedürfnis nach einer Pause und handelt entsprechend, um Spannung zu reduzieren. In solch einer feinfühligen face-to-face-Interaktion wird der Übergang von einer physischen Basis für Sicherheit und Beruhigung hin zu einer psychischen Basis angebahnt, bei der der Säugling zunehmend über Mimik oder Stimme der Bezugsperson Sicherheit erfahren kann (Sroufe, 1995, S. 168). Auf diese Weise stellt die Bezugsperson Halt gebende Rahmenbedingungen bereit. Brazelton beschreibt dies wie folgt: „That is, she holds the infant with her hands, with her eyes, with her voice and smile, and with changes from one modality to another" (Brazelton, Koslowski, Main, 1974, S. 70). Durch diese Erfahrungen lernt der Säugling, seine Affekte und seine motorischen Reaktionen zu kontrollieren und so immer länger aufmerksam zu sein.

Für die weitere Entwicklung des Säuglings spielen die Reaktionen der Bezugsperson auf die Signale des Säuglings eine entscheidende Rolle. Sroufe beschreibt in diesem Zusammenhang, dass die immer wieder erfahrene Verfügbarkeit der Bezugsperson die Bewertung von Ereignissen durch den Säugling sehr stark beeinflusst. Reagiert die Bezugsperson prompt und angemessen auf die affektiven Signale des Säuglings, so unterstützt sie ihn bei der flexiblen Modulation des Spannungsniveaus. Der Säugling erlebt, dass hohe Spannung im Beisein einer Bezugsperson nicht notwendigerweise zu Distress und Desorganisation führen muss. Wenn der Grad der Spannung die Fähigkeiten des Säuglings übersteigt, passt die Bezugsperson die Situation den Fähigkeiten des Säuglings an. So erfährt der Säugling, dass auf einen Anstieg seiner Spannung gewöhnlich ein positiver Ausgang folgt (Sroufe, 1995, S. 144).

Regulation durch die Bezugsperson:
- *verlässliche Verfügbarkeit*
- *feinfühliger Umgang (vgl. Ainsworth, 2003)*

In der zweiten Hälfte des ersten Lebensjahres hängt die Regulation von Affekten nicht länger nur von dem ab, was die Bezugsperson tut und wie sie es tut, sondern auch davon, wie der Säugling die Zugänglichkeit, Verlässlichkeit und das Verhalten der Bezugsperson interpretiert. Diese zunehmend kognitiven Prozesse bauen auf früheren physiologischen Prototypen auf. So geht z.B. der oben beschriebenen Erwartung, dass organisiertes Verhalten angesichts hoher Erregung beibehalten werden kann, eine Geschichte von intuitiven Erfahrungen von Erregungsanstieg und Erregungsabfall voraus.

Diese intuitive Erfahrung macht der Säugling nicht nur in Situationen, in denen er beruhigt und getröstet wird, sondern auch in der alltäglichen Erfahrung und vor allem im Spiel mit seiner Bezugsperson. Versteckspiele, Kniereiter-Spiele (z.B. „Hoppe, hoppe Reiter“) etc. beinhalten Spannungsanstieg und Spannungsabfall bis hin zur Grenze von Überstimulation und wieder zurück. Durch den sicheren Rahmen, den die Bezugsperson bietet und die gestaltete Form des immer wiederkehrenden Spiels sind Säuglinge in der Lage, ein hohes Spannungsniveau positiv zu integrieren und sogar immer wieder neu zu wünschen. Hier zeigt sich, dass ein hohes Spannungsniveau nicht per se aversiv ist, sondern dass der Säugling hohe Spannung in einem sicheren Kontext sogar sucht und mit positiven Affekten darauf reagiert. Bringt die Bezugsperson den Säugling mit tolerablen, aber anwachsenden Levels von Stimulation in Kontakt und schützt sie ihn vor zu hoher Spannung oder hilft ihm, diese zu regulieren, so kann sich die Fähigkeit hohe Spannungsniveaus zu tolerieren und zu modulieren immer weiter entwickeln.

An diesen Beispielen wird deutlich, dass die Regulation von Spannung viel mehr erfordert, als nur die Überstimulation des Säuglings zu vermeiden oder ihm zur Entspannung zu verhelfen. In dieser Phase sind in der Mutter-Säuglings-Interaktion sehr häufig Sequenzen zu beobachten, in denen sich hohe Levels von Spannung aufbauen und in positiven affektiven Austausch münden. Solche Erfahrungen mit positiven Affekten sind ebenso ein Teil der Spannungsregulation, wie die Beendigung von Distress. Die Rolle der Bezugsperson besteht darin, den Säugling bei der Aufrechterhaltung von organisiertem und affektiv positivem Verhalten zu unterstützen.

Überlegungen zur Anwendbarkeit dieser Erkenntnisse für Menschen mit schwerster Mehrfachbehinderung:

Wendet man Sroufes Erkenntnisse auf Menschen mit schwerster Mehrfachbehinderung an, die die Fähigkeit zur interpersonellen Beziehung nicht entwickelt haben, so ist für die therapeutische Arbeit, aber auch für die Betreuung im Alltag entscheidend zu wissen, dass diese Menschen nicht in der Lage sind, gezielt nach Hilfe zu suchen, sondern darauf angewiesen sind, dass ihre Befindlichkeitszeichen wahrgenommen werden. Weiterhin sind Menschen in diesem Entwicklungsstadium nicht in der Lage, bei hohen Affekten, die ihre eigene Regulationsfähigkeit überschreiten, zu warten, bis jemand Zeit hat, auf sie einzugehen. Da sie möglicherweise nicht auf Erinnerungen zurückgreifen können, die ihnen das Vertrauen auf Hilfestellung geben, können hohe Affekte schnell als überflutend erlebt werden. Mehr noch: da die Erfahrung gelingender Regulation fehlt, können schon kleine Anlässe zu einem hohen Erregungsniveau führen. In einem solchen Zustand kann ein Mensch mit schwerster Mehrfachbehinderung nicht der verbalen Aufforderung nachkommen, sich zu beruhigen oder zu beherrschen. Seine Verhaltensweisen sind Ausdruck höchster Not, die er alleine nicht bewältigen kann.

Ist die Entwicklung weiter fortgeschritten, kann es einem Menschen mit schwerster Mehrfachbehinderung möglich sein, mit seinen Ausdrucksmöglichkeiten gezielt nach Hilfe zu suchen. Wenn diese Zeichen jedoch nicht wahrgenommen werden oder es andere Gründe gibt, die zuverlässige und adäquate Reaktionen auf seine Bedürfnisse verhindern (Zeitmangel, Überforderung der Bezugspersonen etc.), so wird er im Laufe der Zeit vermutlich resignieren und verstummen. Überlastung kann sich dann in Zeichen zeigen, die nicht gezielt an einen anderen Menschen gerichtet sind. Nur durch die zuverlässige Erfahrung, dass Befindlichkeitszeichen wahrgenommen und angemessen beantwortet werden, kann sich das Vertrauen in die mögliche Bewältigung hoher affektiver Zustände entwickeln.

Ein weiterer Aspekt, den Sroufe als wesentlichen Teil der Entwicklung nennt, ist das Erleben von spielerischem Spannungsanstieg und Spannungsabfall, den die Bezugsperson je nach Fähigkeiten und Bedürfnissen des Säuglings gestaltet. In der Musiktherapie können durch entsprechende Lieder Spannungsanstieg, Spannungshöhepunkt und Spannungsabfall erlebt werden. Unterschiedliche Spannungsintensitäten werden hier durch die musikalische Gestaltung erfahrbar – unabhängig vom Sprachverständnis. Die Form des Musikstückes ist eine wesentliche Hilfe, um auch nach einer hohen Spannungsintensität wieder zur Ruhe zu kommen.

Bei Menschen mit einer schweren Spastik, die intellektuell aber durchaus in der Lage sind, Spielideen aufzugreifen und mitzumachen, kann Instrumentalspiel mit spezifischen Aufgabenstellungen das körperliche Erleben von An- und Entspannung erfahrbar machen.

Beispiel: *Bei Aufregung klammert Lena ihre Hände an ihre Rollstuhllehnen, da sonst ihre schwere Spastik die Arme in die Höhe ziehen würde. Schon geringe emotionale Belastung kann ihre ganzkörperliche Anspannung sehr stark steigern. In der Musiktherapie kann sie in emotional ausgeglichenem Zustand mit einem Schlegel auf einer Rahmentrommel spielen, die ihr die Therapeutin je nach Schlagrichtung hinhält. Lena kann Aufgabenstellungen verstehen und - je nach körperlicher Verfassung - mitmachen. Es entsteht eine Spielidee zum Thema „Lauter werden – leiser werden". Lena und die Therapeutin beginnen leise ihr Trommelspiel, werden dann immer lauter und schließlich wieder leiser. In dieser spielerischen Situation gelingt es Lena, nach einer hohen Spannungsintensität ihren Körper selbst wieder zu entspannen, während sie sonst häufig der Anspannung ihres Körpers ausgeliefert zu sein scheint.*

Lena ist nach Fröhlichs Vokabular nicht nur eine „eindrucksfähige", sondern auch eine „ausdrucksfähige" Frau mit entwickelter interpersoneller Beziehungsfähigkeit und zählt so nach seiner Definition nicht zu den *schwerst*, sondern den *schwer* mehrfachbehinderten Menschen. Beispiele dieser Art sollen hier dazu dienen, Parallelen zwischen Ergebnissen der Säuglingsforschung und Erfahrungen aus der Arbeit mit Menschen mit Behinderungen ziehen zu können. Dies gilt auch für das folgende Kapitel.

3.1.4 Weitere Entwicklung bis hin zur Selbstregulation

Spannung oder Distress kann ab dem 12. Lebensmonat z.B. durch Trennung von Bezugspersonen oder durch andere belastende Situationen entstehen.

Ursachen von Anspannung und Distress:
- *belastende Situationen (Trennung, Streit, etc.)*

In diesem Alter können sich emotionale Reaktionen unmittelbar zeigen und deutlich als Angst oder Ärger zum Ausdruck kommen. Während Säuglinge im ersten Lebensjahr in stark belastenden Situationen zu weinen beginnen und sich bei hohen Affekten kaum selbst wieder beruhigen können, entwickeln sie ab dem 12. Lebensmonat die Fähigkeit, den emotionalen Ausdruck zu kontrollieren. Säuglinge können dann z.B. ihre Tränen zurückhalten, um in einer belastenden Situation neue Informationen aufzunehmen (Sroufe & Waters, 1977a).

Erkenntnisse der Bindungsforschung zeigen, dass frühe Interaktions- und Regulationserfahrungen in der weiteren Entwicklung einen deutlichen Einfluss auf den emotionalen Ausdruck haben. So zeigen sicher gebundene Kinder ihre Emotionen vor dem Hintergrund ihrer Erfahrung, dass ihre Bezugsperson hilfreich darauf reagiert. Kinder mit einem unsicher-vermeidenden Bindungstyp zeigen jedoch ihre negativen Emotionen nicht. Sie wirken nach außen hin ruhig, jedoch ist ein hohes Erregungsniveau anhand des Cortisolspiegels nachweisbar.

Eigene Regulationsfähigkeiten:
- *beginnende Kontrolle des emotionalen Ausdrucks*

Affektregulation umfasst sowohl Erfahrungen mit positiven Affekten als auch das Beenden von Distress. Die Bezugsperson hat in solchen Situationen die Aufgabe, dem Säugling durch eine Anpassung der Reizsituation und durch Unterstützung seiner Selbstregulation zu helfen, organisiertes und affektiv positives Verhalten beizubehalten.

Regulation durch die Bezugsperson:
- *Unterstützung der Selbstregulation*

Überlegungen zur Anwendbarkeit dieser Erkenntnisse für Menschen mit schwerster Mehrfachbehinderung:

In der musiktherapeutischen Arbeit kommen hohe positive Affekte häufig bei Menschen mit schwerster Mehrfachbehinderung vor, die eine zwischenmenschliche Beziehungsfähigkeit entwickelt haben. Typisch ist hier, dass auch bei positiven Affekten die Schwelle zur Übererregung oft relativ schnell erreicht wird, wenn Belastungszeichen nicht frühzeitig beachtet werden. Während Säuglinge hohe positive Affekte in der Interaktion mit der Mutter über wechselseitigen Blickaustausch regulieren können, nehmen Menschen mit schwerster Mehrfachbehinderung bei hohen Affekten selten Blickkontakt auf, wodurch die Affekte nicht mehr geteilt und im zwischenmenschlichen Austausch reguliert werden können. Verhaltensweisen, die in einer positiv begonnenen Interaktion zunehmende Belastung anzeigen, wie z.B. eine hohe Körperspannung oder eine durch die hohe Körperspannung erschwerte Atmung, werden von Bezugspersonen häufig kaum als Belastungszeichen wahrgenommen, da z.B. Lächeln oder Lachen sehr erwünschte oder beliebte Reaktionen sind, die dann noch zusätzlich weiter provoziert werden. Auf diese Weise erleben jedoch Menschen mit schwerster Mehrfachbehinderung, dass Empfindungen, die zunächst positiv begannen, immer wieder zu der Erfahrung von Überflutung führen.

Die Erfahrung von effektiver dyadischer Regulation im ersten Lebensjahr eines Säuglings bildet eine notwendige Grundlage für die Entwicklung der Selbstregulation. In der Interaktion mit einer feinfühligen Bezugsperson gewinnt das Kind Vertrauen in seine Selbstwirksamkeit und benötigt die Bezugsperson immer seltener zur Hilfe bei der Regulation. Es ist zunehmend in der Lage, sich selbst zu regulieren. Sroufe fasst zusammen: „Confidence in the caregiver becomes confidence in the self with the caregiver and, ultimately, confidence in the self." (Sroufe, 1995, S. 186).

Während in diesem Kapitel ein Überblick über die Entwicklung der Affektregulation im ersten Lebensjahr gegeben wurde, soll in den folgenden Kapiteln anhand des „Dynamic Tension Models" (Sroufe, 1995) und des Modells der neonatalen Verhaltensorganisation (Als, 1986) das Thema Affektregulation in verschiedenen Zusammenhängen genauer beleuchtet werden.

3.2 Das Dynamic Tension Model

In seinem „Dynamic Tension Model" (Sroufe, 1995, S. 140) zeigt Sroufe verschiedene Beispiele von Spannungskurven. Er geht davon aus, dass der erzeugte Spannungsgrad, die Fähigkeit des Säuglings, die Spannung zu modulieren, und der Kontext, in dem die Spannung erzeugt wird, zu bestimmten Reaktionen führt. Er geht hiermit auf die Entwicklungszeit nach dem 6. Lebensmonat ein, da er sein Modell vorwiegend verwendet, um den Zusammenhang zwischen Reizen, Spannungsverläufen und bestimmten Emotionen darzustellen. Das Modell kann aber auch zu einem Verständnis des Erlebens in den ersten 6 Monaten beitragen sowie zu einem Verständnis für mögliche pathologische Prozesse bei Menschen mit schwerster Mehrfachbehinderung.

Nach Sroufe steht das Auftreten bestimmter affektiver Äußerungen wie Lächeln oder Lachen, aber auch das Erleben von Distress in engem Zusammenhang mit der subjektiv erlebten Spannung. Die folgende Abbildung zeigt das Basismodell des Dynamic Tension Models mit den Schwellen T1 und T2, dazwischen ein sogenannter Schwellenbereich.

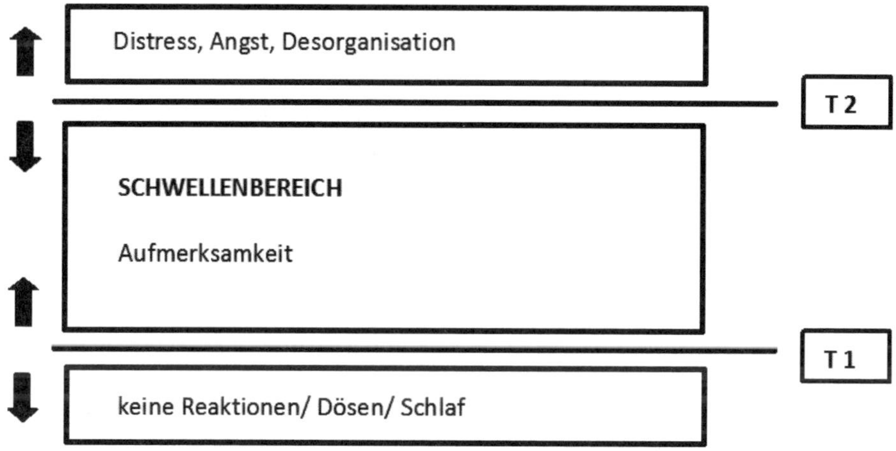

Abb. 1: Dynamic Tension Model (nach Sroufe, 1995)

Sroufe hebt hervor, dass sich beide Schwellen (T1 und T2) durch Veränderung des Schlaf- oder Wachzustandes, durch den jeweiligen Kontext, in dem ein Reiz auftritt, und auch durch wachsende Fähigkeiten im Laufe der Entwicklung nach oben oder unten bewegen können (ebd., S. 142), so dass der Schwellenbereich breiter oder auch enger wird. Die Intensität der Spannung wird von Sroufe als Kurve dargestellt, die sich ober- und unterhalb der Schwellen und innerhalb des Schwellenbereichs bewegt (Beispiele hierzu siehe Abbildungen 2 – 6). Liegt die Spannungskurve längerfristig unterhalb der Schwelle T1, so wird der Säugling keine Reaktionen zeigen, evtl. döst oder schläft er. Erst wenn ein Reiz die Intensität der Spannung so weit ansteigen lässt, dass die untere Schwelle T1 überschritten wird, befindet sich der Säugling in einem wachen und aufmerksamen Zustand. Abb. 2 zeigt hierzu einen exemplarischen Spannungsverlauf:

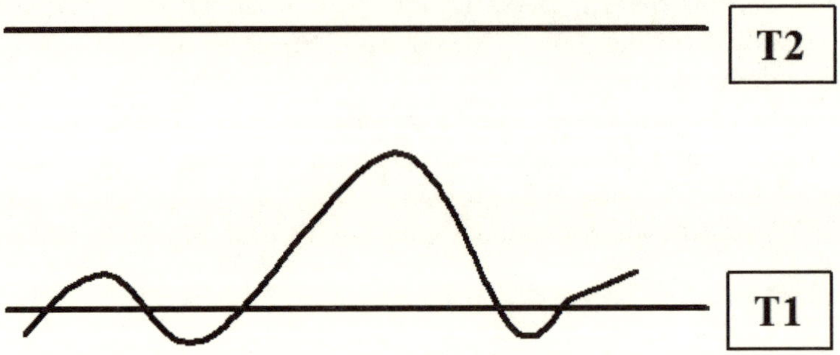

Abb. 2: vgl. „Figure 8.1. (a)" (Sroufe, 1995, S. 142)

Bewegt sich die Kurve um Schwelle T1 und innerhalb des Schwellenbereichs flexibel auf und ab, so erlebt der Säugling eine Zu- und Abnahme von Spannung, die für ihn gut zu integrieren ist. In diesem regulierten Zustand kann er Reize aus seiner Umwelt gut verarbeiten und mit Umwelt und Personen interagieren. Überschreitet die Spannungsintensität jedoch die zweite Schwelle T2, so wird die Anspannung zu hoch und Distress und Desorganisation sind die Folge. Dies wird anhand der drei folgenden Abbildungen, die aus Sroufes Buch übernommen wurden, verdeutlicht. Beispiele aus der musiktherapeutischen Arbeit sollen die Bedeutung dieser Erkenntnisse für die Arbeit mit Menschen mit schwerster Mehrfachbehinderung veranschaulichen.

Beispiel 1: Lächeln und Lachen

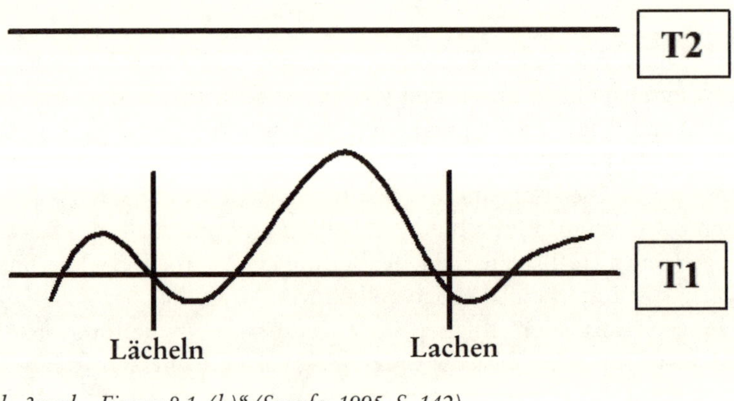

Abb. 3: vgl. „Figure 8.1. (b)" (Sroufe, 1995, S. 142)

Die Kurve zeigt wiederum einen exemplarischen Verlauf der Spannungsintensität. Als Beispiel ist hier die Spannungsintensität bei einem Säugling während einer positiv verlaufenden Interaktion mit seiner Bezugsperson dargestellt. Damit ein positiver Affekt in Erscheinung tritt, muss die Intensität der Spannung zunächst Schwelle T1 überschreiten, weiter ansteigen, dann aber auch wieder abfallen. Erst mit dem Spannungsabfall tritt Lächeln auf. Die zweite Hälfte der Kurve zeigt eine höhere Spannungsintensität. Hier lacht der Säugling, als die Spannung absinkt.

Affektregulation ist in diesem Kontext ein Geschehen, das die Interaktion begleitet. Der Säugling kann sich selbst regulieren, vor allem durch einen Wechsel von Abwenden (Pause zum Verarbeiten des Erlebten) und Rückkehr in den Kontakt. Wendet sich der Säugling ab, so forciert eine feinfühlige Bezugsperson nicht erneuten Kontakt, sondern hat die Gewissheit, dass der Säugling wieder in den Kontakt zurückkehren wird. In der Interaktion beachtet die Bezugsperson die körperlichen und mimischen Zeichen des Säuglings und passt den Zeitpunkt, das Tempo und die Intensität der Stimulation den Bedürfnissen des Säuglings an. Zeigt der Säugling ansteigende Spannung, so mildert die Bezugsperson Intensität und Tempo der Interaktion, damit der Säugling sein Erleben integrieren kann und seine Spannung nicht bis hin zur Desorganisation ansteigt. Sinkt die Aufmerksamkeit und das Interesse des Säuglings, so beobachtet die Bezugsperson, ob er nun ermüdet ist und eine längere Pause benötigt oder ob neuartige Reize sein Interesse wecken können, ohne ihn zu überfordern.

Beispiel aus der Musiktherapie mit Menschen mit schwerster Mehrfachbehinderung: *Lisa, eine junge Frau mit einer starken Spastik, bewegt mit großer Mühe ihren Arm, um mit ihren Fingern die Saiten der Gitarre zum Klingen zu bringen. Die Therapeutin begleitet sie mit einem Situationslied, in dem sie Lisas Spiel besingt. Lisa freut sich sehr über die Klänge. Je größer jedoch ihre Freude wird, desto stärker spannt sich ihr Körper an. Sie beginnt, sich nach hinten zu überstrecken, wodurch es ihr nicht mehr möglich ist, im Kontakt mit der Therapeutin zu bleiben. Damit sie wieder zu einer ruhigeren Affektlage kommt, in der ihr eigenständiges Spiel möglich ist, singt die Therapeutin mit einer weicheren, leiseren Stimme und in einem ruhigeren Metrum und wechselt vom Text zu einem Summen. Lisa entspannt sich so weit, dass sie ihr Instrumentalspiel längerfristig fortsetzten kann. Ziel der therapeutischen Intervention ist hier, Lisa bei der Regulation ihrer Spannung zu unterstützen, damit sie aktiv spielen und im Kontakt bleiben kann.*

Beispiel 2: Distress

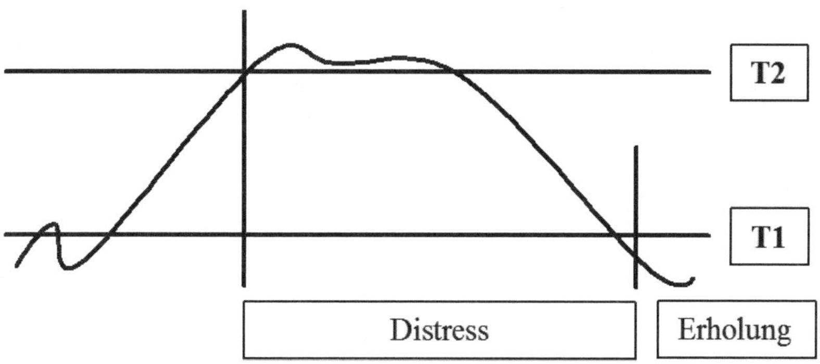

Abb. 4.: vgl. „Figure 8.1. (c)“ (Sroufe, 1995, S. 142)

Der Kontext, in dem ein Reiz auftritt, hat eine große Bedeutung für das Erleben. In einem sicheren Kontext sind Säuglinge in der Lage, eine sehr hohe Spannungsintensität zu erleben, ohne dass Distress oder Desorganisation auftreten (Sroufe, 1995, S. 141). In einem unsicheren Kontext, wenn der Säugling z.B. verängstigt oder wütend ist, liegt Schwelle T2 niedriger, d.h., dass schon ein geringer Anstieg der Spannung zu Desorganisation führen kann. Abbildung 4 zeigt ein Beispiel, bei dem ein vorausgegangener Schreck die Ursache dafür ist, dass der Säugling den Kontext als unsicher erlebt. Die Spannungskurve steigt stark an und überschreitet Schwelle T2, d.h. die hohe Spannungsintensität führt zu Distress. Nach einer Weile fällt die Kurve wieder ab und sinkt unter Schwelle 1.

Affektregulation: Steigt die Intensität der Spannung so stark an, dass der Säugling von seinen Affekten überflutet wird, ist die Interaktion ganz von dieser hohen Affektlage bestimmt und die Affektregulation steht im Mittelpunkt. Die Bezugsperson versucht, den Säugling durch Körperkontakt, durch Bewegung und durch ihre Stimme zu beruhigen.

Beispiel aus der Musiktherapie mit Menschen mit schwerster Mehrfachbehinderung: *Marie scheint das Gitarrenspiel und Singen der Therapeutin zu gefallen, denn sie beginnt zu lächeln. Als ihr Blick den der Therapeutin trifft, zeigt sie zunächst deutliche Freude, die sich dann aber so sehr steigert, dass Marie die Affekte nicht mehr integrieren kann. Ihre Arme rudern in der Luft, ihr Kopf wackelt sehr schnell hin und her und sie lautiert mit gepresster Stimme. Die Therapeutin legt ihre eine Hand auf Maries Oberkörper und die andere Hand seitlich an ihren Kopf und summt nun mit leiser, weicher Stimme. Dies scheint Marie körperliche Stabilität und emotionale Sicherheit zu geben, so dass sie sich beruhigt.*

In extrem hohen Spannungszuständen sind Menschen mit schwerster Mehrfachbehinderung meist nicht mehr über rein auditiv wahrnehmbare musiktherapeutische Interventionen zu erreichen, jedoch kann der gezielte Einsatz von körperlicher Berührung bei vielen Menschen sehr effektiv zu einer Beruhigung führen.

Ein Unterschied zu Sroufes oben beschriebener Darstellung ist, dass eine niedrigere Toleranz für hohe Erregungsniveaus bei vielen Menschen mit schwerster Mehrfachbehinderung nicht eine Ausnahmesituation, sondern häufig ein dauerhafter Zustand ist. Wie bereits im vorangegangenen Kapitel beschrieben, führen bei vielen Menschen mit schwerster Mehrfachbehinderungen sowohl negative als auch positive Affekte auch bei geringer Intensität zu einer Überforderung.

Beispiel 3: Überstimulation

Abbildung 5 zeigt, was geschieht, wenn der Säugling längerfristig einer Stimulation ausgesetzt ist, ohne dass Pausen zur Verarbeitung des Erlebten gewährt werden. Die Schwellen T1 und T2 verengen sich. Dies bedeutet, dass die Reizschwelle durch die permanente Stimulation heraufgesetzt ist (T1) und sich die Grenze zur Desorganisation (T2) zunehmend verringert. Im Verlauf tritt Desorganisation bereits bei einem Spannungsniveau auf, was sich zuvor noch in einem mittleren Bereich befand.

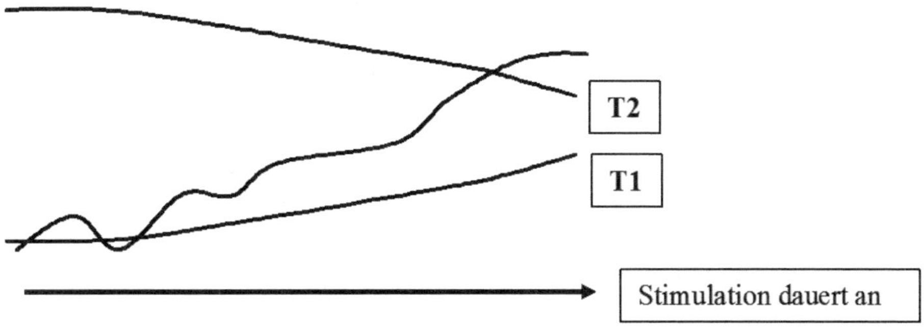

Abb. 5: vgl. „Figure 8.1. (d)" (Sroufe, 1995, S. 142)

Affektregulation: Eine Bezugsperson, die ihren Säugling immer und immer wieder stimuliert, ohne seine Signale zu beachten, nimmt im negativen Sinne starken Einfluss auf die Affektlage des Säuglings. Der Säugling erlebt in hohem Maße Überstimulation und entwickelt Strategien, um sich vor dieser Reizüberflutung zu schützen.

Beispiel aus der Arbeit mit Menschen mit schwerster Mehrfachbehinderung: *Menschen mit Behinderungen kann die frühe positive Erfahrung fehlen, mit eigenen Bedürfnissen wahrgenommen zu werden. Wie bereits beschrieben wurde, kann schon im Säuglingsalter der körperliche und mimische Ausdruck durch Körperbehinderungen verändert und für Bezugspersonen schwer zu „lesen" sein. Sinnesbehinderungen, wie z.B. eingeschränkte Hör- und Sehfähigkeit können dazu führen, dass ausschließlich Reize mit ganz bestimmten Qualitäten wahrgenommen werden können. So bedarf es z.B. bei Menschen mit einer Hörbehinderung oft einer entsprechenden Intensität oder einer spezifischen Klangqualität oder Frequenz. In diesem Fall ist Schwelle T1 also aufgrund physischer Ursachen angehoben. Auch chronische Überstimulation kann im Leben eines Menschen dazu führen, dass er auf Reize kaum reagiert oder Reaktionen nicht sichtbar werden. Hier gilt es, in der therapeutischen Arbeit sorgsam zu beobachten und entsprechend zu intervenieren: kann ein Mensch aufgrund seiner physischen Voraussetzungen die Stimuli des Therapeuten nicht wahrnehmen, so kann der Therapeut die Intensität erhöhen oder nach anderen Möglichkeiten des Zugangs suchen. Ist eine chronische Überstimulation die Ursache dafür, dass ein Mensch keine Reaktionen zeigt, so sollte der Therapeut keinesfalls mit einer noch höheren Intensität den Kontakt forcieren, sondern zunächst Bedingungen schaffen, in denen sich der Mensch mit schwerster Mehrfachbehinderung sicher fühlt. Schwelle T 2 ist bei vielen Menschen mit schwerster Mehrfachbehinderung herabgesetzt, d.h. auch Reize von objektiv betrachtet geringer Intensität können nicht integriert werden. Dies zeigt sich in einer hohen Körperspannung und weiteren motorischen und physischen*

Zeichen, die in den Kapiteln 4 und 5 noch genauer dargestellt werden. Besonders bei Menschen mit einer Spastik ist zu sehen, dass Anstrengung, Freude, Schmerzen etc. mit einer sichtbar erhöhten Körperspannung einhergehen und in extremen Zuständen eine Überstreckung des ganzen Körpers hinzukommen kann. Bei diesen Menschen liegen die Schwellen nicht nur vorübergehend enger beieinander, sondern es kann ein andauernder Zustand werden, wie in Abbildung 6 veranschaulicht wird.

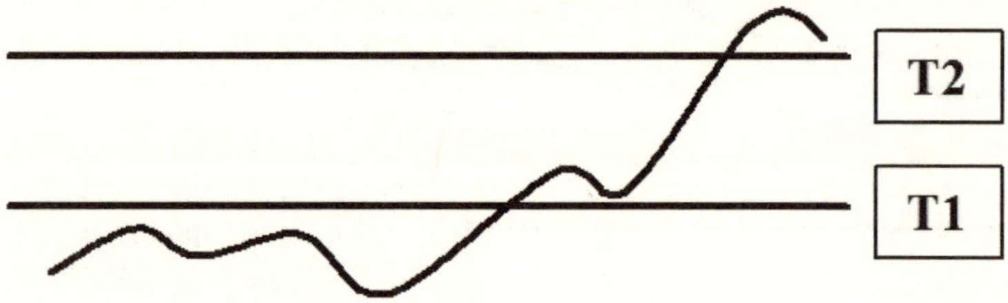

Abb. 6: vgl. „Figure 8.1. (c)" (Sroufe, 1995, S. 142)

Die Videoanalysen, die im Rahmen dieser Arbeit durchgeführt wurden, zeigten weitere Varianten von Spannungsverläufen und der Dynamik der Schwellen, die u.a. zu einer Ergänzung von Sroufes Modell führten. Diese Ergebnisse werden in Kapitel 5 dargestellt.

Das folgende Kapitel geht der Frage nach, in welchen mimischen und körperlichen Verhaltensweisen sich der Anstieg von Spannung zeigen kann und welche Rolle die Regulation der Spannung in der Interaktion spielt.

3.3 Das Modell der neonatalen Verhaltensorganisation

In der Arbeit mit Neugeborenen entwickelte Als das Modell der neonatalen Verhaltensorganisation (Als, 1986; siehe auch: Schumacher et al. 2013, S. 19 ff.). Es beschreibt vier Systeme, die dem Säugling helfen, seinen inneren Zustand in Balance zu halten und sich weiter entwickeln zu können. Ein ausgeglichener innerer und äußerer Zustand ist notwendig, damit ein Säugling aufmerksam sein kann, Reize aus der Umwelt integrieren kann und mit seiner Bezugsperson in Interaktion tritt. Eine Zunahme von Entwicklung ist die Folge (Derksen & Lohmann, 2009, S. 39). Abbildung 7 (S. 71) zeigt Als' Modell.

Die innere Fläche stellt das sogenannte autonome System dar. Es hat die Aufgabe, die Basisfunktionen des Organismus (Regulation der Körpertemperatur, Atmung, Funktion der Organe) sicherzustellen. Der erste Ring zeigt das motorische System, das alle beobachtbaren Bewegungen beinhaltet. Im zweiten Ring ist das System der Schlaf- und Wachzustände dargestellt, zu dem sechs verschiedene Zustände gehören: Tiefschlaf, REM-Schlaf, Dösen, Wachheit, Quengeln und Schreien. Der dritte Ring stellt mit dem System der Aufmerksamkeit und Interaktion eine weitere Differenzierung des Wachheitszustandes dar. Hier entwickeln sich immer differenziertere Nuancen von Aufmerksamkeit und Aktivität, die dem Säugling den Kontakt mit seiner Umwelt ermöglichen. Dies geschieht, wenn sich alle übrigen Systeme in einem ausreichend balancierten Zustand befinden.

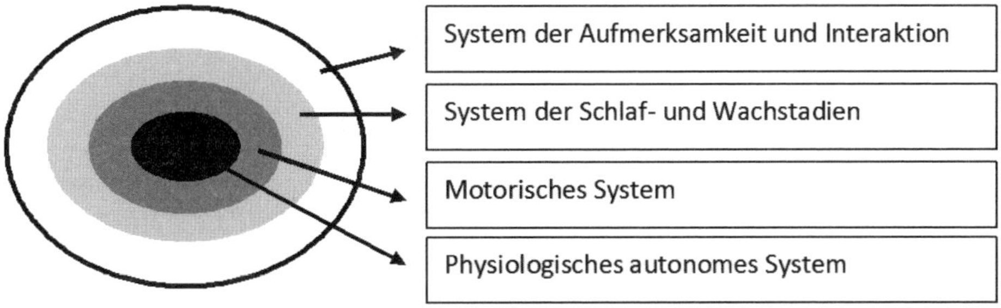

Abb. 7: Das Modell der neonatalen Verhaltensorganisation (Als, 1986)

Die Systeme entwickeln sich von Beginn an. So ist z.B. bereits im Mutterleib zu beobachten, wie der Fötus aus einer Beugehaltung differenziertere motorische Muster entwickelt. Nach der Geburt leistet der Säugling zunächst eine Anpassung seines physiologischen[7] Systems an die Umwelt: eine selbständige Atmung muss einsetzen und die Körpertemperatur reguliert werden. Mit zunehmender Anpassung des physiologischen Systems verändert sich auch das motorische System. Die motorischen Fähigkeiten werden zunehmend komplexer und dem Säugling gelingt zunehmend die Koordination seiner Bewegungen. Er passt seinen Muskeltonus der Situation an und balanciert seine Körperpositionen aus (Derksen & Lohmann, 2009). Das System der Schlaf- und Wachzustände reift heran, indem sich im Laufe der ersten Wochen und Monate nach und nach ein Schlaf- und Wachrhythmus, ein Wechsel von Hunger und Sättigung etc. etablieren. Sind das physiologische, das motorische und das System der Schlaf- und Wachzustände ausgeglichen, so kann der Säugling aufmerksam sein und sich seiner Umwelt zuwenden (System der Aufmerksamkeit und Interaktion).

Übersteigt die Stimulation aus der Umwelt jedoch die Fähigkeiten des Säuglings zur Verarbeitung, so wird er - je nach Entwicklungsstand – einschlafen (siehe „absolute stimulus barrier"; Sroufe, 1995) oder sich abwenden. Seine Reaktionen betreffen zunächst also primär das System der Interaktion und das der Schlaf- und Wachzustände. Steigt seine Belastung dennoch weiter an, wird sie auf weitere Systeme übergreifen. So kann eine körperliche Anspannung zeigen, dass die Belastung bereits zu Irritationen des motorischen Systems führt, bis schließlich z.B. eine Erhöhung der Atem- und/oder Herzschlagfrequenz, eine Veränderung der Hautfarbe etc. die Belastung des physiologischen Systems anzeigen.

7 Zur Terminologie: hier ist der Begriff „physiologisch" aus der Literatur von Derksen und Lohmann (2009) bzw. aus dem englischsprachigen Text („physiological" (Als, 1986)) übernommen. In den übrigen Kapiteln der vorliegenden Arbeit wird der Begriff „physisch" i.S. von „körperlich" verwendet.

Die Erfahrungen mit Als' Modell haben gezeigt, „dass hiermit nicht nur das frühkindliche Verhalten beurteilt werden kann, sondern auch eine Einschätzung der altersbedingten, veränderten Fähigkeiten über das erste Lebensjahr hinaus und manchmal bis ins Erwachsenenalter hinein möglich ist" (Derksen & Lohmann, 2009). Für die therapeutische Arbeit ist von wesentlicher Bedeutung, dass zunächst ein affektiv regulierter Zustand erreicht werden muss, der die Basis der Interaktionsfähigkeit ist. Interventionen, die Aufmerksamkeit voraussetzen und auf Interaktion zielen, dabei aber den affektiven Zustand des Gegenübers außer Acht lassen, können einen Menschen überfordern. In den folgenden Abschnitten werden daher die oben genannten Systeme detailliert beschrieben. Es werden Zeichen von Zuwendung und Offenheit wie auch Zeichen von Abwendung und Irritation aufgeführt (vgl. Derksen & Lohmann, 2009) und Überlegungen zur Anwendbarkeit dieser Erkenntnisse auf Menschen mit schwerster Mehrfachbehinderung angestellt.

3.3.1 Physische Befindlichkeitszeichen

Nach Derksen und Lohmann sind physische Zeichen oft unwillentlich und werden vom Kind „nicht im Sinne von kommunikativen Ausdrucks- und Befindlichkeitszeichen eingesetzt, sondern stellen Systemzeichen dar, die allerdings vom Kommunikationspartner wahrgenommen und gedeutet werden können" (Derksen & Lohmann, 2009, S. 41). Wichtig ist der Hinweis, dass die physischen Zeichen bei Kindern mit Behinderungen oder sogenannten Risikokindern häufig von Bezugspersonen übersehen oder auch missinterpretiert werden (ebd.). Wie die Ausführungen von Als gezeigt haben, weisen physische Zeichen von Irritation und Abwehr auf Belastung und Überforderung des Kindes hin. Die folgenden Tabelle zeigt die physischen Zeichen von Zuwendung und Offenheit (Spalten links) bzw. von Irritation und Abwehr (Spalten rechts):

Tabelle 2: Befindlichkeitszeichen des autonomen physiologischen Systems (Derksen & Lohmann, 2009, S. 42 u. 44)

Zeichen von Zuwendung und Offenheit		**Zeichen von Irritation und Abwehr**	
sehr deutliche Zeichen	**sehr feine, zarte Zeichen**	**sehr deutliche Zeichen**	**sehr feine, zarte Zeichen**
Hautfarbe			
– rosige Haut, – gut durchblutet	– rosige Wangen, glänzende Augen	– blasse/ rote/ fleckige bis blaue Gesichtsfarbe	– blasse bis marmorierte Hautfarbe

Zeichen von Zuwendung und Offenheit		Zeichen von Irritation und Abwehr	
Atmung und begleitende respiratorische Zeichen			
– regelmäßige, ruhige, tiefe Atmung		– Atem ausstoßen, pressen – Atem anhalten – hecheln	– schnelle laute Atmung – sehr unregelmäßig mit deutlichen Atempausen – Gähnen, Seufzen
Peripheres Nervensystem			
– keine	– keine	– längeres Zittern – Zuckungen	– leichtes Zittern (z.B.Kinn oder Finger) – einzelne Zuckungen an den Extremitäten – Grimassieren
Viszerale Zeichen (Innere Organe)			
– keine	– keine	– Husten – Spucken, Würgen – Erbrechen – Verschlucken	– Schluckauf – Pressen

Für die Interpretation der Befindlichkeitszeichen schwerst mehrfachbehinderter Menschen ist zu beachten, dass physische Funktionen pathologisch verändert sein können. Die **Hautfarbe** kann z.B. durch schlechte Durchblutung generell sehr blass oder marmoriert sein, auch Hautirritationen kommen vor, so dass es notwendig ist, den Menschen in einer ausgeglichenen Affektlage gut zu kennen, um Veränderungen vor diesem Hintergrund beobachten zu können.

Durch schwerste Körperbehinderungen mit körperlichen Deformationen kann die **Atmung** durch die körperlichen Voraussetzungen verändert sein. So kommen bei Menschen mit schweren Skoliosen Verschiebungen der Organe vor, oder aber die Funktion der Lungen ist durch das Tragen eines Korsetts oder die Behinderung selbst eingeschränkt. Auch verkleinerte Lungen können eine Veränderung der Atmung mit sich bringen. Bei Menschen mit einer Spastik können sich bei hoher Anspannung die Atemwege im Halsbereich verengen, so dass eine ziehenden Atmung zu hören ist. Für das Rett-Syndrom werden folgende Dysfunktionen der Atmung genannt: „periodische Apnoen während Wachzeiten, intermittierende Hyperventilation, Anhalten der Luft, forciertes Ausatmen oder Speicheln“ (Sarimski, 2003). Hier ist es hilfreich zu beobachten, ob pathologische Atmung in einem Zusammenhang mit Umweltreizen auftritt und so analog zu Derksens Beobachtungen als ein Stresszeichen interpretiert werden kann.

Zum **peripheren Nervensystem** beschreiben Derksen und Lohmann vor allem Zittern und Zuckungen, die sowohl als Unreife des Nervensystems angesehen werden können, als auch im Kontext von Belastung. In der Arbeit mit Menschen mit schwerster Mehrfachbehinderung ist bei Zuckungen vor allem auch an epileptische Anfälle zu denken.

Besonders bei **viszeralen Zeichen** ist zu unterscheiden zwischen Verhaltensweisen, die durch Behinderungen der Mund- und Schluckmotorik bedingt sind (wie z.B. das Verschlucken bei der Nahrungsaufnahme), und Verhaltensweisen, die psychisch bedingt sind. So kann besonders das Erbrechen ein Zeichen höchster Belastung sein, wenn organische Ursachen fehlen. Hierzu sei nochmals auf Derksens und Lohmanns Anmerkung verwiesen, dass physische Zeichen nicht willentlich „im Sinne von kommunikativen Ausdrucks- und Befindlichkeitszeichen" (Derksen & Lohmann, 2009, S. 41) eingesetzt werden, sondern unmittelbar auf die Verarbeitungsprozesse hinweisen. Der Mensch mit schwerster Mehrfachbehinderung ist ihnen ausgeliefert. Dazu ist ein Hinweis von Bradley interessant. Sie schreibt, dass vor allem unvorhergesehene Ereignisse und Kontrollverlust zu einer sogenannten „physiological stress response" (Bradley, 2003, S. 83) führen können. In dem Ausmaß, wie ein Mensch die Situation als unkontrollierbar wahrnimmt, wird er Stressreaktionen zeigen. Man mag sich vorstellen, wie häufig dies bei Menschen mit schwerster Mehrfachbehinderung der Fall ist.

3.3.2 Motorische Befindlichkeitszeichen

Zur Beobachtung des motorischen Systems werden der Muskeltonus, das Tempo einer Bewegung, und der Bewegungsablauf beobachtet. In der folgenden Tabelle sind die motorischen Zeichen von Zuwendung und Offenheit (linke Spalte) bzw. Zeichen von Abwendung und Irritation (rechte Spalte) dargestellt.

Wie bereits beschrieben, führen schwere Behinderungen der Motorik häufig zu einer Veränderung der körperlichen Signale eines Kindes. Werden diese von den Bezugspersonen missinterpretiert, kann es je nach Verhalten der Bezugsperson zu Über- oder Unterstimulation kommen.

Auch in der musiktherapeutischen Arbeit ist es wichtig, Bewegungen immer auf der Basis der individuellen Fähigkeiten und Verhaltensweisen einzuschätzen. So ist z.B. bei Menschen mit einer Spastik der Grundtonus in den Extremitäten erhöht und kann bei geringster emotionaler Belastung noch stärker ansteigen. Hier ist es hilfreich, den Grundtonus (d.h. den Zustand der Muskeln bei relativer Entspannung) zu kennen, um die Qualität von Verhaltensweisen auch vor diesem Hintergrund zu interpretieren.

Tabelle 3: Motorische Befindlichkeitszeichen (Derksen & Lohmann, 2009, S. 46 u. 48)

Zeichen von Zuwendung und Offenheit		**Zeichen von Irritation und Abwehr**	
sehr deutliche Zeichen	**sehr feine, zarte Zeichen**	**sehr deutliche Zeichen**	**sehr feine, zarte Zeichen**
Muskeltonus			
– mittlere Muskelspannung	– ausgeglichener Muskeltonus – geöffnete Hände, leicht gebeugte Finger	– Rückenüberstreckung – Kopfüberstrecken – sehr starker, angespannter oder sehr schlaffer Tonus – Wechsel im Muskeltonus – Tonusabfall – Schulter hochziehen	– Fingerspreizen – Fäustchen machen – eingedrete Hände/ Fäuste – angespannte, gestreckte oder herunterhängende, schlaffe Arme und Beine
Tempo einer Bewegung			
– ruhige, gleichmäßige Bewegungen	– Unbeweglichkeit	– schnelle, hektische Bewegungen – erstarrt, bewegungslos	– schnelle Körperrotation – wenige Bewegungen, stark verlangsamt
Art des Bewegungsablaufs			
– rhythmisch-zyklische, zielgerichtete, modulierte Bewegungen	– weiche Bewegungen	– sich wegdrücken – wegdrehen – wegschieben – wegschlagen mit der Hand	– sich zurücklehnen – diffuse Körperbewegungen – seitlich ausgestreckte Arme – unkoordiniert, wackelig – abgebrochen, nicht weich und fließend – einseitig

Bei Menschen mit schwerster Mehrfachbehinderung, die über Jahre hinweg immer wieder die gleichen massiven Belastungszeichen zeigen, kann sich dieses Verhalten körperlich manifestieren. So kann eine Überstreckung des Kopfes zu Beginn noch ausschließlich im Zusammenhang mit Abwehr und Irritation auftreten, sich aber über die Jahre im körperlichen Erscheinungsbild verfestigen, so dass der Kopf auch bei relativer Entspannung nach hinten überstreckt ist.

3.3.3 Befindlichkeitszeichen im Bereich der Schlaf- und Wachzustände

Gut regulierte Kinder haben die sechs Zustände Tiefschlaf, REM-Schlaf, Dösen, Wachheit/ Aufmerksamkeit, Quengeln und Schreien deutlich voneinander abgegrenzt entwickelt und können einen Zustand auch längerfristig aufrechterhalten. Sind die einzelnen Zustände nicht klar ausgeprägt, so dass die Übergänge verwischen, ist eine Einschätzung des kindlichen Verhaltens oft schwierig (Derksen & Lohmann, S. 50). Tabelle 4 zeigt auch zu diesem System die entsprechenden Zeichen.

Tabelle 4: Befindlichkeitszeichen im System der Schlaf- und Wachzustände (Derksen & Lohmann, 2009, S. 50 u. 52)

Zeichen von Zuwendung und Offenheit		**Zeichen von Irritation und Abwehr**	
sehr deutliche Zeichen	**sehr feine, zarte Zeichen**	**sehr deutliche Zeichen**	**sehr feine, zarte Zeichen**
Qualität			
– Vorhandensein aller sechs Zustände	– konzentrierte Ruhehaltung	– Quengeln, Weinen, Schreien – Einschlafen – unklare oder fehlende Zustände instabil, brüchig	– Unbeweglichkeit – Ruheposition – Wimmern
Wechsel der Zustände			
– stabile Zustände – kleine Veränderungen oder Irritationen werden toleriert	– klare deutliche Übergänge – nur wenige Zustandswechsel	– schneller Wechsel in den Zuständen	– wenige Wechsel vorhanden

Bei Menschen mit Behinderungen können verschiedene Faktoren die Entwicklung eines Schlaf- und Wachrhythmus' verhindern. So können z.B. zentrale Schädigungen in den Hirnregionen, die den Schlaf beeinflussen, zu einer Störung der rhythmischen Funktion führen. Weiterhin können Wahrnehmungsstörungen dazu führen, dass Umweltfaktoren (z.B. Tageslicht und Dunkelheit) nicht wahrgenommen werden können und daher eine Synchronisation mit der Umwelt nicht stattfindet. Auch werden von manchen Menschen „durch immer gleiches Liegen (auf dem Bett, auf dem Sofa, auf der Krabbeldecke) [...] Unterschiede im Schlaf- und Wachrhythmus nicht mehr wahrgenommen" (Fröhlich 1998, S. 150). Chronische Überstimulation kann sich ebenfalls auf dieses System auswirken, indem sich Menschen mit schwerster Behinderung als Reaktion auf die Überforderung in „Dämmerzustände" (Fröhlich, 1998, S. 153) zurückziehen. Auch an Nebenwirkungen von Medikamenten ist bei Schlafstörungen zu denken.

Nicht immer sind alle Schlaf- und Wachzustände deutlich ausgeprägt und voneinander abgegrenzt. Dies ist besonders bei Menschen zu beobachten, die über den Tag hinweg häufig hohe Unruhezustände zeigen. Gelingt es durch therapeutische Interventionen zu einem Zustand der Ruhe zu führen, so dauert dieser manchmal nicht lange an, sondern geht nach kurzer Zeit in Schlaf über.

3.3.4 Befindlichkeitszeichen während der Kommunikation und Interaktion

Verhaltensweisen innerhalb des Systems der Kommunikation und Interaktion zeigen „die Bereitschaft und die Fähigkeit des Säuglings an, aktiv mit seiner Umwelt in Beziehung zu treten, sich mit ihr auseinanderzusetzen und sich anzupassen" (Derksen & Lohmann, 2009 S. 54). Kann die Bezugsperson diese Zeichen richtig „lesen" und reagiert sie angemessen darauf, so gelingt ein Wechsel von Phasen von Kommunikation und Interaktion und Phasen mit Pausen zum Verarbeiten des Erlebten. Wird der Säugling bereits in diesem System mit seinen Befindlichkeitszeichen wahrgenommen und reagiert die Bezugsperson entsprechend, müssen massive Stresszeichen in den anderen Systemen nicht auftreten. Tabelle 5 veranschaulicht, welche Zeichen auf die Offenheit für Interaktion des Säuglings hinweisen (linke Spalten) und wodurch er sein Bedürfnis nach einer Pause anzeigt (rechte Spalten).

Ist die Sehfähigkeit nicht beeinträchtigt, so sind alle von Derksen genannten Blickqualitäten auch bei Menschen mit schwerster Mehrfachbehinderung möglich. Kommt es dennoch zu keinem interpersonellen Blick, so kann eine Störung der Wahrnehmungsverarbeitung die Ursache sein oder negative seelische Erfahrungen haben zu einer Vermeidung von Blickkontakt geführt.

Für die Entwicklung von Vokalisationen ist entscheidend, dass Bezugspersonen auf Laute reagieren und sie imitieren. Nur dann erlebt ein Mensch, dass er mit seinen Äußerungen etwas bewirken kann und entwickelt sie weiter. Werden ungenügende Erfahrungen gemacht, dass Lautierungen gehört werden, dass ihnen eine Bedeutung gegeben wird und eine Wirkung erzielt werden kann, so wird ein Mensch verstummen oder sich ausschließlich in stereotyper Weise äußern. Für die musiktherapeutische Arbeit ist es von Bedeutung, die Qualität der stimmlichen Äußerungen bei der Intervention zu berücksichtigen, die einen Hinweis darauf gibt, ob sich ein Mensch stimmlich mitteilen möchte (Modus 4), er seine stimmlichen Möglichkeiten exploriert (Modus 3), oder ob die stimmlichen Äußerungen Belastung zeigen (Modus 2). Zur genaueren Differenzierung stimmlicher Äußerungen in der Musiktherapie zeigt die Skala zur Einschätzung des stimmlich-vorsprachlichen Ausdrucks (VBQ) des EBQ-Instrumentes kennzeichnende Merkmale (vgl. Schumacher et al., 2013, S. 43 ff.).

Bei manchen Menschen mit schwerster Mehrfachbehinderung ist es schwierig, den mimischen Ausdruck zu verstehen. Auch Reaktionen auf Reize können schwer zu erkennen sein, wenn sie zeitlich verzögert in Erscheinung treten oder der mimische Ausdruck sehr schnell wechselt. Die von Derksen und Lohmann genannten sehr deutlichen Zeichen von Zuwendung und Offenheit kommen bei Menschen mit schwerster Mehrfachbehinderung nur selten vor.

Tabelle 5: Befindlichkeitszeichen im System der Kommunikation und Interaktion (Derksen & Lohmann, 2009, S. 54 u. 46)

Zeichen von Zuwendung und Offenheit		**Zeichen von Irritation und Abwehr**	
sehr deutliche Zeichen	**sehr feine, zarte Zeichen**	**sehr deutliche Zeichen**	**sehr feine, zarte Zeichen**
Blickkontakt und Blickqualität			
– langer, offener Blickkontakt zur Bezugsperson – selbst aktiv Blickkontakt herstellen und halten	– Blickkontakt suchen, der Stimulus wird verfolgt – geöffnete, glänzende Augen	– maximale seitliche Kopf- und Blickabwendung – Starren – Augen schließen, Augen aufreißen	– blinzelnde Augen – Augen reiben – leeres Gesicht, stumpfe Augen, kurzes Starren – zusammengepresste Augen – Gesichtsgrimasse – Blickabwendung – Wegschauen
Vokalisationen			
– exploratives Plappern und Lallen – Lautvariationen – Imitieren – aktive, sozial gerichtete Laute	– leise Ruflaute – Quietschlaute	– Schreien	– Knurren, Meckern

Zeichen von Zuwendung und Offenheit		Zeichen von Irritation und Abwehr	
sehr deutliche Zeichen	**sehr feine, zarte Zeichen**	**sehr deutliche Zeichen**	**sehr feine, zarte Zeichen**
Emotionaler Ausdruck			
– Lächeln, Lachen – gegenseitiges Lächeln	– heiteres Gesicht – offener, interessierter Ausdruck (geöffneter, weicher Mund, Augen leicht geöffnet)	– ärgerlicher Gesichtsausdruck – Augen weit aufgerissen und starrend	– ernster bis neutraler Gesichtsausdruck – wenig Mimik – Stirne runzeln – Augenbrauen zusammenziehen – Lippen schmollen, Lippengrimasse – Schmollgesicht – Ekelgesicht
Gestik und Mimik			
– nach der Bezugsperson greifen, hinreichen – Kopfbewegung zur Bezugsperson	– Augenbrauen leicht heben – leicht erhobener Kopf – Kinn nach vorne gestreckt (Grußgeste)	– Kopf schütteln – abwehrende Handhaltung – abwehrende Arm- und Handbewegung – Hand auf Unterlage schlagen – sich winden – stampfen – Gegenstand klopfen/ hauen/ wegwerfen – Person treten/ schlagen	– Kopf senken oder wegdrehen – Hochziehen der Schulter – Hand vor das Gesicht legen – zunehmende Fußbewegungen – Füße ausstrecken – Fußtritte – abwehrende Handflächen – angewinkelte Hände

3.3.5 Selbstberuhigung

Der Säugling benötigt Pausen, um Erlebtes zu verarbeiten und sich selbst zu regulieren. Sogenannte „Regulationsverhaltensweisen“ oder „selbstberuhigende Kompetenzen“ (Derksen & Lohmann, 2009, S. 58) beinhalten all die Verhaltensweisen, mit denen der Säugling sich „auf die Wiederherstellung oder Aufrechterhaltung des inneren Gleichgewichtes hin orientiert“ (ebd.). Je nach Entwicklungsstand und Intensität der Unsicherheit kann das Kind sich selbst beruhigen, indem es z.B. seine

Hände zum Bauch oder zum Mund führt. Reichen diese Strategien nicht aus, um die innere Balance wieder herzustellen, kann das Kind einen Gegenstand zur Hilfe nehmen und ihn z.B. in den Mund nehmen oder sich daran festhalten (ebd., S. 59). Bei starker Belastung kann die Unsicherheit so groß werden, dass nur noch der Kontakt und die Nähe der vertrauten Bezugsperson das Kind beruhigen kann. Die folgende Abbildung zeigt einige Selbstberuhigungsstrategien, die - je nach Ausprägung der Körperbehinderung - auch bei Menschen mit schwerster Mehrfachbehinderung vorkommen können.

Tabelle 6: Selbstberuhigungsstrategien (Derksen & Lohmann, 2009, S. 59)

sich selbst beruhigen (in sich Ruhepausen finden)	**sich beruhigen, Sicherheit finden mithilfe eines Gegenstandes**	**sich beruhigen, Sicherheit finden mithilfe einer Person**
– über die Lippen streichen – Hände zusammenlegen – Hand zum Mund/ Augen – Hand zum Körper – Hand auf den Bauch legen – Hand an den Kopf – Hand abstützen – an der Hand nuckeln/ saugen – Füße zusammenlegen – Fuß abstützen – Beine anziehen – wippen/ schaukeln – sich einkuscheln – sich streicheln – wegdrehen, wegschauen – starren, fixieren	– Gegenstand festhalten – Gegenstand in den Mund nehmen – Festhalten am eigenen Körper/ Kleidung	– Person festhalten – sich an eine Person anlehnen – aktiv Körperkontakt herstellen – kuscheln – anschmiegen

Die aufgeführten Verhaltensweisen zeigen, welch eine bedeutende Rolle die motorischen Fähigkeiten eines Menschen bei der Selbstberuhigung spielen. So ist die Entwicklung dieser Kompetenzen in hohem Maße davon abhängig, dass ein Mensch seinen Körper, und hier besonders Arme und Hände, gezielt einsetzen kann. Menschen mit schwersten Körperbehinderungen können jedoch die oben genannten Bewegungen häufig nicht ausführen. Vor allem Bewegungen der Arme und Hände zur Körpermitte hin sind vielen Menschen nicht möglich. Bei Menschen mit einer Spastik ist sogar meist das Gegenteil der Fall. So werden die Arme besonders bei einem affektiv erregten Zustand nach außen gezogen. Es kann einem Menschen dann unmöglich sein, die Hände zusammenzuführen oder sogar einen Gegenstand zu greifen, der Sicherheit gibt. Hat ein Mensch keine Erfahrung mit positivem zwischenmenschlichem Körperkontakt und kann er diesen nicht als hilfreich und regulierend erleben, so fällt auch diese Möglichkeit zur Beruhigung weg. Vor diesem Hintergrund können sich z.B. stereotype oder selbstverletzende Verhaltensweisen entwickeln, die ebenfalls als eine Strategie angesehen werden können, hohe Affekte zu regulieren.

3.4 Zusammenfassung und Ausblick

Kapitel 3.1 bis 3.3 gaben einen Einblick in Ergebnisse der Säuglingsforschung zur Entwicklung der Affektregulation im ersten Lebensjahr und zeigten die Bedeutung dieser Erkenntnisse für entwicklungspsychologisch orientierte Arbeit mit Menschen mit schwerster Mehrfachbehinderung. Die Bedeutung des „richtigen" Interpretierens des körperlich-emotionalen Ausdrucks für einen angemessenen Umgang wurde hervorgehoben und es wurde betont, dass eine ausgeglichene Affektlage Basis der Interaktionsfähigkeit und der weiteren Entwicklung ist. Beobachtungsmerkmale, die aus Erkenntnissen der Säuglingsforschung stammen, können auch zu einem besseren Verständnis des körperlich-emotionalen Ausdrucks schwerst mehrfachbehinderter Menschen beitragen. Voraussetzung für eine zutreffende Interpretation ist eine Berücksichtigung des Kontextes, in dem die Zeichen auftreten, vor allem aber der behinderungsspezifischen Eigenschaften eines Menschen. Hautfarbe, Muskelspannung, Atmung, Körperhaltungen usw. können oft nur dann angemessen eingeschätzt werden, wenn einem der Ausdruck eines Menschen bei relativer Entspannung vertraut ist. Stereotype, selbstverletzende und selbststimulierende Verhaltensweisen, die in den bisherigen Ausführungen nicht beschrieben wurden, sind Thema des folgenden Kapitels.

4 Befindlichkeitszeichen von Menschen mit schwerster Mehrfachbehinderung

4.1 Begriffe und Definitionen

In Kapitel 3 wurden Befindlichkeitszeichen von Säuglingen und die Bedeutung einer regulierten Affektlage für die Entwicklung beschrieben. Es wurde gezeigt, dass diese Ergebnisse der Säuglingsforschung auch für die Arbeit mit Menschen mit schwerster Mehrfachbehinderung hilfreich sein können, jedoch müssen sie durch die Beschreibung weiterer Verhaltensweisen ergänzt werden, die in der Säuglingsforschung in dieser Form nicht beobachtet werden: stereotype, selbstverletzende und selbststimulierende Verhaltensweisen. Schaut man hierzu auf Ergebnisse der Säuglingsbeobachtung, so können diese Verhaltensweisen auch in der Normalentwicklung vorkommen (Hettinger, 1996, S. 97 f.). Einige Autoren zweifeln jedoch an, dass z.B. stereotype Verhaltensweisen nicht behinderter Kinder mit denen der Kinder mit Behinderung vergleichbar seien und weisen Unterschiede nach (Schwartz, Gallagher, Berkson, 1986, in: Hettinger, 1996, S. 100). Bei Kindern ohne Behinderung können stereotype Bewegungsmuster an Zeitpunkten auftreten, „an denen der Übergang zu ‚reiferen', besser koordinierten und zielgerichteten Bewegungen unmittelbar bevorsteht" (Thelen, 1979, 1981a, b, zit. nach Hettinger, 1996, S. 97). Während diese Verhaltensmuster „weitgehend verschwinden oder auf bestimmte Situationen beschränkt bleiben (Müdigkeit, Überforderung)" (Hettinger, 1996, S. 98), können sie bei Menschen mit Behinderungen über die gesamte Lebensspanne erhalten bleiben und auch ohne erkennbaren situativen Zusammenhang auftreten.

In Veröffentlichungen zu stereotypen, selbstverletzenden und selbststimulierenden Verhaltensweisen werden Menschen mit schwerster Mehrfachbehinderung kaum explizit erwähnt. Häufiger finden sich Untersuchungsergebnisse und Veröffentlichungen zu Menschen mit geistiger Behinderung. Da diese Ergebnisse auch für Menschen mit schwerster Mehrfachbehinderung hilfreich sein können, werden sie in den folgenden Abschnitten dargestellt. Veröffentlichungen zum Thema lassen sich unterscheiden nach wissenschaftlicher Literatur, in der vorwiegend Untersuchungsergebnisse zu Erscheinungsformen der Verhaltensweisen und ihrer Verursachungs- und Entstehungsbedingungen dargestellt werden (Hettinger (1996); Mühl, Neukäter & Schulz (1996)), und Veröffentlichungen mit (heil-) pädagogischem oder therapeutischem Hintergrund, deren Autoren nach Wegen suchen, das innere Empfinden und Erleben von Menschen mit geistiger Behinderung und selbstverletzendem Verhalten zu verstehen und Wege des Umgangs damit zu finden (Klauß (2007); Leitner (2007)). Während wissenschaftlich fundierte Literatur einen eher nüchternen und beobachtenden Blick auf die Phänomene wirft, versuchen Pädagogen und Therapeuten einen Einblick in mögliche emotionale Hintergründe zu geben, um damit die Entwicklung hilfreicher Interventionen zu unterstützen. Da für die vorliegende Arbeit sowohl die Analyse des Verhaltens eine Rolle spielt als auch der Versuch, sich dem individuellen Empfinden zu nähern, sollen hier beide Sichtweisen Berücksichtigung finden. Zur Einführung in die Thematik werden in den folgenden Abschnitten kurze Beschreibungen zu stereotypen, selbstverletzenden und selbststimulierenden Verhaltensweisen gegeben und in einer Definition zusammengefasst.

4.1.1 Stereotypes Verhalten

Stereotype Verhaltensweisen sind nach Lewis und Baumeister durch folgende Merkmale gekennzeichnet: es handelt sich um rhythmische bzw. gleichförmige Bewegungsabfolgen mit fehlendem Zielbezug, bei denen nur schwer ein Zusammenhang mit verursachenden Bedingungen festgestellt werden kann (Lewis & Baumeister, 1982, in: Hettinger 1996, S. 15). Dieser Definition stehen Untersuchungen entgegen, in denen der Einfluss von Umweltereignissen auf die Zu- oder Abnahme stereotyper Verhaltensweisen gezeigt wurde (Hettinger, 1996, S. 55).

Nach Hettinger werden folgende Stereotypien in Veröffentlichungen zu Menschen mit geistiger Behinderung am häufigsten genannt: Schaukeln mit dem Körper, Drehen des Körpers, mit dem Kopf rollen, Nicken etc. (ebd., S. 17). Dies sind nur einzelne Beispiele für eine Vielzahl von Verhaltensweisen, da Stereotypien sehr individuell sind und jede Person charakteristische Verhaltensweisen entwickelt. Interessant ist der Ansatz von Edelson, Taubmann und Lovaas, die verschiedene Komplexitätsebenen unterscheiden. So zählen Stereotypien, „die sensorische Reize bieten und nur auf den eigenen Körper bezogen sind“ (Edelson, Taubmann & Lovaas, 1984, in: Hettinger 1996, S. 16) zu der untersten Ebene, während eine „aktive Veränderung der Umweltgegebenheiten, um sensorischen Input zu strukturieren (unangemessener Umgang mit Gegenständen, Widerstand gegen Veränderungen der Standorte von Gegenständen etc.)“ (ebd.) zu der zweiten Ebene zählen. Auch für Menschen mit schwerster Mehrfachbehinderung ist eine solche Unterscheidung interessant und kann Hinweise auf den individuellen Entwicklungsstand und die Bedürfnisse eines Menschen geben. So ist anzunehmen, dass Menschen, deren Stereotypien auf den eigenen Körper gerichtet sind (z.B. Hin- und Herschaukeln, Reiben der Hände etc.), damit basale sensorische Bedürfnisse befriedigen. Bei Menschen, die mit Gegenständen stereotyp hantieren, gilt es aus entwicklungspsychologischer Sicht einzuschätzen, ob diese als Teil des eigenen Körpers erlebt werden, oder ob bereits eine Objektbeziehung entwickelt wurde.

In der ICD-10 wird die „stereotype Bewegungsstörung“ unter den Störungen mit Beginn im Kindes- und Jugendalter genannt (ICD-10, F 98.4).

Stereotypien sind gleichförmige Bewegungen, die wiederholt (u.U. rhythmisch) auftreten, von außen betrachtet keine offensichtlichen Ziele haben und weder dem Alter noch der aktuellen Situation entsprechen (Hettinger, 1996, S. 15). Für den

Menschen selbst können sie aber durchaus „subjektiv sinnhaft“ (Feuser, 1985) sein. Sie sind „selbst gefundene, nicht in der sozialen Interaktion gebildete Aktivitäten.“ (Klauß, 2007, S. 15).

4.1.2 Selbstverletzendes Verhalten

Carr bezeichnet alle Verhaltensweisen, mit denen ein Individuum seinem eigenen Körper physischen Schaden zufügt, als selbstverletzendes Verhalten (Carr, 1977, in: Hettinger, 1996, S. 14). Wie oben bereits beschrieben, werden allerdings physische Folgeschäden bestimmter Verhaltensweisen nicht immer sofort sichtbar. Rojahn definiert Selbstverletzung als ein Verhalten, „mit dem sich die Person nachweisbar körperlich schädigt. Eine Schädigung ist entweder bereits aufgetreten oder ohne Behandlung des Verhaltens zu erwarten. Selbstverletzendes Verhalten tritt immer wieder in derselben Weise auf und ist für die jeweilige Person charakteristisch.“ (Rojahn, 2001, in: Sarimski & Steinhausen, 2007). Häufig beschriebene selbstverletzende Verhaltensweisen geistig behinderter Menschen sind: mit dem Kopf schlagen, sich gegen den Kopf schlagen, Augen drücken etc. (Hettinger, 1996, S. 17).

In der ICD-10 wird selbstverletzendes Verhalten nicht als eigene Klassifikation genannt, sondern kann ein Symptom bei unterschiedlichen Krankheitsbildern sein (z.B. Affektive Störungen, Persönlichkeitsstörungen, Angststörungen etc.).

Selbstverletzendes Verhalten ist gekennzeichnet durch Verhaltensweisen, mit denen ein Individuum seinem Körper Schaden zufügt (Carr, 1977).

4.1.3 Selbststimulierendes Verhalten

Wie bereits in der Einleitung erwähnt, werden selbststimulierende Verhaltensweisen bei Hettinger und somit auch in der von ihm zitierten zahlreichen Literatur nicht eigens erwähnt, sondern im Kontext bestimmter stereotyper oder selbstverletzender Verhaltensweisen genannt. So kann eine Funktion stereotyper Verhaltensweisen z.B. die sensorische Stimulierung sein. Führt diese zu Schädigungen z.B. der Haut, der Muskulatur (Kontraktionen) etc., so trifft auch der Begriff der Selbstverletzung zu. In dieser Arbeit wird der Begriff dennoch gesondert aufgeführt und für Verhaltensweisen verwendet, bei denen die Selbststimulation als vorrangige Funktion des Verhaltens angesehen wird. Dies ist für die Wahl hilfreicher therapeutischer Interventionen von Bedeutung.

Selbststimulierendes Verhalten ist gekennzeichnet durch Verhaltensweisen, mit denen sich ein Mensch selbst auditive, visuelle, taktile oder vestibuläre Reize verschafft.

4.1.4 Selbstberuhigendes Verhalten

An dieser Stelle soll der Begriff „Selbstberuhigung“ ergänzt werden, der in manchen Veröffentlichungen synonym mit dem Begriff „Selbstregulation“ verwendet wird. In dieser Arbeit bedeutet der Begriff „Selbstberuhigung“ - wie oben definiert - Regulation des Erregungsniveaus nach unten. Der Begriff „Selbstregulation“ wird im Sinne Sroufes als eine reifere Form der Regulation verstanden, die ein Mensch erst nach den Phasen der von einer Bezugsperson geleiteten Regulation und der dyadischen Regulation erwirbt (vgl. Kap. 3.1).

Selbstberuhigung meint in dieser Arbeit die Fähigkeit des Individuums, mit spezifischen Verhaltensweisen oder Verhaltensveränderungen sein Erregungsniveau nach „unten“ zu regulieren und seine Balance wieder herzustellen.

Wie bereits erwähnt, sind die meisten auftretenden Verhaltensweisen nicht ausschließlich nur einer der Definitionen zuzuordnen. So können **Stereotypien** zu Selbstverletzungen führen und/ oder ihre Funktion kann in der Selbststimulation liegen. **Selbstverletzendes Verhalten** kann stereotyp auftreten und/ oder eine selbststimulierende Funktion haben. **Selbststimulation** kann stereotyp ausgeführt werden und/ oder zur Selbstverletzung führen. Neben diesen Überschneidungen kann auch das gleichzeitige Auftreten verschiedener Verhaltensweisen vorkommen (Klauß, 2007, S. 3).

4.1.5 Zusammenfassende Begriffe

Verschiedene Autoren mit heilpädagogischem Hintergrund fassen stereotype, selbstverletzende und selbststimulierende Verhaltensweisen unter bestimmten Begriffen zusammen, wie z.B. „Problemverhalten“ (Leitner, 2007; Došen, 2010), „herausforderndes Verhalten“ (Emerson et al., 1987), oder „Verhaltensauffälligkeiten“ (Mühl, Neukäter & Schulz, 1996).

Für den Ansatz, der in dieser Arbeit vertreten wird, scheint keiner dieser Begriffe passend zu sein. So stellt z.B. der Begriff „Problemverhalten“ vermutlich vorwiegend die Sichtweise Außenstehender dar, für die ein „Problem“ entsteht, wenn kein hilfreicher Umgang mit den Verhaltensweisen gefunden wird. Das Empfinden der Menschen, die diese Verhaltensweisen zeigen, ist vermutlich von Isolation, Ausgeliefertsein, Angst, Wut und Hilflosigkeit geprägt. Die Bezeichnung „herausforderndes Verhalten“ impliziert, dass das Verhalten bewusst intendiert ist und ausgeführt wird, um einen anderen Menschen „herauszufordern“. Wie die Ausführungen in diesem Kapitel noch zeigen werden, ist keineswegs anzunehmen, dass das selbstverletzende oder stereotype Verhalten schwerst mehrfachbehinderter Menschen immer mit einer Intention verbunden ist. Zum letzten der oben genannten Begriffe („Verhaltensauffälligkeiten“) ist wiederum die Frage der Perspektive entscheidend. Befindet sich ein Mensch mit schwerster Mehrfachbehinderung unter Personen, die ihn nicht kennen, z.B. auf dem Weg zum Arzt oder auf einem Ausflug, so werden diese Personen stereotype, selbstverletzende oder selbststimulierende Verhaltensweisen sicherlich als „auffallend“ wahrnehmen. Anders ist es vermutlich zu Hause bei den Eltern oder den Mitarbeitern eines Heimes. Je vertrauter die Verhaltensweisen eines Menschen sind, desto weniger werden sie auffallen. Sie werden unter Umständen sogar so sehr zu einem Menschen dazugehörig erlebt, dass sie gar nicht mehr als emotionaler Ausdruck wahrgenommen werden, der eine Antwort erfordert.

Mit Blick auf die Ausführungen in den vorangegangenen Kapiteln werden in dieser Arbeit stereotype, selbstverletzende und selbststimulierende Verhaltensweisen mit dem Oberbegriff „Befindlichkeitszeichen“ benannt, da sie immer auch etwas über den affektiven Zustand eines Menschen aussagen. Innerhalb der Befindlichkeitszeichen kann unterschieden werden zwischen Belastungszeichen und Selbstberuhigungszeichen:

Belastungszeichen: Physische, motorische und mimische Verhaltensweisen, in denen sich die Anspannung oder Unruhe eines Menschen zeigt.

Selbstberuhigungszeichen: Verhaltensweisen, mit denen ein Mensch seine Affekte selbst reguliert. Sie stellen eine Kompetenz dar, weisen aber in der therapeutischen Situation auch darauf hin, dass die momentane Situation eine Belastung für den Menschen mit schwerster Mehrfachbehinderung darstellt.

4.2 Prävalenz selbstverletzender und stereotyper Verhaltensweisen bei Menschen mit Behinderungen

Auch die Prävalenz selbstverletzender und stereotyper Verhaltensweisen wurde vorwiegend für Menschen mit geistiger Behinderung untersucht. Eine Zusammenfassung Hettingers zeigt, dass stereotypes Verhalten bei ca. 30-70% der erwachsenen Menschen mit geistiger Behinderung vorkommt (Hettinger, 1996). Ursachen für diese großen Unterschiede in den Häufigkeitsangaben sind „die unterschiedlichen Definitionen und Operationalisierungen der beiden Verhaltensklassen, die Häufigkeit zusätzlicher Behinderungen, Unterschiede in der Alterszusammensetzung der untersuchten Stichproben sowie Unterschiede in der Wohnform“ (ebd., S. 19). So treten stereotype Verhaltensweisen häufiger bei Menschen auf, die in Langzeiteinrichtungen leben (Mühl et al., 1996, S. 26 f.). Auch die Art der Informationsgewinnung (Videoanalysen, Beobachtungen, Mitarbeiter- oder Elternbefragungen) kann zu unterschiedlichen Ergebnissen führen. Die bisherigen Untersuchungsergebnisse zeigen, dass stereotype Verhaltensweisen bei Menschen mit schweren geistigen Behinderungen am häufigsten auftreten. Auch die Behinderung der selbständigen Fortbewegung oder andere Bewegungsbehinderungen korrelieren häufig mit stereotypem Verhalten (ebd.).

Selbstverletzende Verhaltensweisen treten etwas seltener auf, stellen aber besonders bei Erwachsenen mit geistiger Behinderung, die in Vollzeiteinrichtungen leben, mit einem Anteil von 10-25% Fällen schwerwiegender und chronischer selbstverletzender Verhaltensweisen ein „ernstzunehmendes Problem“ (ebd., S. 20) dar. Hier können Zusammenhänge bestehen mit dem Grad der Behinderung, mit anderen Schädigungen, wie z.B. Hirnverletzungen, visuellen Beeinträchtigungen, dem Entwicklungsalter, evtl. auch mit dem Lebensalter. Weiterhin wurden Zusammenhänge mit dem Niveau der Sprachentwicklung und der Fähigkeit zur Selbstversorgung untersucht. Generell zeigt sich, dass mögliche Korrelationen nicht linear sind. So beschreibt Klauß, dass selbstverletzendes Verhalten bei geistig behinderten, aber dennoch selbständigen Menschen am seltensten ist, „aber nicht bei den unselbständigen am häufigsten, sondern bei denen, die trotz gewisser Fähigkeiten von Hilfe abhängig sind" (Klauß, 2007, S. 4). Ebenso zeigt sich bezüglich der Sprachentwicklung, dass Menschen mit differenzierten sprachlichen Fähigkeiten deutlich seltener zu selbstverletzenden Verhaltensweisen neigen als Menschen, die keine Sprache verwenden, bei Menschen mit Mehrwortsätzen aber ebenso häufig selbstverletzendes Verhalten auftritt wie bei Menschen ohne Sprache (ebd.).

4.3 Verursachungs- und Bedingungszusammenhänge

Carr fordert, selbstverletzende Verhaltensweisen zunächst diagnostisch abzuklären, bevor therapeutisch interveniert wird (Carr, 1977). Hettinger zitiert mehrere Forschungsarbeiten zu möglichen verursachenden Bedingungen selbstverletzender und stereotyper Verhaltensweisen, jedoch ist seiner Ansicht nach der Kenntnisstand über die Verursachungs- und Bedingungszusammenhänge trotz zahlreicher Forschungsarbeiten unzureichend (Hettinger, 1996, S. 12). Seine Ausführungen hierzu umfassen folgende Bereiche (ebd., S. 24 ff.):

- biologische Faktoren
- Umwelteinflüsse
- Lernprozesse
- Prozesse der Erregungsregulation und Homöostase

4.3.1 Biologische Faktoren

Stereotype und selbstverletzende Verhaltensweisen können einem Menschen mit Behinderungen dazu dienen, von Schmerzen abzulenken oder das Schmerzempfinden zu vermindern (Hettinger, 1996, S. 43). Wie bereits erwähnt, ist es daher wichtig, vor Beginn einer jeden Therapiestunde bei den betreuenden Personen nach der Befindlichkeit des Menschen mit schwerster Mehrfachbehinderung zu fragen, um sein Verhalten auch vor diesem Hintergrund einschätzen zu können.

Menschen mit schwersten Sinnesbehinderungen können sich durch massive selbststimulierende oder selbstverletzende Verhaltensweisen Reize verschaffen, die sie wegen ihrer hohen Intensität wahrnehmen können. Das Verhalten kann hier der Erhöhung des Erregungsniveaus dienen, „insbesondere bei Personen, bei denen die

Reizschwelle heraufgesetzt ist, so dass sie kaum Zugang zu sensorischen Erfahrungen haben" (Edelson, 1984, in: Hettinger, 1996, S. 25). Menschen mit solch einer erhöhten Reizschwelle (siehe hierzu auch Kap. 3.2) befinden sich vermutlich meist in Isolation. Selbst, wenn sie an Orte gebracht werden, wo es etwas zu hören und zu sehen gibt oder andere Menschen auf sie zugehen, bleiben sie isoliert, wenn die Reize für sie nicht wahrnehmbar sind. Werden Sinnesreize zwar wahrgenommen, aber nicht integriert, so können sie überflutend wirken. Stereotypien können dazu dienen, die Überflutung durch immer wiederkehrende und gleichbleibende Verhaltensweisen zu kontrollieren (Schumacher, 1999; Hutt, 1978, in: Hettinger, 1996, S. 27). Hier dienen Stereotypien also der Regulation des Erregungsniveaus.

Darüber hinaus können auch Störungen des zentralen Nervensystems, Schädigungen in bestimmten Hirnregionen und Störungen biochemischer Mechanismen mit dem Auftreten stereotyper Bewegungen und selbstverletzender Verhaltensweisen in Zusammenhang stehen, allerdings liegen hierzu nur wenige Untersuchungen vor. Nach Hettingers Ansicht sind die oben beschriebenen Faktoren nicht als alleinige Erklärung ausreichend, da biologische Prozesse immer auch von Umweltbedingungen und sozialen Faktoren abhängig sind. Diese Ansicht wird durch Untersuchungen bestätigt, in denen selbstverletzende Verhaltensweisen durch „verhaltensmodifikatorische Interventionen" (Mühl et al., 1996, S. 38) abgebaut werden konnten. Dies wäre „bei einer rein organisch bedingten Auslösung des Verhaltens [...] nicht zu erwarten" (ebd.).

4.3.2 Umwelteinflüsse

Hettinger führt verschiedene Umweltfaktoren an, wie z.B. räumliche Bedingungen, Verfügbarkeit von Spielmaterial, situative Faktoren, Anwesenheit von Personen etc., die einen Einfluss auf stereotype Verhaltensweisen haben können (Hettinger, 1996, S. 46 ff.). Hochgradig isolierende und einschränkende Bedingungen können zur Entstehung und Aufrechterhaltung stereotyper Verhaltensweisen beitragen, weiterhin kann die Enge oder Weite von Räumen eine Rolle spielen etc. (ebd.). Hierzu ist der Hinweis wichtig, dass Isolation und Deprivation auch durch „nicht angepasste, unverarbeitbare sensorische und soziale Stimulation entstehen" (Hettinger, 1996, S. 54).

Zur Verfügbarkeit von Gegenständen und Spielmaterialien schreibt Hettinger, dass hierbei die Art des Spielmaterials von wesentlicher Bedeutung ist. So können Gegenstände mit sensorischen Qualitäten zu einer Verringerung stereotyper Verhaltensweisen führen (Murphy, Callias & Darr 1985, in: Hettinger, 1996, S. 48). Der Hinweis auf die sensorischen Qualitäten eines Spielzeugs ist insofern wertvoll, als bei der Auswahl des Materials berücksichtigt werden kann, welche Spielzeuge die Verknüpfung der Wahrnehmungsbereiche unterstützen. So ermöglichen Spielzeuge wie z.B. Quietschtiere, die synchron mit dem Zusammendrücken des Plastiktieres einen Ton von sich geben, die Verknüpfung der Wahrnehmungsbereiche Hören und Spüren. Wird jedoch ein Mensch, dessen Fähigkeiten zur Exploration begrenzt sind, im Alltag zu lange mit Spielsachen allein gelassen, so können auch trotz gut gemeinter Angebote Handlungen sinnentleert werden und Spielsachen in stereotype oder selbststimulierende Handlungen eingebunden werden. Für die Musiktherapie ist der Hinweis auf die sensorischen Qualitäten eines Instrumentes von wesentlicher Bedeutung. So kann durch gezielte sensorische Reize (siehe hierzu Kap. 7) das Körperempfinden verändert und ein deutlicher Rückgang stereotyper, selbstverletzender und selbststimulierender Verhaltensweisen beobachtet werden.

Zu den situativen Faktoren führt Hettinger Studien an, in denen einen Anstieg stereotyper Verhaltensweisen durch laute Geräusche, laufende Fernseher, die Art und Weise der Beleuchtung etc., aber auch nicht beeinflussbare Faktoren wie z.B. eine bestimmte Tageszeit nachgewiesen wurde (Hettinger, 1996, S. 50).

Studien, die den Zusammenhang zwischen dem Auftreten von Stereotypien und sozialen Interaktionen untersuchten, kamen zu sehr unterschiedlichen Ergebnissen. So führten einige Situationen, in denen soziale Interaktion durch einen Therapeuten initiiert wurde, zu einem Anstieg, andere zu einer Verringerung stereotyper Verhaltensweisen (ebd., S. 51). Leider wird hier nicht näher ausgeführt, in welcher Art und Weise soziale Interaktion stattfand, und auch das sozio-emotionale Entwicklungsniveau der Menschen mit Behinderung wird nicht beschrieben. Einzelne Formulierungen lassen darauf schließen, dass oftmals mit einem Ansatz gearbeitet wurde, der die Fähigkeit zur interpersonellen Beziehung beim Menschen mit Behinderung voraussetzte. Wie die Untersuchung im Rahmen der vorliegenden Arbeit zeigen wird, ist die Gestaltung der Interaktion von wesentlicher Bedeutung für das Auftreten von Belastungszeichen.

4.3.3 Lernprozesse

In Veröffentlichungen mit lerntheoretischem Hintergrund wird die Ansicht vertreten, dass das Auftreten stereotyper und selbstverletzender Verhaltensweisen mit bestimmten Lernprozessen zusammenhängt. So sei das Ziel dieser Verhaltensweisen entweder die Vermeidung unangenehmer Situationen oder es werde z.B. Zuwendung von Bezugspersonen gesucht, nach Gegenständen verlangt etc. (Mühl et al., 1996, S. 34).

Inwieweit die „Vermeidungshypothese“ bzw. die „Hypothese positiver Verstärkung“ (ebd.) auf Menschen mit Behinderungen zutrifft, ist vom individuellen Entwicklungsstand abhängig. Guess und Carr beschreiben in ihrem Drei-Stufen-Modell (Guess & Carr, 1991, in: Mühl et al., 1996, S. 24) verschiedene Entwicklungsstufen stereotyper und selbstverletzender Verhaltensweisen, die diese Differenzierung vornehmen. Zu Beginn stehe ein rhythmisches Verhalten (Stufe I), das „von internen, biologischen Faktoren reguliert“ (ebd.) werde. Stufe II ist gekennzeichnet durch die Regulation von zu niedriger oder zu hoher Stimulation. Die Fähigkeit, durch stereotype und selbstverletzende Verhaltensweisen „andere Personen über verstärkende Konsequenzen zu kontrollieren“ (ebd.) wird Stufe

III zugeordnet. Eine Sichtweise, die das Verhalten von Menschen mit schwerster Mehrfachbehinderung vor diesem Hintergrund differenziert betrachtet, ist von wesentlicher Bedeutung für den Umgang mit diesen Verhaltensweisen. Wie schon im Zusammenhang mit Sroufes Erkenntnissen zur emotionalen Entwicklung beschrieben, ist die Fähigkeit, seinen Erregungszustand selbst zu regulieren, von der emotionalen Entwicklung, aber auch vom Grad der Erregung abhängig. Dies gilt ebenso für die Fähigkeit, bestimmte Verhaltensweisen gezielt zur Beeinflussung anderer Menschen einzusetzen.

Eine lerntheoretische Sicht ist meist mit bestimmten Konsequenzen für die therapeutische Vorgehensweise verbunden. So versuchen gängige verhaltenstherapeutische Ansätze, erwünschtes Verhalten durch Belohnung aufzubauen, oder unerwünschtes Verhalten durch Bestrafung oder Ignorierung abzubauen. Versteht man jedoch die Verhaltensweisen eines Menschen mit schwerster Mehrfachbehinderung als die einzige ihm zu Verfügung stehende Möglichkeit, unterschiedliche Erregungsniveaus zu regulieren, so ist es fatal, Zeichen großer Erregung zu ignorieren oder gar zu bestrafen.

4.3.4 Prozesse der Erregungsregulation und Homöostase

Durch stereotype und selbstverletzende Verhaltensweisen kann ein Mensch versuchen, „eine Regulation herzustellen und die Homöostase des psychischen Erregungsniveaus durch Reize aus der Umgebung aufrechtzuerhalten" (Mühl et al., 1996, S. 32). Eine solche Sichtweise „bietet die Möglichkeit, stereotype und selbstverletzende Verhaltensweisen als Kompetenzen, als Handlungsmöglichkeiten in Situationen zu betrachten, für die keine anderen, angemessenen Bearbeitungsmöglichkeiten zur Verfügung stehen" (Hettinger, 1996, S. 92). Hettinger führt verschiedene Argumente auf, die diesen Ansatz belegen (ebd., S. 82 f.). So haben z.B. selbstverletzende und stereotype Verhaltensweisen auch eine (selbst-)stimulierende Funktion (ebd., S. 82). Sensorische Stimulation kann zu einem Anstieg zentralnervöser Erregung führen (ebd., S. 84), aber auch zu einer Abnahme. Dies ist der Fall, wenn z.B. nicht verarbeitbare Wahrnehmungen von bekannten, Sicherheit gebenden Sinneseindrücken „überdeckt" werden (Feuser, 1985). Darüber hinaus beschreibt Hettinger, dass Wahrnehmungsbeeinträchtigungen zu einem permanent oder phasenweise erhöhten Erregungsniveau führen können, das durch stereotype oder selbstverletzende Verhaltensweisen wieder herabgesetzt werden kann (Hettinger, 1996, S. 82 f.).

4.3.5 Die „subjektive Logik"

Die Diskussion, ob eines der oben beschriebenen Erklärungsmodelle alleinige Gültigkeit besitzt, ist nicht sinnvoll, da die Gründe für Entstehung und Aufrechterhaltung stereotyper, selbstverletzender und selbststimulierender Verhaltensweisen sehr individuell sind. So kann z.B. gleich aussehendes Verhalten ganz unterschiedliche Funktionen haben (Hettinger, 1996, S. 102). Hettinger fasst zusammen, dass die Schwierigkeit der empirischen Begründung „kennzeichnend für die Situation der Forschung in diesem Bereich ist“ (ebd.). Er schlägt vor, „die vorgestellten Erklärungsansätze, die sich auf biologische Faktoren, Umwelteinflüsse, Lern- und Erregungsregulationsprozesse beziehen, als *heuristischen Rahmen* für die weitere Forschung und für die einzelfallbezogene Diagnostik und Förderung zu verwenden“ (ebd.).

Der Versuch, Hypothesen über die individuelle Bedeutung eines Verhaltens zu bilden, kann von großer Bedeutung für den Umgang damit sein. So konnte eine Untersuchung von Mühl zeigen, dass therapeutische Interventionen tendenziell erfolgreicher sind, wenn der Therapeut eine Sinnhaftigkeit des selbstverletzenden Verhaltens unterstellt (Mühl, 1997, in: Klauß, 2007, S. 1). Auch Schumacher schreibt aus ihrer Erfahrung in der musiktherapeutischen Arbeit mit autistischen Kindern, „dass schon der Versuch, ein Symptom von innen her, d.h. aus der Sicht des Kindes verstehen zu wollen, einen beziehungsschaffenden Effekt hat“ (Schumacher, 1999, S. 25).

Der Heilpädagoge Leitner sieht aggressive, selbstverletzende, autistische, hyperaktive, zwanghafte und stereotype Verhaltensweisen als „Sehnsucht nach Sicherheit“ (Leitner, 2007, Titel der Veröffentlichung). Er nennt verschiedene mögliche Gründe, wie z.B. Langeweile, Verlangen nach Zuwendung, Kontrollbedürfnis, Erfahrungen in der Kindheit, unangenehme Alltagserlebnisse etc., die aus seiner Sicht alle zu einem gemeinsamen Hintergrund führen: zu einer Verunsicherung des Menschen. Leitner beschreibt nun Reaktionsmöglichkeiten von Menschen mit geistiger Behinderung (ebd., S. 30 f.). Hiervon ist eine insbesondere auch für Menschen mit schwerster Mehrfachbehinderung von Bedeutung: die Strategie, sich z.B. durch stereotype oder selbstverletzende Verhaltensweisen auf sich selbst zurückzuziehen, womit Verunsicherungen zwar ausgehalten, aber nicht bewältigt werden. Hier besteht nach Leitner die Gefahr, dass ein Mensch die Verunsicherung mit sich in den Rückzug nimmt. „Durch diese ständige, wenn auch nur kognitive Präsenz der Verunsicherung bleibt man in der Isolation gefangen.“ (ebd., S. 31). Kommt es auf diese Weise dauerhaft oder immer wieder zu Verunsicherungen, so „bleibt nur, das Problemverhalten selbst als Sicherheit zu erleben“ (Leitner, 2007, S. 32). Dies hat zur Folge, dass es im Lauf der Zeit nicht mehr ausschließlich im Kontext verunsichernder Situationen auftritt, sondern automatisiert, so dass für einen Außenstehenden keine beobachtbaren Zusammenhänge zwischen Reizen und Verhalten herzustellen sind.

Klauß stellt bezüglich der subjektiven Bedeutung selbstverletzender Verhaltensweisen sechs Hypothesen auf. Sie dienen als Grundlage, „um daraus Handlungsmöglichkeiten abzuleiten“ (Klauß, 2006, S. 8). In den nachfolgenden Abschnitten werden aus Klauß‘ Hypothesen diejenigen beschrieben, die auch für Menschen mit schwerster Mehrfachbehinderung eine Rolle spielen können.

Körperliches Wohlbefinden: Hat ein Mensch keine Möglichkeiten, sich mittzuteilen, wenn sein körperliches Wohlbefinden beeinträchtigt ist, so sucht er vermutlich selbst nach Verhaltensweisen, die ihm Linderung verschaffen.

„Unterhaltsame Selbstbewegung" und **„effektgeleitete Betätigung"** (Klauß, 2007, S. 15): Fehlen einem Menschen die Fähigkeit, spielerischen oder zweckgebundenen Bewegungen und Tätigkeiten nachzugehen, so entsteht eine Leere, die möglicherweise durch selbstverletzende oder stereotype Verhaltensweisen gefüllt werden kann. Diese Sichtweise zeigt deutlich, welch (über-)lebensnotwendigen Sinn diese Verhaltensweisen erfüllen können und dass sie dem Menschen nicht genommen werden dürfen, solange keine alternativen Verhaltensmöglichkeiten entwickelt werden können. Nach Klauß' Ansicht sind Stereotypien und selbstverletzende Verhaltensweisen „Lebenszeichen" (ebd., S. 16). „Sie ersatzlos ‚abbauen' zu wollen, kommt dem Versuch gleich, den Menschen in tiefe Resignation und Apathie zu treiben" (ebd.).

Soziale Orientierung: Hierzu verweist Klauß auf die fehlenden Fähigkeiten zum Blickkontakt bzw. zur Imitation. Ein Fehlen dieser Voraussetzungen führt häufig zu selbstverletzenden und stereotypen Verhaltensweisen, auch Wutausbrüche und auffälliges Essverhalten können entwickelt werden (Klauß, 2006, S.11).

Verwundbarkeit: Durch einschneidende Ereignisse wie Klinikaufenthalte, Traumatisierungen, Heimaufnahmen etc. können auffällige Verhaltensweisen entwickelt worden sein, um mit diesen Lebensbedingungen zurecht zu kommen (ebd., S. 12).

4.3.6 Schlussfolgerungen

Bei einer Vielzahl von möglichen Erklärungen für die Gründe des Auftretens stereotyper, selbstverletzender oder selbststimulierender Verhaltensweisen und unterschiedlicher Interpretationsmöglichkeiten ist es für die therapeutische Arbeit wichtig, alle zur Verfügung stehenden Informationsquellen einzubeziehen und eine naheliegende Hypothese über eine mögliche Ursache zu bilden. Vor diesem Hintergrund können eine Arbeitshypothese entwickelt und musiktherapeutische Interventionen entsprechend gestaltet werden. Kommt es wiederholt vor, dass ein Mensch durch eine bestimmte Intervention ruhig und aufmerksam werden kann, so kann dies einen Hinweis geben, wo seine Bedürftigkeit liegt. Klauß unterstreicht die Bedeutung dieser Vorgehensweise: „Wenn es gelingt, die innere, subjektive Logik zu begreifen und eine Vorstellung davon zu entwickeln, worin die Bedeutung für den Menschen selbst liegen kann, kommt er uns als unverwechselbare Persönlichkeit, als Subjekt näher, und wir können unser eigenes Verhalten so gestalten, dass die Würde des anderen Menschen geachtet wird." (Klauß, 2006, S. 4).

4.4 Erfassung von Belastungszeichen und ihrer Bedeutung

Zur Erfassung selbstverletzender Verhaltensweisen bei Menschen mit geistiger Behinderung finden sich einige Veröffentlichungen, die Checklisten, Fragebögen, Beobachtungssysteme und experimentelle Testsituationen vorstellen. Zur genaueren Analyse stereotyper Verhaltensweisen findet sich kein Pendant. Vermutlich werden die Beeinträchtigungen und Folgen stereotyper Verhaltensweisen für die Person selbst und auch für ihre Umwelt als nicht so schwerwiegend angesehen. Eine Analyse des Verhaltens und die Suche nach hilfreichen Interventionen scheint nicht notwendig zu sein. Hier wird vermutlich aber nur an eine körperliche Schädigung gedacht, ohne die emotionale Situation eines Menschen zur berücksichtigen. Auch Selbststimulation wird meist nicht als eigenes Phänomen untersucht, sondern ausschließlich als eine mögliche Funktion selbstverletzender Verhaltensweisen gesehen. Nur in einzelnen Checklisten werden neben Selbstverletzung auch andere Verhaltensweisen erfasst, wie z.B. in der Checkliste zu sogenanntem „excess behavior“ (Meyer & Evans, 1986) oder das „Behavior Problems Inventory“ (BPI) von Rojahn et al. (2001).

Verschiedene Autoren betonen, dass jeder Planung von Interventionen eine Diagnostik des Verhaltens vorausgehen sollte (vgl. Mühl et al., 1996; Carr, 1977). Diese habe das Ziel, „die Funktion und den Sinn des Verhaltens für die jeweilige Person zu verstehen“ (Mühl et al., S. 49). In der Praxis scheint jedoch eine genaue Analyse sehr selten vorgenommen zu werden. Als mögliche Gründe werden der große Zeitaufwand, das erforderliche Personal und „das weitgehende Fehlen handhabbarer diagnostischer Instrumente zur effektiven Aufzeichnung und Auswertung von Beobachtungen“ genannt (Repp et al., 1990, in: Mühl et al., S. 51). Wird jedoch eine genaue Untersuchung möglicher Ursachen oder auch Verstärker der selbstverletzenden Verhaltensweisen versäumt, so werden Interventionen u.U. nur sehr kurzfristig wirksam, wenn sie nicht auch die zugrunde liegende Bedürftigkeit der Person berücksichtigen. Mühl et al. zählen zu einer sogenannten „funktionalen Analyse“ (Mühl et al., S. 49) folgende Verfahren auf: informelle Befragung, Beobachtung und die Verwendung von Fragebögen bzw. Schätzskalen (ebd., S. 50). Diese werden in den folgenden Abschnitten dargestellt.

4.4.1 Informelle Befragung

Die informelle Befragung von Eltern, Betreuern, Erzieherinnen und Lehrern soll folgende Aspekte umfassen: die bisherige Entwicklung des Menschen (besonders Veränderungen der Lebensumstände, die in einem Zusammenhang mit dem Entstehen selbstverletzender Verhaltensweisen stehen können) und mögliche organische Verursachungs- und Aufrechterhaltungsfaktoren eines Verhaltens (ebd., S. 53).

4.4.2 Checklisten

Checklisten sind auf wenige Fragen beschränkt und dienen einer ersten Orientierung zur Erfassung möglicher Zusammenhänge zwischen organischen Faktoren, Umweltfaktoren und den selbstverletzenden Verhaltensweisen. Carr (1977) und Brezowsky (1985) fragen zunächst nach möglichen somatischen Ursachen, es folgen Fragen zu möglichen positiven oder negativen Verstärkern (Mühl et al. 1996, S. 55). Gardners Checkliste ist nicht nur einmalig auszufüllen, sondern für einen gewissen Beobachtungszeitraum jeweils vormittags und nachmittags, um mögliche Korrelationen zwischen der Häufigkeit des Auftretens und bestimmten Ereignissen festzustellen (Gardner, 1986, in: Mühl et al. 1996).

4.4.3 Fragebögen

Während Checklisten zu einem ersten Überblick führen, sollen Fragebögen das selbstverletzende Verhalten und mögliche Faktoren, die zu einer positiven oder negativen Verstärkung führen, noch genauer erfassen. Hierbei können sich die Fragen auf mögliche Ursachen richten (Durand & Crimmins, 1988) oder auch auf das Verhalten selbst (Hauck 1985, in: Mühl et al. 1996)). Ein Überblick über Fragebögen, die für Menschen mit geistiger Behinderung veröffentlicht wurden, zeigt, dass nur ca. ein Drittel aller Fragen auf Menschen mit schwerster Mehrfachbehinderung angewandt werden können. Meist wird davon ausgegangen, dass der Mensch mit geistiger Behinderung selbstverletzende Verhaltensweisen gezielt einsetzt, um ein bestimmtes Ziel zu verfolgen. Bei Menschen mit schwerster Mehrfachbehinderung dient das selbstverletzende Verhalten vermutlich jedoch dazu, Spannung zu regulieren. Hier ist weder Selbstverletzung intendiert, noch wird es zur Provokation oder Manipulation des Gegenübers eingesetzt.

4.4.4 Freie und systematische Beobachtung

Nach Mühl et al. kann die freie Beobachtung als Vorstufe zur systematischen Beobachtung betrachtet werden. „Mittels der noch weitgehend unsystematischen Methode kann die ganze Breite der umgebenden Einflüsse erfasst werden." (Mühl et al., S. 60). Hieraus können bestimmte Beobachtungsschwerpunkte mit entsprechenden Merkmalen formuliert werden, die dann Grundlage einer systematischen Beobachtung sind.

4.4.5 Empfehlungen für die Musiktherapie

Für die musiktherapeutische Arbeit ist die Klärung der Ursache stereotyper, selbstverletzender und selbststimulierender Verhaltensweisen wichtig, da der Therapeut so besser einschätzen kann, ob Belastungszeichen eine Reaktion auf seine Interventionen sind oder ob die Ursache auch woanders liegen könnte. Daher ist folgendes Vorgehen für die therapeutische Arbeit empfehlenswert:

Studium der Akten: Durch ein Studium der Akten wird deutlich, vor welchem Hintergrund das Verhaltensrepertoire eines Menschen zu sehen ist: Welche ärztlichen Diagnosen liegen vor? Welche Hinweise gibt es auf eine Störung der Sinneswahrnehmungen oder der Wahrnehmungsverarbeitung? Welche Medikamente werden regelmäßig eingenommen und welche gewünschten und unerwünschten Auswirkungen können diese auf das Verhalten haben? Werden hier Verhaltensweisen wie Stereotypien, selbstverletzendes Verhalten oder Selbststimulation erwähnt und wenn ja, findet sich eine Begründung?

Befragung der Eltern und/ oder der Betreuer: Eltern und Betreuer, die einen Menschen schon länger kennen, können evtl. seine Verhaltensweisen näher beschreiben und Hinweise auf Verursachungsbedingungen geben.

Erfragen der aktuellen Befindlichkeit und der gesundheitlichen Situation: Vor Beginn einer Musiktherapiestunde ist es sinnvoll, die Bezugspersonen nach der aktuellen Befindlichkeit und dem Gesundheitszustand zu befragen. So lassen sich z.B. Zeichen von Spannung oder Unwohlsein vor diesem Hintergrund besser verstehen und z.B. mit einer akuten Erkrankung in Zusammenhang bringen.

4.5 Zusammenfassung und Ausblick

Die Literaturrecherchen zu stereotypen, selbstverletzenden und selbststimulierenden Verhaltensweisen zeigten, dass diese Themen für Menschen mit schwerster Mehrfachbehinderung noch kaum beschrieben wurden, was angesichts der vermutlich hohen Prävalenz verwunderlich ist. Hier besteht ein dringender Bedarf an Beschreibungen zur Phänomenologie von Verhaltensweisen, zu möglichen Ursachen, besonders aber auch zu hilfreichen Interventionen und Umgangsweisen. Für die musiktherapeutische Arbeit sollen die Ergebnisse der Untersuchung, die nun in den Kapiteln 5 und 6 dargestellt werden, ein erster Beitrag hierzu sein.

5 Untersuchung des körperlich-emotionalen Ausdrucks von Menschen mit schwerster Mehrfachbehinderung

5.1 Untersuchungsfragen

Kapitel 4 zeigte, dass bislang Untersuchungen fehlen, die sich mit den Befindlichkeitszeichen von Menschen mit schwerster Mehrfachbehinderung befassen. Die Untersuchung, die im Rahmen dieser Arbeit stattfand, befasst sich mit diesem Thema anhand folgender Fragen:

1. Welche selbstberuhigenden, selbststimulierenden, stereotypen, selbstverletzenden Verhaltensweisen kommen bei Menschen mit schwerster Mehrfachbehinderung vor und wie zeigen sich Anspannung und Unruhe? Eine Auflistung der in der Untersuchung vorkommenden Befindlichkeitszeichen kann dieses Thema zwar nicht erschöpfend behandeln, da auch bei Menschen mit schwerster Mehrfachbehinderung diese Zeichen sehr individuell sind. Dennoch können beispielhafte Beschreibungen dazu dienen, bei eigenen Beobachtungen den Blick auf bestimmte Schwerpunkte zu richten und Verhaltensweisen als Ausdruck der Befindlichkeit eines Menschen wahrzunehmen und zu verstehen.

2. Mit welcher Dauer treten Belastungszeichen in unterschiedlichen Situationen auf? Die zeitliche Dauer von Befindlichkeitszeichen, die für die untersuchten Videobeispiele errechnet wurden, wird die Relevanz des Themas „Affektregulation“ zeigen. Wie in Kapitel 5.3 zur Untersuchungsmethodik noch genauer dargestellt wird, wurden einzelne Probanden nicht nur in der Einzelmusiktherapie gefilmt, sondern auch in einer Musikgruppe und in der Wohngruppensituation. Dies soll zeigen, ob die vorkommenden Verhaltensweisen, insbesondere Belastungszeichen, durch die Umwelt beeinflussbar sind. Darüber hinaus ist hiermit auch eine Vorannahme verbunden: Es wird angenommen, dass ein Mensch Belastungszeichen von höherer Intensität und von längerer Dauer zeigt, wenn er sich selbst überlassen ist. In der Musikgruppe als gestaltetes Umfeld, in dem aber dennoch nur zu einem geringen Teil spezifisch auf *einen* Menschen eingegangen werden kann, treten Belastungszeichen vermutlich mit einer geringeren Dauer oder mit geringerer Intensität auf. Je besser es dem Therapeuten in der Einzelmusiktherapie gelingt, ausgehend von den Fähigkeiten und Bedürfnissen des Menschen mit schwerster Mehrfachbehinderung zu intervenieren, desto geringer ist vermutlich die Dauer und die Intensität von Belastungszeichen.

In den folgenden Abschnitten werden das Vorgehen zur Auswahl des Untersuchungsmaterials (Kap. 5.2) sowie Untersuchungsmethodik (Kap. 5.3) und Untersuchungsergebnisse (Kap. 5.4) beschrieben. Der Frage, wie musiktherapeutische

Interventionen das Erregungsniveau eines Menschen in der Musiktherapie beeinflussen, ist ein eigenes Kapitel gewidmet (siehe Kap. 6).

5.2 Vorgehen zur Auswahl des Untersuchungsmaterials

5.2.1 Rahmenbedingungen

Die Untersuchungsgruppe wurde aus den Bewohnern eines Pflegewohnheims für erwachsene Menschen mit schwerster Mehrfachbehinderung ausgewählt. Mit Blick auf Fröhlichs Definition von *schwerer* und *schwerster* Mehrfachbehinderung handelt es sich sowohl um schwerst als auch um schwer mehrfachbehinderte Menschen. Fast alle sind auf vollständige Übernahme aller alltagspraktischen Handlungen (Körperpflege, Nahrungsaufnahme, Medikamenteneinnahme etc.) angewiesen. Auch die Gestaltung der Freizeit wird vorwiegend durch Pflegekräfte und Betreuer übernommen. Einzelne Bewohner werden tagsüber zu externen Förder- oder Werkstätten gebracht. Im Pflegewohnheim gibt es neben Einzelmusiktherapie weitere Therapien: Ergotherapie, Maltherapie, Klangschalentherapie, Physiotherapie und Logopädie. Darüber hinaus nehmen ausgewählte Bewohner an Gruppen teil, in denen unterschiedliche Inhalte angeboten werden (z.B. Geschichten, Lieder und Musik anhören, Kochen und Backen, Umgang mit verschiedenen Materialien, z.B. Farben). Viele Heimbewohner nehmen an diesen Gruppen vorwiegend rezeptiv teil. Im Umgang mit Materialien steht meist mehr ein basales Erleben durch Spüren, Riechen, Schmecken etc. im Vordergrund.

Das Team aus Therapeuten und Pädagogen hat in den vergangenen Jahren an Schulungen zu entwicklungspsychologischen Grundlagen und ihrer Anwendung für die therapeutische Arbeit mit Menschen mit schwerster Mehrfachbehinderung teilgenommen. Ziel dieser Weiterbildung war es, die Wahrnehmung für den körperlich-emotionalen Ausdruck von Menschen mit schwerster Mehrfachbehinderung zu schulen, um Fähigkeiten und Bedürfnisse besser einschätzen zu können und Therapien und Freizeitangebote noch genauer auf die Bedürfnisse und Fähigkeiten der schwerst behinderten Menschen abzustimmen.

5.2.2 Auswahlkriterien für die Probanden

Da schwerste Mehrfachbehinderungen sehr unterschiedliche Ursachen, Ausprägungen und Erscheinungsformen haben können, wurde zunächst eine Vorauswahl anhand bestimmter Einschlusskriterien getroffen. So sollten diejenigen Menschen in die Untersuchung einbezogen werden,

- die körperlich schwerst beeinträchtigt sind, d.h. zu selbständiger Fortbewegung und zum Hantieren mit Objekten nicht oder kaum in der Lage sind

- deren Behinderung von Geburt an (bzw. pränatal) besteht
- die keine oder nur wenige Fähigkeiten zur sprachlichen Kommunikation erworben haben
- die an Einzelmusiktherapie teilnehmen.

Dementsprechend werden folgende Themen hier nicht berücksichtigt:

- fremdaggressives Verhalten (dies ist Menschen mit schwersten körperlichen Behinderungen aufgrund ihrer physischen Voraussetzungen nicht möglich)
- Affektregulation bei Menschen mit einer durch Krankheit oder Unfall erworbenen schwersten Mehrfachbehinderung (hier unterscheidet sich die emotionale Entwicklung über die Lebensspanne von der Entwicklung der bereits von Geburt an schwerst behinderten Menschen)
- Affektregulation durch sprachliche Äußerungen (hier sind sowohl die Selbstregulation des schwerst mehrfachbehinderten Menschen durch sprachliche Äußerungen gemeint, mit denen ein Mensch Befindlichkeiten mitteilen und sich selbst regulieren kann, als auch verbale therapeutische Interventionen, mit denen der Therapeut die Regulation unterstützen kann).

Die oben genannten Einschlusskriterien trafen auf 30 Bewohner des Heimes zu. Das Einverständnis zur Videografie, zur Auswertung und zur Verwendung von Videosequenzen im Rahmen dieser Dissertation konnte für 12 dieser Bewohner von Eltern bzw. amtlichen Betreuern eingeholt werden. Einige Eltern und Betreuer wurden aus verschiedenen Gründen zu diesem Zeitpunkt nicht kontaktiert. So hatten manche Bewohner keine Einzelmusiktherapie, für weitere wurde bereits vor mehreren Jahren generell keine Erlaubnis zur Videografie erteilt. Einzelne Bewohner waren erst vor kurzer Zeit in das Pflegewohnheim eingezogen und die Eltern sollten nicht sofort mit Einverständniserklärungen zu einem Forschungsprojekt konfrontiert werden, bei anderen gab es längerfristige starke gesundheitliche Probleme.

5.2.3 Probanden/ Untersuchungsgruppen

Bei den 12 Personen der Untersuchungsgruppe wurde zunächst der sogenannte „Basismodus“ nach einer Einschätzung des körperlich-emotionalen Ausdrucks mittels der KEBQ-sMb-Skala (Reimer, 2011) festgestellt. Der Begriff „Basismodus“ bezeichnet einen „Modus, der häufig auftritt und sicher entwickelt ist“ (Schumacher et al., 2013, S. 65). Die Einschätzung des Basismodus erfolgte aufgrund von unstrukturierten Alltagsbeobachtungen des therapeutischen/ pädagogischen Teams und EBQ-basierten Videoanalysen, die im Rahmen von Fallbesprechungen des Teams durchgeführt wurden. Die folgenden Abschnitte zeigen, welche Basismodi vorkamen und welche Merkmale zu dieser Zuordnung führten. Auch charakteristische Belastungszeichen werden hier genannt.

Modus 0: (scheinbare) Kontaktlosigkeit

Zu dieser Gruppe zählen Menschen, die zunächst „kontaktlos“ wirken, da sie kaum sichtbar oder nur mit sehr feinen Verhaltensweisen, wie z.B. Veränderungen der Atemfrequenz oder der Hautfarbe auf äußere Reize reagieren. Belastung kann sich als erhöhter Muskeltonus oder als veränderte Atmung (Atem anhalten, niedrige Atemfrequenz, beschleunigte Atmung) zeigen. Stereotype Bewegungen sind aufgrund der starken Bewegungseinschränkung nicht vorhanden oder treten nur sehr schwach (d.h. kleine Bewegungen mit geringer Intensität) in Erscheinung.

Modus 2: Belastungs- und Selbstberuhigungszeichen

Zu dieser Gruppe zählen Menschen, bei denen Belastungszeichen ganz im Vordergrund des Verhaltens stehen. Belastung zeigte sich in stereotypen, selbstverletzenden oder selbststimulierenden Verhaltensweisen sowie in Anspannung oder Unruhe. Für die vorliegende Arbeit ist es sinnvoll, unter Modus 2 nicht nur Belastungszeichen zu betrachten, sondern auch Selbstberuhigungszeichen. Sowohl Belastungs- als auch Selbstberuhigungszeichen zeigen eine Überforderung des Menschen mit schwerster Mehrfachbehinderung an, auch wenn es im weiteren Verlauf Unterschiede gibt: Bei Belastungszeichen ist das Erregungsniveau meist gleichbleibend hoch oder steigt noch weiter an. Zeigt ein Mensch Verhaltensweisen zur Selbstberuhigung, so kann sich sein Erregungsniveau verringern. Dementsprechend werden unter Modus 2 zwei Subgruppen unterschieden:

Modus 2 BEL: häufige Belastungszeichen

Modus 2 SB: häufige Selbstberuhigung

Modus 3: Aufmerksamkeit

Hier handelt es sich um Menschen, die die Fähigkeit entwickelt haben, ihre Aufmerksamkeit gezielt auf etwas zu richten und/ oder urheberschaftlich tätig zu werden. Empfindungen, die die Wahrnehmung begleiten, scheinen jedoch oftmals nicht ausreichend reguliert zu werden, so dass ein Mensch Selbstberuhigungszeichen zeigt oder es zu plötzlichen Spannungszuständen kommen kann (z.B. Anspannung des Oberkörpers). Diese treten meist nur kurzfristig auf und ermöglichen dann erneut eine aufmerksame Affektlage.

Modus 4: Intersubjektivität

Dieser Gruppe sind Menschen zugeordnet, die die Fähigkeit zur zwischenmenschlichen Beziehung (Intersubjektivität) entwickelt haben. Auch hier können zwei Gruppen unterschieden werden. Bei einigen Menschen mit schwerer Mehrfachbehinderung ist die zwischenmenschliche Beziehungsfähigkeit sicher etabliert, d.h. heißt, im Kontakt zu einem anderen können sie begleitende Affekte meistens integrieren oder sich selbst durch Pausen regulieren (Bezeichnung: Modus 4 REG

(= reguliert)). Bei anderen Personen können oft schon geringe Reize ausreichen, um sehr freudige Reaktionen hervorzurufen. Sehr häufig kann aber diese Freude nicht reguliert werden und mündet in starke körperliche Anspannung (Bezeichnung: Modus 4 DYS (= dysreguliert)).

Modus 1 (sensorischer Kontakt/ Kontaktreaktion) wurde hier als Basismodus nicht genannt, da eine Kontaktreaktion als Ergebnis gelungener intermodaler Verknüpfung auftritt und somit meist kurzfristig im Rahmen der Therapie in Erscheinung tritt. Sensorischer Kontakt zu Objekten wurde meist als stereotype oder selbststimulierende Verhaltensweise beobachtet und unter Modus 2 beschrieben.

Untenstehende Tabelle 7 zeigt die Anzahl der Heimbewohner, die den verschiedenen Gruppen zugeordnet wurden. Außerdem werden die Hauptdiagnosen der Probanden gezeigt. Das Alter der Probanden beträgt zwischen 25 und 38 Jahre.

Tabelle 7: Zuordnung der Probanden zu den Basismodi und Diagnosen

Modus	**Anzahl**	**Name**	**Ärztl. Diagnosen**
0	1	Nina	fokale Epilepsie, Mikrozephalie, Tetraparese
2SB	1	Saja	frühkindlicher Hirnschaden, Epilepsie, zentrale Koordinationsstörung
2STIM	1	Marina	perinatale Hypoxie, spastische Tetraparese, Anfallsleiden
2 BEL	5	Gina	fokale Epilepsie, Rett-Syndrom m. spastischer Tetraparese
		Marie	schwere Mehrfachbehinderung nach frühkindlicher Hirnschädigung mit spastischer Tetraparese, Skoliose, Mikrozephalie, Epilepsie
		Janine	Mikrozephalie, frühkindlicher Hirnschaden, spastische Tetraparese
		Gerhard	frühkindlicher Hirnschaden, zerebrales Anfallsleiden, Tetraspastik
3	2	Sandra	geistige und körperliche Behinderung
		Eric	fokale Epilepsie, spastische Tetraparese, geistige Behinderung
4REG	1	Thomas	Epilepsie, spastische Tetraplegie, zerebrale Parese
4 DYS	2	Elisa	Symptomatische multifokale Epilepsie, spastische Tetraparese, schwere Intelligenzminderung
		Sonja	frühkindlicher Hirnschaden, fokale Epilepsie, Zerebralparese mit spastischer Parese

Auch wenn berücksichtigt werden muss, dass die Auswahl der Probanden auch durch formale Gründe (z.B. Einverständniserklärung zur Videografie) zustande kam, ist auffallend, dass die höchste Bewohnerzahl bei Modus 2 BEL zu finden ist. Dies ist bereits ein Hinweis auf die hohe Relevanz des Themas Affektregulation.

5.2.4 Untersuchungsmaterial

Das Untersuchungsmaterial besteht aus Videofilmen, die während Musiktherapiestunden, Musikgruppen und im Wohngruppenalltag in einem sechsmonatigen Zeitraum aufgenommen wurden. Die Aufnahmen haben eine Dauer von jeweils ca. 30 Minuten. Eine solche relativ kurze Aufnahmezeit ist in der Arbeit mit Menschen mit schwerster Mehrfachbehinderung für eine aussagekräftige Auswertung ausreichend, da die Verhaltensweisen meist sehr ähnlich oder sogar gleichbleibend sind. Die Videoaufnahme einer Untersuchungsperson wurde nur dann in die Untersuchung einbezogen, wenn sich die Untersuchungsperson in der Zeit der Filmaufnahme typisch verhalten hatte. Dies wurde vor dem Hintergrund einer bis zu 12- jährigen Erfahrung in der Arbeit mit den jeweiligen Menschen beurteilt. Bei untypischem Verhalten wurde die Videografie in der darauf folgenden Woche wiederholt. So bewegte sich z.B. eine Bewohnerin in der Wohngruppensituation nahezu die gesamte Zeit sehr unruhig und bemühte sich, ihre Nase zu reiben – eine Bewegung, die sonst nicht oder nur sehr selten bei ihr zu beobachten ist. In einem anderen Fall wurde ein Film in die Untersuchung einbezogen, obwohl die Bewohnerin nahezu die gesamte Zeit die Augen geschlossen hielt und zum Teil auch gedöst hatte, weil dies ein für sie typisches Verhalten ist. Durch kurze Rücksprache mit den Betreuern vor den Therapien sollte geklärt und ausgeschlossen werden, dass die Untersuchungsperson unter Schmerzen oder andern Einflüssen litt, damit die Verhaltensweisen möglichst in einem Zusammenhang mit den therapeutischen Interventionen interpretiert werden konnten. In den folgenden Abschnitten werden die drei Situationen Musiktherapie, Musikgruppe und Wohngruppe beschrieben:

Einzelmusiktherapie: Die Einzelmusiktherapie findet pro Bewohner meist einmal, bei manchen auch zweimal pro Woche mit einer Dauer von ca. 30 Minuten statt. Die meisten Bewohner kommen seit mehreren Jahren zur Musiktherapie. Insgesamt sind drei Musiktherapeuten im Wohnheim angestellt, die aufgrund ihrer musikalischen Vorerfahrung und therapeutischen Ausbildung, aber auch aufgrund des Entwicklungsstandes der ihnen zugeteilten Bewohner unterschiedliche Interventionsschwerpunkte haben. Diese werden in Kapitel 6 genauer beschrieben.

Musikgruppen: Zwei der Musiktherapeuten bieten Musikgruppen an, die sie alleine oder zu zweit leiten. Die Therapeuten singen oder lesen etwas vor und laden mit Instrumenten zum Lauschen oder Berühren und Erzeugen von Klängen ein. Nur einzelne Bewohner sind in der Lage, aktiv teilzunehmen und z.B. mitzusingen oder mit Perkussionsinstrumenten mitzuspielen. Andere zeigen die Fähigkeit, sich auf die Aktivitäten der Therapeuten bzw. auf die von ihnen erzeugten Klänge zu beziehen. Manche Menschen mit schwerster Mehrfachbehinderung zeigen kaum

Reaktionen auf die Angebote der Therapeuten und es ist an ihrer Mimik kaum zu erkennen, was sie empfinden.

Wohngruppenalltag: Wie oben bereits erwähnt, leben die Bewohner des Heimes in Wohngruppen mit mehreren Mitbewohnern zusammen. Bewohner, die tagsüber nicht zu externen Werkstätten fahren, verbringen ihren Tag meist im Wohngruppenraum oder nehmen an hauseigenen Angeboten oder Therapien teil. Da sich nur wenige Bewohner selbst beschäftigen können, sitzen sie im Wohngruppenraum meist in ihren Rollstühlen, es läuft Musik oder der Fernseher. Für die Videografie wurde diese Situation nicht gezielt gestaltet, sondern so aufgenommen, wie sie vorgefunden wurde (d.h. es wurde z.B. kein Einfluss darauf genommen, ob der Fernseher in der Zeit der Videografie lief, oder nicht, auch die Mitarbeiter sollten ihre Arbeit so wie gewohnt verrichten). Diese Situation sollte das Verhalten eines Bewohners zeigen, wenn er keine gezielte Ansprache erhält, er dennoch aber Umweltreizen ausgesetzt ist.

Aus den unter Punkt 5.2.3 genannten Untersuchungsgruppen wurde jeweils eine Person ausgewählt, die in allen drei Situationen (Musiktherapie, Musikgruppe und Wohngruppe) gefilmt werden konnte, da sie sowohl an der Einzelmusiktherapie wie auch an der Musikgruppe teilnahm. Die übrigen sechs Probanden wurden ausschließlich in der Einzelmusiktherapie gefilmt. In den folgenden Abschnitten wird die Untersuchungsmethodik erläutert.

5.3 Untersuchungsmethodik

Die aufgenommenen Videos wurden mikroanalytisch untersucht. Eine detaillierte, d.h. sekundengenaue Mikroanalyse anhand des EBQ-Instrumentes wurde erstmals im Rahmen der Diplomarbeit „Der kurzzeitige Wechsel von Beziehungsqualitäten" (Reimer, 2000; Reimer 2004) durchgeführt. Schumacher und Calvet stellten eine EBQ-Mikroanalyse in dem Buch „Microanalysis" vor (Schumacher & Calvet, in: Wosch & Wigram (2007)). Hierbei werden eine sekundengenaue Einschätzung aller relevanten Ausdrucksphänomene der Untersuchungsperson (körperlich-emotionale, vokale oder instrumentale Äußerungen) sowie eine Einschätzung der therapeutischen Interventionen vorgenommen. In der vorliegenden Arbeit wird für die Einschätzung der körperlich-emotionalen Beziehungsqualität die KEBQ-sMb-Skala angewendet. Sie wurde in Kapitel 2.3 mit ihren entwicklungspsychologischen Grundlagen vorgestellt und ist in ihrer vorläufigen Fassung im Anhang dieser Arbeit zu finden. Zur Einschätzung des stimmlichen und instrumentalen Ausdrucks, der nur bei wenigen Probanden in Erscheinung trat, wurden die bestehende VBQ- und IBQ-Skala eingesetzt (siehe Schumacher et al., 2013, S. 43 ff.). Da durch eine Mikroanalyse sehr viele Daten erhoben werden, wurde zur Unterstützung die Computersoftware „Interact" (Mangold, 2010) eingesetzt. Diese Software ermöglicht die Organisation der erhobenen Daten und stellt verschiedene Möglichkeiten der Auswertung zur Verfügung, wie z.B. die Darstellung eines Zeitdiagrammes aller Einschätzungen. Dies war vor allem zur Untersuchung möglicher

Zusammenhänge zwischen den Verhaltensweisen der Probanden und den therapeutischen Interventionen eine große Hilfe. Das Vorgehen zur Analyse der Zeitdiagramme wird in Kapitel 6 genauer beschrieben.

Ein Ziel der Untersuchung ist die Beschreibung von Belastungszeichen, die bei Menschen mit schwerster Mehrfachbehinderung auftreten (siehe Kap. 5.4.1). Dies ist auch für die weitere Auswertung, besonders für die Berechnungen der Dauer von Belastungszeichen wichtig, damit nachvollziehbar ist, welche Verhaltensweisen hier einbezogen wurden. Für diese Berechnung wurde die Dauer aller Sequenzen, die mit Modus 2 eingeschätzt wurden, addiert. Ebenso wurde mit den anderen Modi verfahren. Hierbei wurden die einzelnen Skalen des EBQ-Instrumentes (KEBQ, VBQ und IBQ) nicht getrennt berechnet, sondern zur besseren Übersicht zu einem übergeordneten EBQ-Modus zusammengefasst. Auf diese Weise wurde der Anteil der Belastungszeichen am deutlichsten. Um eine Vergleichbarkeit zwischen den Probanden herstellen zu können, wurden die Ergebnisse in prozentuale Anteile (Länge des Films = 100%) umgerechnet. Zur weiteren Auswertung wurde ein intraindividueller Vergleich bei denjenigen Probanden vorgenommen, die nicht nur in der Musiktherapie, sondern auch in der Musikgruppe und in der Wohngruppe gefilmt wurden. Von besonderem Interesse waren hier die Fragen, in welcher der drei Situationen Belastungszeichen am häufigsten aufgetreten waren und welche Ursachen vermutlich dazu führten.

Die Erfahrung in der Arbeit mit dem EBQ-Instrument zeigt, dass Regulations- oder Belastungszeichen über längere Phasen hinweg parallel zu anderen Verhaltens- und Ausdrucksweisen auftreten können. Um in der Auswertung das gleichzeitige Vorkommen verschiedener Ausdrucksqualitäten zu berücksichtigen, wurden die entsprechenden Videos zweimal ausgewertet. Bei der ersten Analyse wurde (wie zuvor erläutert) die im Vordergrund stehende Beziehungsqualität eingeschätzt. Die gleichzeitig auftretenden Regulations- und Belastungszeichen wurden beschrieben und in eine Abstufung je nach Intensität gebracht. Anhand dieser Abstufung wurde eine zweite Analyse durchgeführt, die zeigte, zu welchem Zeitpunkt welche Intensität von Belastung auftrat.

Um zu sehen, ob ein Zusammenhang zwischen den Verhaltensweisen der Untersuchungsperson und den Interventionen des Therapeuten zu sehen sind, werden der Therapeut und seine Interventionen ebenfalls eingeschätzt (siehe Kap. 6). Da in der Wohngruppensituation kein Therapeut anwesend ist, wurden für die Analyse der Wohngruppensituation Reize aus der Umgebung in die Auswertung einbezogen, um zu sehen, ob hier Zusammenhänge zwischen Reizen und Reaktionen nachzuweisen sind. Diesen Zusammenhang eindeutig zu zeigen ist jedoch schwierig, da diejenigen Reize kodiert wurden, die aus Sicht der Autorin im Vordergrund standen. Ob dies auch der Wahrnehmung der Probanden entspricht, kann nicht nachgewiesen werden. Nur wenn unmittelbare Reaktionen auf einen Reiz erfolgten, sprach dies für einen Zusammenhang (z.B. Zusammenzucken bei plötzlichen Geräuschen). Dies war aber nicht bei allen Probanden so deutlich der Fall. Tabelle

8 zeigt die Umgebungsreize und ihre mögliche Bedeutung für die Affektlage der Menschen mit schwerster Mehrfachbehinderung.

Tabelle 8: Merkmale zur Einschätzung der Umgebungsreize

Merkmal	Beschreibung	Bedeutung/ Interpretation
Stille	keine Reize aus der Umwelt sind zu hören	Bei Menschen, die ein starkes Bedürfnis nach Stimuli haben, kann Selbststimulation verstärkt auftreten. Bei Menschen, die häufig überstimuliert werden, kann Stille zur Ruhe führen.
Geräusche	Geräusche der Wohngruppenmitarbeiter bei ihren Aufgaben (Klappern in der Küche etc.)	Je nach Intensität der Reize und je nach Sensibilität eines Menschen können Geräusche unterschiedliche Bedeutungen und Auswirkung haben. Bei geringer Intensität rufen sie meist keine sichtbaren Reaktionen hervor. Treten sie plötzlich auf, können sie zu Erschrecken führen.
Fernseher	viele Bewohner blicken nicht zum Fernseher, daher vorwiegend Wahrnehmung auditiver Reize	Menschen ohne Sprachverständnis nehmen vermutlich vor allem den emotionalen Gehalt einer Sendung wahr. Dabei können vermutlich viele Menschen mit schwerster Mehrfachbehinderung nicht unterscheiden, ob das, was sie hören in ihrer unmittelbaren Umgebung stattfindet, oder ob es sich in der Ferne abspielt.
Stimmen	Unterhaltungen der Mitarbeiter	Bei Menschen ohne Sprachverständnis ist die Atmosphäre, die durch die Stimmen entsteht, entscheidend.

5.4 Untersuchungsergebnisse

5.4.1 Beschreibung von Befindlichkeitszeichen

In den Tabellen 9-11 werden die Verhaltensweisen genannt, die Modus 2 zugeordnet wurden. Wie schon in Kapitel 4 erwähnt wurde, sind Befindlichkeitszeichen sehr individuell. So können diese Tabellen keine vollständige Aufzählung von Befindlichkeitszeichen bei Menschen mit schwerster Mehrfachbehinderung zeigen. Jedoch können sie als Grundlage für eigene Beobachtungen dienen. Neben den Verhaltensweisen wird in der letzten Spalte der Tabellen angegeben, bei wie vielen Probanden die genannten Verhaltensweisen beobachtet werden konnten.

Tabelle 9: Körperliche und mimische Verhaltensweisen zur Selbstberuhigung

Selbstberuhigungszeichen	**Anzahl (n=12)**
Finger/ Hand zum Mund führen	9
Anwinkeln der Arme vor dem Oberkörper	7
Arme anwinkeln und Hände vor dem Oberkörper zusammenlegen	5
Halten eines Gegenstandes	4
Reiben der Hände (siehe auch Stereotypie)	3
Tuch in den Mund nehmen/ auf Tuch kauen	2
Zusammenkauern (Beine im Sitzen an den Körper ziehen)	2
Senken des Kopfes (i.S. einer Pause)	2
Hände an den Oberkörper pressen	2
in die Hände klatschen	1
Reiben von Kopf oder Augen	1
Übereinanderschlagen der Beine	1

Tabelle 9 zeigt die Beschreibung von Selbstberuhigungszeichen in der Reihenfolge der Häufigkeit ihres Auftretens. Sie geben Auskunft über die Befindlichkeit und weisen darauf hin, dass die Erregung des Menschen mit schwerster Mehrfachbehinderung Selbstberuhigung notwendig macht. Zu dieser Regulation selbst etwas beitragen zu können, ist eine wertvolle Ressource, die der Therapeut anerkennen und respektieren sollte, um dann seine Interventionen entsprechend anzupassen. Im Alltag stellt sich jedoch dann eine Schwierigkeit ein, wenn Menschen über sehr lange Zeiten in einer bestimmten Stellung verharren. Bei Menschen, die in wachem Zustand nahezu durchgängig Selbstregulationszeichen zeigen, kann es auf Dauer zu erheblichen Kontrakturen kommen, die dann meist physiotherapeutisch behandelt werden müssen. In diesem Zusammenhang wird bisher noch kaum die Frage diskutiert, wie die Umgebung mit all ihren Reizen und vor allem der Umgang mit anderen Menschen gestaltet werden könnte, damit ein Mensch mit schwerster Mehrfachbehinderung sich nicht dauerhaft selbst regulieren muss. Dies gilt ebenso für die folgenden Punkte.

Tabelle 10: Körperliche, mimische und stimmliche Verhaltensweisen, die Anspannung anzeigen

Anspannung (Körper, Mimik und Stimme)	**Anzahl (n=12)**
Körper	
Anspannen der Arme oder Beine	3
Anspannen des Oberkörpers bis hin zur Überstreckung	2
Luft Anhalten (führt zu einer „Starre" des Oberkörpers)	2
Hochziehen der Schultern	1
Spreizen und Überstrecken der Hand	1
Ruckartige Bewegung mit dem Kopf („Nickbewegung")	1
Überstreckung des Kopfes nach hinten	1
Mimik	
weites Öffnen des Mundes (auch spastisch)	2
Grimassieren	2
Anspannung der Mundregion, evtl. auch Zähneknirschen	2
Zusammenziehen der Augenbrauen	1
Zukneifen der Augen	1
Stimme	
Anspannung zeigt sich stimmlich (Stimmqualität gepresst, resonanzarm)	6
Schreien/ resonanzarme stimml. Äußerungen mit hoher Anspannung	2
keine Anspannungszeichen	3

Anspannung der Arme oder Beine trat vor allem bei Menschen auf, die ihren Oberkörper nicht aus eigener Kraft oder eigenem Willen bewegen können.

Tabelle 11: Übersicht über körperliche Verhaltensweisen, die Unruhe anzeigen

Unruhe	Anzahl (n=12)
Reiben eines Ohres	1
Heben und Fallen lassen des Armes (nicht stereotyp)	1
Wackeln mit dem Oberkörper oder dem Kopf	1

Tabelle 11 zeigt eine sehr geringe Anzahl von Personen, die sich unruhig aber nicht stereotyp verhielten. Besonders bei diesen Zeichen von Unruhe traten sehr große Unterschiede bei der Intensität auf. Während eine Untersuchungsperson ihr Ohr mit einer sehr niedrigen Frequenz rieb, trat bei einer anderen Person Wackeln mit Kopf und Oberkörper in sehr hoher Intensität und unter einer sehr hohen Belastung auf.

Wie bereits beschrieben, ist eine eindeutige Unterscheidung zwischen selbststimulierenden, stereotypen und selbstverletzenden Verhaltensweisen oftmals nicht möglich. Daher werden in Tabelle 12 in Spalte 1 die konkreten Verhaltensweisen beschrieben. In den Spalten 2-4 zeigen Häkchen die Zuordnung zu einem Oberbegriff an bzw. es werden kurze Hinweise zu einer möglichen Zuordnung gegeben.

Tabelle 12: Selbststimulierende, stereotype und selbstverletzende Verhaltensweisen

Beschreibung der Verhaltensweisen	Selbststimulation	Stereotypie	Selbstverletzung	Anzahl n=12
Schaukeln mit dem Oberkörper		✓		1
Drehbewegung mit der Hand		✓		1
Schlagen mit der Hand gegen das Ohr	✓		wegen hoher Intensität selbstverletzend	1
Schreien	vorwiegend Ausdruck von Anspannung, z.T. aber auch Selbststimulation			1
Reiben der Hände	✓	✓	Schädigungen der Haut bei hoher Intensität	
Kratzen der Hände/ der Brust		✓	führt zu Schädigungen der Haut	1
Beißen in den Handrücken			führt zu Verhornung der Haut	1
kräftiges Schlagen auf den Handrücken			Schädigungen der Haut und/ oder tieferer Schichten	1
„Waschbewegungen" mit den Händen		✓		2
Hin- und Herwenden des Kopfes in unterschiedlicher Intensität		✓		1

Um ein genaueres Verständnis für den emotionalen Zustand eines Menschen zu entwickeln, ist es wichtig, nicht ausschließlich zu beobachten, *welche* Verhaltensweisen er zeigt, sondern vor allem auch *wie*, d.h. mit welcher Intensität und welchem emotionalen Druck sie auftreten. Bei einzelnen Personen konnte beobachtet werden, dass die Intensität derselben Verhaltensweise (z.B. Vor- und Zurückbewegen des Oberkörpers) sehr variieren konnte und so je nach Intensität unterschiedliche Belastung anzeigte. In einer reizarmen Umgebung schien das Schaukeln z.B. der Selbststimulation zu dienen. Kennzeichnend waren hier eine relativ niedrige Schaukelfrequenz und ein neutraler mimischer Ausdruck. In anderen Situationen, in denen sich die Person vermutlich überstimuliert fühlte, hatte das Schaukeln eine sehr viel höhere Frequenz und Intensität, die Mimik war angespannt und es kamen gepresste Lautierungen hinzu. Bei anderen Personen zeigte sich die Intensität der Belastung in unterschiedlichen Verhaltensweisen. Der folgende Abschnitt zeigt hierzu ein Beispiel zu einer der Probanden, genannt Marie. Die ansteigende Intensität der Belastung ist in Graustufen hervorgehoben (je kräftiger die Farbe, desto höher die Intensität).

Tabelle 13: Ansteigende Intensität von Belastungszeichen, Beispiel Marie

Intensität	Beschreibung der Belastungszeichen
	Kratzen an der Brust: Marie führt hier eine ähnliche Bewegung wie beim Kneten und Reiben ihrer Hände aus (siehe nachfolgender Punkt), ihre Körperspannung ist aber geringer. Der mimische Ausdruck ist neutral
	Händereiben: Marie hat ihre Hände zusammengeführt und reibt oder knetet sie. Dies ist vermutlich in reizarmen Situationen als Selbststimulation zu verstehen, in ereignisreicheren Situationen scheint sie sich mit diesem Verhalten zu beruhigen. Auch hier ist der mimische Ausdruck meist neutral.
	Händekratzen, Kaubewegungen, Zähneknirschen, Hin- und Her Bewegen des Kopfes: Nimmt Maries Belastung zu, so verändert sich das Reiben ihrer Hände hin zu einem Kratzen. Es können weitere Belastungszeichen wie Zähneknirschen oder das häufige Hin- und Herbewegen des Kopfes hinzukommen.
	Bei **starker Belastung** tritt ein Verhaltensmuster auf, das wie folgt abläuft: – Lösen der zusammengeführten Hände – Strecken der Arme zur Seite – Wackeln von Armen und Kopf – Lautieren – Beißen in die Hand

Derartige Abstufungen der Intensität von Verhaltensweisen zu beobachten und bei einem Menschen zu kennen, ist sehr hilfreich, um frühzeitig auf seine Belastungszeichen reagieren zu können.

Tabelle 14 geht der Frage nach, ob die beobachteten Verhaltensweisen in einem Zusammenhang mit dem körperlich-emotionalen Entwicklungsstand (vgl. KEBQ-Skala) der Probanden stehen. Die Probanden sind nach Basismodus geordnet aufgeführt (vgl. Tabelle 7). Dahinter ist angegeben, bei wie vielen dieser Personen die jeweilige Verhaltensweise auftrat.

Tabelle 14: Zuordnung von Verhaltensweisen zu den Untersuchungsgruppen

Modus	n	Selbst-beruhigung	Anspannung	Unruhe	Selbst-stimulation	Stereotypie	Selbst-verletzung
0	1	1	1	1			
2 SB	1	1	1			1	
2 BEL	5	5	3	2	1	5	3
3	2	1	1				
4 REG	1	1	1				
4 DYS	2	1	2				

Die Tabelle zeigt, dass selbststimulierende, stereotype und selbstverletzende Verhaltensweisen vor allem bei denjenigen Bewohnern auftraten, deren Basismodus mit Modus 2 eingeschätzt wurde. Bei Bewohnern, die die Fähigkeit zur subjektiven bzw. intersubjektiven Bezogenheit entwickelt haben, traten diese Verhaltens-wei-sen nicht auf. Anspannung sowie Selbstberuhigungszeichen traten hingegen bei allen Probanden in Erscheinung. Die Abbildung zeigt deutlich, dass auch die Entwicklung der Beziehungsfähigkeit eine wesentliche Rolle spielt und ab einem gewissen Entwicklungsstand bei Menschen mit schwerster Mehrfachbehinderung vor allem körperliche Anspannung als Zeichen von Belastung zu beobachten ist.

5.4.2 Dauer der Belastungszeichen

Wie in Kapitel 5.3 zur Untersuchungsmethodik beschrieben, wurden von sechs der insgesamt 12 Probanden Videos aus Musiktherapie, Musikgruppe und Wohngruppe analysiert, um die Verhaltensweisen, die in den unterschiedlichen Situationen auftraten, intraindividuell zu vergleichen. Von weiteren 6 Personen wurden ausschließlich Videobeispiele aus der Musiktherapie untersucht. Die Ergebnisse sollen die Relevanz des Themas „Affektregulation“ zeigen und Hinweise darauf geben, ob die Verhaltensweisen durch das Umfeld beeinflussbar sind. Die folgenden Tabellen zeigen die zeitliche Dauer der Modi 0-4 in Prozent (Dauer der Aufnahme = 100%). Die Modi 5 und 6 traten in den untersuchten Beispielen nicht in Erscheinung. Die Werte für Modus 2 sind durch den grauen Hintergrund hervorgehoben. In Kapitel 5.5 werden diese Werte in einen Zusammenhang mit therapeutischen Interventionen und Umgebungsreizen gestellt.

Tabelle 15: Dauer der Modi 0 – 4 in Musiktherapie, Musikgruppe und Wohngruppe, Angaben in Prozent[8], n=6

Modus	Musiktherapie (MT)						Musikgruppe (MG)						Wohngruppe (WG)						Modus
	0	1	2	3	4I	4P	0	1	2	3	4I	4P	0	1	2	3	4I	4P	
0	13,39	51,88	7,68	23,85	3,2	0,0	21,68	3,17	43,77	29,96	0,0	0,0	56,71	0,37	23,32	16,86	0,0	0,0	0
2 SB*[9]	0,0	1,27	100% / 78,58	2,41	17,73	0,0	-*[10]	-	-	-	-	-	0,0	0,17	100% / 40,84	56,65	0,0	0,0	2 SB*[9]
2 BEL	23,27	19,88	22,25	5,22	22,38	0,0	17,78	0,0	51,49	22,91	7,82	0,0	4,33	0,31	57,51	42,32	0,52	0,0	2 BEL
3 *[7]	0,0	0,35	100% / 33,16	49,35	17,14	0,0	0,0	46,24	7,18	46,39	0,2	0,0	0,0	0,54	100% / 28,65	70,8	0,0	0,0	3 *[7]
4 REG	0,22	0,0	12,12	8,81	37,26	36,92	13,37	0,0	16,3	33,56	8,0	28,77	1,66	0,0	18,31	52,6	2,59	25,02	4 REG
4 DYS*[1]	1,11	0,0	45,1	41,71	21,7	0,0	0,0	0,0	7,02	58,55	18,37	13,7	0,0	0,0	2,21	84,58	7,73	0,0	4 DYS*[1]

8 Nicht bei allen Probanden ergibt die Addition der Werte insgesamt 100%. Dies ist so zu erklären, dass in den Videoaufnahmen Tätigkeiten oder Verhaltensweisen zu sehen waren, die nicht in den EBQ-Skalen beschrieben sind (z.B. „Therapeut holt Instrument" oder „Proband niest" etc.). Die Dauer dieser Tätigkeiten ist nicht in Tabelle 15 aufgeführt.

9 * = gleichzeitiges Vorkommen von Selbstberuhigungszeichen (Modus 2) und anderen Modi

10 * Im Untersuchungszeitraum trat im Rahmen der Musikgruppe so starkes Schreien auf, dass die Probandin nicht mehr an der Gruppe teilnehmen konnte. Da sie die einzige Probandin der Gruppe „2 SR" ist, konnte keine andere Person als Ersatz gefilmt werden

Um die Werte in ihrer Bedeutung umfassender zu verstehen, müssen sie in einen Zusammenhang mit dem Kontext gestellt werden, in dem sie auftraten. So haben z.B. die therapeutischen Interventionen in der Musiktherapie einen entscheidenden Einfluss auf das Verhalten der Menschen mit schwerster Mehrfachbehinderung. Diese werden in Kapitel 6 ausführlich beschrieben. Für die Musikgruppensituation zeigen die Videoanalysen, dass die Therapeuten hier vor allem zum Lauschen und Zuhören einladen. Dies entspricht TBQ Modus 4, der zwischen 71,29 % und 94,87 % der gesamten Zeit vorkam. In der Wohngruppe waren Stimmen und Musik aus Radio oder Fernseher vorherrschend. Diese Geräte liefen meist während der gesamten Zeit. Darüber hinaus waren Stimmen der Wohngruppenmitarbeiter aus der Ferne zu hören. Interpersonelle Kontaktaufnahme kam in manchen Videomitschnitten gar nicht vor oder zu höchstens 13,38 % der videografierten Zeit. Dies muss nicht der Alltagsrealität entsprechen. Es ist möglich, dass die Wohngruppenmitarbeiter trotz des Hinweises, ihrer Arbeit wie gewohnt nachzugehen, gehemmt waren, vor laufender Kamera mit einem Bewohner in Kontakt zu treten. Die Aufnahmen wurden dennoch in die Untersuchung einbezogen, da sie die Verhaltensweisen zeigen, die bei sich selbst überlassenen Menschen mit schwerster Mehrfachbehinderung in Erscheinung treten können. Die folgende Tabelle zeigt die Ergebnisse weiterer sechs Probanden aus der Einzelmusiktherapie.

Tabelle 16: Dauer der Modi 0 - 4 in der Musiktherapie, n=6

Basismodus	EBQ-Einschätzungen, zeitliche Dauer in Prozent					
	0	1	2	3	4 I	4 P
2 STIM	12,91	8.37	44,81	32,68	0,68	0,0
2 STIM	0,0	78,68	21,32	0,0	0,0	0,0
2 BEL *1	0,87	0,0	24,39	74,61	0,0	0,0
2 STYP	28,71	31,43	35,39	0,0	0,0	0,0
3	2,34	0,0	12,4	60,66	15,19	0,0
4 *	2,0	0,0	13,25	1,57	73,29	4,62

Die Ergebnisse aus Tabelle 15 und 16 zeigen, dass die Basismodi, die aufgrund von Alltagsbeobachtungen eingeschätzt wurden und zur Einteilung der Probanden in sechs Gruppen führte, durch die Mikroanalyse bestätigt werden. Hier entsprechen die höchsten Prozentzahlen in der Tabelle auch der vorangegangenen Einschätzung des Basismodus. Ausnahmen sind hier Elisa und Gerhard. Elisa wurde zuvor bei der Zuteilung zu einer Untersuchungsgruppe mit dem Basismodus 4 (Fähigkeit zum interpersonellen Kontakt) eingeschätzt. Bei der Analyse der Videos zeigte sie aber vor allem Modus 3 mit Ruhe und Aufmerksamkeit als Hauptmerkmal. Dies könnte damit zusammenhängen, dass Elisa weder über Musikinstrumente noch über ihre stimmlichen Äußerungen mit anderen Menschen in Kontakt tritt, sondern interpersoneller Kontakt ausschließlich über ihre Blicke und ihre Reaktionen auf einen anderen Menschen zustande kommen kann. Für die Interpretation der Ergebnisse aus der Wohngruppensituation ist es von wesentlicher Bedeutung, dass sich interpersonelle Beziehungsfähigkeit nur dann zeigen kann, wenn auch ein anderer da ist, mit dem die Untersuchungsperson in Kontakt treten kann. In den videografierten Sequenzen kam diese Möglichkeit sehr selten vor, was mit der hohen Arbeitsbelastung der Mitarbeiter zu tun haben kann, evtl. auch mit Scheu vor der Videoaufnahme. Vor allem hier, aber auch für die anderen Szenen ist zu bedenken, dass eine Kamera die Situation stark beeinflussen kann (siehe Schumacher 1999, S. 101 ff.). Bei Gerhard traten in der Musiktherapie vermehrt Selbstberuhigungszeichen und auch Belastungszeichen auf, was zuvor aus der Alltagsbeobachtung weniger bekannt war. Dies steht vermutlich in engem Zusammenhang mit den therapeutischen Interventionen, die in Kapitel 6 ausführlich beschrieben werden.

5.5 Interpretation der Ergebnisse

In den folgenden Abschnitten werden nun wichtige Themen näher ausgeführt, die sich durch die Interpretation der Tabellen ergeben. Diese sind:

- Die Relevanz des Themas „Affektregulation“
- Dauer von Belastungszeichen im Kontext der Situation
- Gleichzeitigkeit verschiedener Beziehungsqualitäten
- Abhängigkeit von einer angemessenen Reizsituation

5.5.1 Die Relevanz des Themas „Affektregulation“

Mit Blick auf die Prozentzahlen für die Einschätzung von Modus 2 bestätigen die Ergebnisse der Untersuchung deutlich die Relevanz des Themas „Affektregulation“. So traten Selbstregulations- und Belastungszeichen in unterschiedlicher Intensität in bis zu 78,58 % (siehe Saja) der untersuchten Zeit auf, bei anderen Probanden liegen die Werte meist zwischen 20% und 50%. Nur selten kommen Werte unter 10% vor. Da die hier untersuchten Videoaufnahmen ein möglichst typisches Beispiel für den jeweiligen Menschen darstellen, lässt sich erahnen, zu welch einem hohen Anteil des Tages viele Menschen mit schwerster Mehrfachbehinderung stereotype, selbststimulierende oder selbstverletzende Verhaltensweisen zeigen oder ihre Befindlichkeit durch Anspannung und/ oder Unruhe ausdrücken. Diese Ergebnisse zeigen deutlich die große Dringlichkeit, sich der Frage des affektiven Erlebens schwerst mehrfachbehinderter Menschen und dem Umgang mit Belastungszeichen zu widmen.

Die unterschiedlichen prozentualen Anteile des Modus 2 in den drei verschiedenen Situationen (Musiktherapie, Musikgruppe, Wohngruppe) können sicherlich zu einem gewissen Maß auch durch die jeweilige Tagesform bedingt sein, da die Aufnahmen an verschiedenen Tagen stattfanden. Jedoch zeigen sie darüber hinaus, dass Anspannung und Unruhe sowie stereotype, selbststimulierende und selbstverletzende Verhaltensweisen immer durch das Umfeld beeinflusst wurden. Dies ist auch vor dem Hintergrund der Beschreibung sogenannter „Verhaltensphänotypen" (Sarimski 2003) interessant. Zwar treten bestimmte Verhaltensweisen gehäuft bei spezifischen Krankheitsbildern auf, wie z.B. stereotype Handbewegungen beim Rett-Syndrom (ICD-10 F84.2), die Ergebnisse dieser Untersuchung zeigen jedoch, dass sie beeinflussbar zu sein scheinen. Vor diesem Hintergrund sollten stereotype, selbststimulierende und selbstverletzende Verhaltensweisen nie als „gegeben" und zum Krankheitsbild dazugehörig verstanden werden. Es ist wichtig zu beobachten, welche Bedingungen bzw. Interventionen zu einer Verringerung bzw. einer Intensivierung des Verhaltens führen.

5.5.2 Dauer von Belastungszeichen im Kontext der Situation

Bei einigen Probanden zeigen die Ergebnisse, dass Belastungszeichen während der Musiktherapie (also bei gezielter Einzelzuwendung) am seltensten auftraten und in der Wohngruppensituation mit der längsten Dauer vorkamen. Hierzu werden exemplarisch die Auswertungen von Marie und Thomas noch genauer beschrieben (siehe S. 113 ff.). Bei anderen Probanden (siehe Elisa, S. 115 f.) konnte dies nicht bestätigt werden. Hier sind verschiedene Interpretationen möglich. So kann z.B. die „Zweiersituation" in der Therapie als Anforderung empfunden werden, die zu einem starken Erregungsanstieg führt. Oder den therapeutischen Interventionen liegt eine Arbeitshypothese zugrunde, die den Fähigkeiten und Bedürfnissen des Menschen mit schwerster Mehrfachbehinderung nicht entspricht und ihn über- oder unterstimuliert. Zu dieser Frage werden die Untersuchungen der therapeutischen Interventionen genaueren Aufschluss geben (siehe Kap. 6). Generell ist es von Bedeutung, nicht allein die errechneten Prozentzahlen zur Beurteilung einer Situation heranzuziehen, sondern anhand der Mikroanalysen genauer zurückzuverfolgen, in welcher Intensität und in welchem Kontext Belastungszeichen auftraten. Treten diese längerfristig und in hoher Intensität auf, so ist davon auszugehen, dass das Erregungsniveau nicht selbständig reguliert werden kann und auch die therapeutischen Interventionen nicht zu einer positiven Verarbeitung des Erlebens beitragen. Wechseln sich jedoch Phasen von Aufmerksamkeit mit Phasen von Erregung flexibel ab, so können die Reize vermutlich gut integriert werden und die Situation trägt zu einer positiven Entwicklung bei. In den folgenden Abschnitten werden die Ergebnisse der 6 Probanden, die in den drei Situationen Musiktherapie, Musikgruppe und Wohngruppe untersucht wurden, noch genauer interpretiert.

Beispiel Marie: *Maries körperlich-emotionaler Ausdruck wurde mit der Basisqualität Modus 2 eingeschätzt, da sie über lange Zeiten des Tages stereotype Bewegungen mit ihren Händen ausführt. Die Ergebnisse der Auswertung zeigen, dass die Interventi-*

onen in der Musiktherapie im Vergleich zu den anderen beiden Situationen zu einer Abnahme von Belastungszeichen führten.

Tabelle 17: Analyse der prozentualen Dauer von Belastungszeichen, Ergebnisse Marie

	0	1	2	3	4I	4P
Musiktherapie (MT)	23,27	19,88	22,25	5,22	22,38	0,0
Musikgruppe (MG)	17,78	0,0	51,49	22,91	7,82	0,0
Wohngruppe (WG)	4,33	0,31	57,51	42,32	0,52	0,0

Marie zeigte in der Wohngruppensituation zu 57,51% der Zeit starke Unruhe, sowie stereotype und selbstberuhigende Verhaltensweisen. In der Musikgruppe waren diese Verhaltensweisen zu 51,49% der Zeit zu beobachten, während sie in der Musiktherapie mit geringer Intensität zu 22,25% auftraten. Die Analyse der Wohngruppensituation zeigte, dass hohe Erregungszustände über wesentlich längere Phasen auftraten, wenn keine andere Person bei der Regulation der hohen Erregung half. Die Erfahrung in der Musiktherapie mit Marie zeigte, dass bei einem Anstieg des Erregungsniveaus immer wieder typische Verhaltensabläufe auftraten (siehe hierzu auch Tab. 13). Wird dieser Ablauf erkannt und Marie rechtzeitig Unterstützung gegeben, so übersteigt ihr Erregungsniveau nicht die Grenze zur Desorganisation. Eine ruhige Affektlage kommt sowohl in der Musiktherapie als auch in der Musikgruppe zu ca. 28% der Zeit vor. In der Musikgruppe zeigt sich eine aufmerksame Affektlage vor allem in einem wachen Blick, den sie in den Gruppenraum richtet, und dem Ausbleiben von Belastungszeichen (Modus 3). In der Musiktherapie treten längerfristige Blicke zur Therapeutin auf (Modus 4).

Beispiel Thomas: *Auch bei Thomas entspricht die Verteilung der Vorannahme.*

Tabelle 18: Analyse der prozentualen Dauer von Belastungszeichen, Ergebnisse Thomas

	0	1	2	3	4I	4P
Musiktherapie (MT)	0,22	0,0	12,12	8,81	37,26	36,92
Musikgruppe (MG)	13,37	0,0	16,3	33,56	8,0	28,77
Wohngruppe (WG)	1,66	0,0	18,31	52,6	2,59	25,02

In der Wohngruppe zeigt sich der höchste Prozentsatz an Belastungszeichen (18,31%), in der Musikgruppe etwas weniger (16,3%) und in der Musiktherapie nur zu 12,12%. Die Unterschiede sind hier sehr gering und im Vergleich zu anderen Probanden ist der Anteil von Belastungszeichen bei Thomas insgesamt sehr niedrig. Wichtig ist allerdings hierbei zu beachten, dass bei Thomas Zeiten von Pausen zum Verarbeiten des Erlebten (Modus 4P) sehr häufig vorkommen – im

Durchschnitt zu 30,24% der Zeit. Modus 4P wurde dann eingeschätzt, wenn Thomas den Kopf hängen ließ und auf diese Weise eine Kontaktpause machte. Dass es sich nicht um einen völligen Kontaktabbruch handelte, zeigte sich darin, dass Thomas auch mit gesenktem Kopf weiterhin auf Reize reagierte, indem er z.B. lächelte. In der Musiktherapie zeigte er dieses Verhalten am häufigsten (36,92%). Vermutlich steht dies in einem engen Zusammenhang mit Thomas' interpersoneller Beziehungsfähigkeit, die sich in seinen Reaktionen auf den Therapeuten und im gemeinsamen instrumentalen Spiel zeigt (Modus 4I: 37,26 %).

Beispiel Elisa: *Die Ergebnisse der Einschätzungen stehen bei Elisa im Gegensatz zu den vorherigen Annahmen über die Häufigkeit von Belastungszeichen in den unterschiedlichen Situationen.*

Tabelle 19: Analyse der prozentualen Dauer von Belastungszeichen, Ergebnisse Elisa

	0	1	2	3	4I	4P
Musiktherapie (MT)	1,11	0,0	45,1	41,71	21,7	0,0
Musikgruppe (MG)	0,0	0,0	7,02	58,55	18,37	13,7
Wohngruppe (WG)	0,0	0,0	2,21	84,58	7,73	0,0

In der Gruppensituation kamen nur zu 2,21% der Zeit Belastungszeichen vor. Dies waren vor allem kurze Schreckreaktionen auf unvorhergesehen laute Geräusche. Zu einem sehr großen Anteil der Zeit (84,58%) war Elisas mimischer Ausdruck hier jedoch sehr aufmerksam und sie schien über sehr lange Zeit intensiv Reize aus der Umgebung wahrzunehmen. In der Musikgruppe lag der Anteil von Belastungszeichen etwas höher (7,02%). Hier kamen keine Schreckreaktionen vor, sondern Elisa zeigte motorische und physische Anspannung. Mit Beginn der ersten Gitarrenklänge des Begrüßungsliedes beginnt Elisa zu lachen. Gleichzeitig zeigt sie jedoch Anspannung, indem sie immer wieder ihre angewinkelten Arme an den Oberkörper presst und pfeifend atmet. Diese Anspannung löst sich erst, als sich die Therapeutin ihr zuwendet. Dieses Beispiel zeigt, welche Bedeutung das Teilen von Emotionen hat: bleibt ein Mensch, der sich selbst nicht gut regulieren kann, mit seiner Freude allein, so kann sie zu Überlastung führen oder gar in Desorganisation münden.

In der Musiktherapie ist der Anteil von Belastungszeichen im Vergleich zu den anderen beiden Situationen sehr hoch (45,1%). Elisa scheint zwar einerseits die Zuwendung des Therapeuten sehr zu mögen, gleichzeitig scheint sie diese Situation aber auch emotional zu erregen. Einen sehr ruhigen Ausdruck zeigte sie, als der Therapeut Elisas Körperempfinden in die Intervention einbezieht und die Wärme seiner Hände, die durch gut hörbares Reiben entstand, an Elisas kalte Hände weitergab. Dieses Spüren des eigenen Körpers, sowie die ruhige Atmosphäre, in der diesem Nachspüren Raum gegeben wurde, schien Elisa zu sich selbst und zur Ruhe zu führen.

5.5.3 Gleichzeitigkeit verschiedener Beziehungsqualitäten

Wie bereits in Kapitel 5.3 zur Untersuchungsmethodik beschrieben, zeigten einzelne Personen nahezu während der gesamten Zeit Selbstregulationszeichen, die zeitgleich mit anderen Verhaltensweisen in Erscheinung traten. Dies wird in der Tabelle unter Modus 2 mit 100% angegeben. Eine zweite Prozentzahl (ebenfalls unter Modus 2) zeigt an, mit welcher Dauer diese Selbstregulationszeichen deutlich im Vordergrund des Verhaltens standen. In der übrigen Zeit traten sie mit geringerer Intensität in Erscheinung und begleiteten andere Verhaltensweisen.

Beispiel Eric: *Eric wurde mit Basismodus 3 („Selbsterleben") eingeschätzt. Eines der Hauptmerkmale dieses Modus bei Menschen mit schwerster Mehrfachbehinderung ist die Fähigkeit, die Aufmerksamkeit auf Ereignisse in der Umgebung zu richten. So beobachtet Eric häufig Menschen in seiner Umgebung und richtet seinen Blick gezielt auf Personen oder Tätigkeiten. Die Ergebnisse der Videoanalysen zeigen, dass sich die Einschätzung des Basismodus in den Mikroanalysen bestätigte.*

Tabelle 20: Analyse der prozentualen Dauer von Belastungszeichen, Ergebnisse Eric

	0	1	2	3	4I	4P
Musiktherapie (MT)	0,0	0,35	100%/ 33,16	49,35	17,14	0,0
Musikgruppe (MG)	0,0	46,24	7,18	46,39	0,2	0,0
Wohngruppe (WG)	0,0	0,54	100%/ 28,65	70,8	0,0	0,0

Die Dauer des Modus 3 beträgt zwischen 46,39% und 70,8 % der gesamten Zeit. Gleichzeitig fällt aber auf, dass Eric in der Musiktherapie und in der Wohngruppe sich nahezu durchgängig selbst reguliert. Verhaltensweisen zur Selbstregulation standen teilweise ganz im Vordergrund seines Verhaltens, teilweise begleiteten feine Regulationszeichen seine aufmerksamen Blicke in die Umgebung. Zur Selbstregulation hielt er die Hände gefaltet, presste sie an seine Wange und lautierte. Im Anschluss war er wieder in der Lage, ganz aufmerksam zu sein. Dass das sensorische Erleben an den Händen für Erics Affektlage eine wichtige Rolle spielt, zeigt eine Situation aus der Musiktherapie: Als die Therapeutin Eric eine Rahmentrommel in die Hand gibt, deren Vibrationen er spüren kann, bleiben das Pressen der Hände an seine Wange und seine Lautierungen völlig aus. Erkenntnisse der Säuglingsforschung zeigen, dass ein Mensch sich durch das Halten eines Gegenstandes selbst Halt geben und regulieren kann. Die Rahmentrommel aktivierte vermutlich darüber hinaus durch die Vibrationen Erics Körperempfinden.

Noch deutlicher zeigen die Ergebnisse aus der Gruppensituation diesen Zusammenhang: Hier hält Eric einen Ball und leicht vibrierende Lichtschläuche in den Händen. Er bleibt die gesamte Zeit ruhig und aufmerksam und richtet seinen Blick auf das Gruppengeschehen. Hier treten Belastungszeichen nur zu 7,18 % in Erscheinung. Dieses Beispiel zeigt deutlich, wie das Erkennen und Beantworten eines Bedürfnisses (hier das „Halt-Suchen“ und das Zur-Verfügung-Stellen von entsprechenden Materialien) einem Menschen helfen kann, sich auf seine Umgebung zu beziehen.

Beispiel Saja: *Wie bereits erwähnt, trat im Untersuchungszeitraum bei Saja im Rahmen der Musikgruppe starkes Schreien auf. Die Situation schien sie zu stark zu erregen. Aus diesem Grund und auch, weil die übrigen Gruppenteilnehmer und die Therapeuten durch ihr Schreien stark beeinträchtigt waren, nahm sie nicht weiter an dieser Gruppe teil. Da sie die einzige Untersuchungsperson in der Gruppe „2 SR“ ist, konnte keine andere Untersuchungsperson als Ersatz gefilmt werden, so dass in Tabelle 20 nur die Ergebnisse aus der Musiktherapie und der Wohngruppe gezeigt werden.*

Tabelle 21: Analyse der prozentualen Dauer von Belastungszeichen, Ergebnisse Saja

	0	1	2	3	4I	4P
Musiktherapie (MT)	0,0	1,27	100% / 78,58	2,41	17,73	0,0
Musikgruppe (MG)	-	-	-	-	-	-
Wohngruppe (WG)	0,0	0,17	100% / 40,84	56,65	0,0	0,0

Zur Selbstberuhigung faltet Saja die Hände vor dem Oberkörper. Je nach Erregungsniveau sind ihre Hände locker geschlossen bzw. bei starker Erregung gegen den Oberkörper oder gegen das Gesicht gepresst. Für die Interpretation der Prozentzahlen für Modus 2 spielt es eine wesentliche Rolle, ob es sich in den unterschiedlichen Situationen um längerfristige Zustände von hoher Anspannung handelt oder um Wechsel zwischen Aufmerksamkeit und Selbstberuhigung. In den hier untersuchten Beispielen von Saja traten häufige Wechsel von Beziehungsqualitäten auf. Es ist anzunehmen, dass die Reize, die sie während der Phase der Aufmerksamkeit (Modus 3) oder des interpersonellen Kontaktes (Modus 4) aufnahm, zu einem Anstieg des Erregungsniveaus führten, so dass dann wieder Rückzug und Selbstberuhigung nötig wurden. Gelang es ihr, hierdurch das Erregungsniveau zu senken, so wurde erneut eine aufmerksame Affektlage ermöglicht.

Für die Musiktherapie zeigt sich ein Anteil von 78,58 %, in denen die Selbstberuhigung ganz im Vordergrund steht. Hier wechseln intensive Phasen von Selbstberuhigung mit Blicken zur Therapeutin ab (Modus 4: 17,73 %). Bei der Analyse zeigte sich, dass ein ruhiges, Atmosphäre schaffendes Spiel der Therapeutin (Modus 0) bei Saja zu aufmerksamen Blicken führte. Saja schaute aber auch zur Therapeutin, wenn diese eine Pause zur Verarbeitung des Erlebten ließ. So scheint es bei Saja von wesentlicher Bedeutung zu sein, interpersonellen Kontakt nicht zu forcieren, damit sie selbst die Möglichkeit hat, ihre Bereitschaft hierzu zu zeigen. Bei Körperkontakt oder auch nur einer räumlichen Annäherung der Therapeutin zog sich Saja häufig zurück und die Selbstregulationszeichen wurden intensiver. Vermutlich steigt Sajas Erregungsniveau z.B. durch körperliche Berührung oder die intensive Zuwendung eines Menschen mit Blickkontakt und Ansprache stark an.

Dieses Beispiel zeigt exemplarisch, dass es für die therapeutischen Interventionen von wesentlicher Bedeutung ist, neben der Fähigkeit zur Aufmerksamkeit oder zu interpersoneller Bezogenheit eines Menschen auch Selbstregulations- und Belastungszeichen wahrzunehmen und bei der Intervention zu berücksichtigen, da es andernfalls zu Überstimulation kommen kann.

Diese Beobachtungen weisen bereits auf ein Thema hin, das später noch weiter ausgeführt wird: interpersoneller Blickkontakt, der häufig einer Regulation des Erregungsniveaus dient, kann von Menschen mit schwerster Mehrfachbehinderung als hoch erregend erlebt werden und somit zu einer zusätzlichen psychischen Belastung führen. Besonders dann ist es wichtig, in der therapeutischen Arbeit die interpersonelle Kontaktaufnahme nicht zu fokussieren (siehe Kap. 7), sondern zunächst die Regulation von Affekten und das Selbstempfinden zu stabilisieren.

5.5.4 Abhängigkeit von einer angemessenen Reizsituation

Menschen, die nur wenig sichtbare Reaktionen auf die Umwelt zeigen, sind darauf angewiesen, dass sich ein anderer ganz auf sie einstellt und ausgehend von ihren Bedürfnissen handelt. Die Ergebnisse von Nina zeigen hierzu ein Beispiel.

Tabelle 22: Analyse der prozentualen Dauer von Belastungszeichen, Ergebnisse Nina

	0	1	2	3	4I	4P
Musiktherapie (MT)	13,39	51,88	7,68	23,85	3,2	0,0
Musikgruppe (MG)	21,68	3,17	43,77	29,96	0,0	0,0
Wohngruppe (WG)	56,71	0,37	23,32	16,86	0,0	0,0

In der Wohngruppensituation, in der Nina zu einem großen Teil der Zeit sich selbst überlassen war, wurde sie zu 56,71% mit Modus 0 („Kontaktlosigkeit“) eingeschätzt. Dies bedeutet, dass sie keine Reaktionen auf Umgebungsreize zeigte, sondern den Kopf gesenkt hielt oder über längere Phasen starr in eine Richtung blickte. In der Musikgruppe konnte ihre Aufmerksamkeit durch resonanzreiche Klänge geweckt werden (Modus 3: 29,96%), gleichzeitig zeigte sie hier aber auch häufiger Anspannung (Modus 2: 43,77%). Da in der Musikgruppe meist Lieder oder Klänge zum Zuhören angeboten werden, kann Ninas Verhalten dahingehend interpretiert werden, dass bei einem Angebot, was das Zuhören und damit ein Sich-Beziehen-Können voraussetzt, Ninas basale Bedürfnisse nicht genügend berücksichtigt werden können. Für einen Menschen, der nur wenig auf Reize reagiert und nicht aus eigener Initiative Kontakt aufnehmen kann, ist es vor allem für die Therapie von wesentlicher Bedeutung, dass die Interventionen ausgehend von seiner Körperlichkeit, seinem Atemrhythmus, Bewegungen, Lautierungen oder seiner emotionalen Befindlichkeit gestaltet werden (zur Beschreibung dieser Interventionen siehe Kap. 7).

In der Musiktherapie stand zu einem großen Teil der Stunde Ninas Körperlichkeit im Mittelpunkt der Intervention, da sie ihre Befindlichkeit vorwiegend durch Körperspannung, minimale Bewegungen und ihren Atem zeigt. Die Therapeutin bewegte Nina ausgehend von Ninas Körperspannung und Körpergewicht und verknüpfte diese Bewegung mit Gesang (TBQ Modus 1). Nina ließ die Bewegung zunächst passiv zu, zeigte dann aber auch kurzfristige eigene Bewegungen, mit denen sie vermutlich auf die Intervention der Therapeutin reagierte. Vor diesem Hintergrund ist der hohe Anteil an Modus 1 (51,88%) zu sehen. Modus 2 tritt hier nur zu 7,68% der gesamten Zeit auf.

5.6 Zusammenfassung der Ergebnisse

Die Ergebnisse der Untersuchung zeigen, dass bei Menschen mit schwerster Mehrfachbehinderung Belastungszeichen in unterschiedlicher Intensität häufig in Erscheinung treten und aus entwicklungspsychologischer Sicht in der therapeutischen Arbeit berücksichtigt werden müssen. Besonders dann, wenn Unruhe, Anspannung, selbststimulierende oder stereotype Verhaltensweise die Möglichkeit zur Interaktion mit anderen Menschen oder der Umwelt und damit eine weitere Entwicklung verhindern, ist es notwendig, die Interventionen zunächst auf den körperlich-emotionalen Zustand eines Menschen zu richten.

Das folgende Kapitel greift die Ergebnisse der Untersuchung auf, um KEBQ-Modus 2 für Menschen mit schwerster Mehrfachbehinderung anzupassen (Kap. 5.6.1). Es folgt eine Erweiterung des Tension Regulation Models (Sroufe, 1995), die für die therapeutische Arbeit mit Menschen mit schwerster Mehrfachbehinderung hilfreich ist (Kap. 5.6.2).

5.6.1 KEBQ Modus 2 für Menschen mit schwerster Mehrfachbehinderung

Den oben beschriebenen Ergebnissen entsprechend wird Modus 2 der KEBQ-sMb-Skala wie folgt ergänzt und angepasst:

Modus 2: Belastungszeichen

Hauptmerkmal ist das Auftreten von Belastungszeichen wie z.B. stereotypes, selbststimulierendes oder selbstverletzendes Verhalten, Unruhe oder Anspannung. Belastung kann in unterschiedlicher Intensität auftreten. Auch Verhaltensweisen, die der Selbstregulation dienen, weisen auf eine emotionale Belastung hin.

Beziehung:

intrapersonell: Ist das Körperselbstempfinden aufgrund von Körperbehinderungen stark beeinträchtigt, steht der Körper nicht zur Regulation von Affekten zur Verfügung. Das Körperempfinden kann durch einen hohen Tonus oder auch durch lang andauernde Unruhe geprägt sein. Die körperliche Unruhe (z.B. auch stereotypes Verhalten) kann das Bedürfnis nach Stimulation zeigen, sie kann der Selbstregulation dienen oder hohe Belastung/ Stress ausdrücken.

interpersonell: Die interpersonelle Beziehung dient der Affektregulation, die meist über eine Aktivierung des Körperempfindens erreicht wird.

Körperkontakt:

Der Körperkontakt wird meist vom Therapeuten initiiert und dient der Affektregulation.

Affekt:

Körper: Der ganze Körper oder einzelne Körperteile können angespannt sein. Die Belastung kann sich außerdem in physischen Zeichen (Atmung, Veränderung der Hautfarbe etc.) zeigen.

Mimik: Der Mensch mit schwerster Mehrfachbehinderung zeigt seine hohe Affektlage mimisch mit Anspannung oder auch Verzerrung. Bei lang andauernder Stereotypie oder Selbststimulation kann der mimische Ausdruck auch neutral oder schwer zu lesen sein.

Blick:

Der Ausdruck des Blickes kann der hohen Affektlage entsprechen. Oft ist der Blick aber auch in den Raum gerichtet, ohne etwas Bestimmtes zu fixieren. Kommt es zu Blickkontakt, kann der Blick eine kontrollierende Qualität haben.

5.6.2 Erweiterung des Tension Regulation Models

Zur Ergänzung der Ausführungen zum KEBQ Modus 2 zeigt Abb. 8, unter welchen Bedingungen und mit welchem Ziel die Unterstützung bei der Regulation von Affekten wichtig ist. Dazu wird Sroufes Tension Regulation Model um eine weitere Stufe ergänzt:

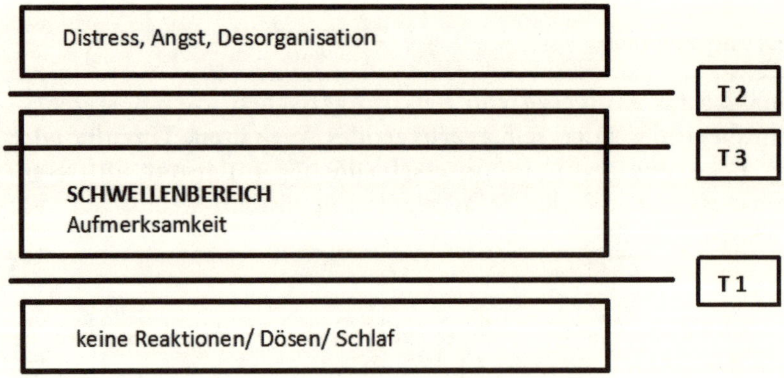

Abb. 8: Erweiterung des Tension Regulation Models (Original bei Sroufe, 1995)

Die hinzugefügte Schwelle T 3 unterteilt den von Sroufe sogenannten Schwellenbereich in einen Bereich der Aufmerksamkeit und einen Bereich, in dem ein Mensch zwar weiterhin seine Aufmerksamkeit ausrichten kann, gleichzeitig aber Belastungszeichen auftreten. Dies soll zeigen, dass bereits vor einem Zustand von Distress, Angst und Desorganisation Befindlichkeitszeichen auftreten können, die auf eine Belastung hinweisen. Es ist wichtig, einen Menschen schon zu diesem Zeitpunkt bei der Regulation der Affekte zu unterstützen, damit es nicht zu Desorganisation kommt oder er langfristig in Stereotypien oder Selbststimulation verhaftet bleibt.

Die Ergebnisse zur Dauer von Belastungszeichen weisen die Relevanz des Themas „Affektregulation“ nach. Darüber hinaus zeigt der Vergleich der Ergebnisse aus den drei Situationen Musiktherapie, Musikgruppe und Wohngruppe, dass Häufigkeit und Intensität von Belastungszeichen zu einem großen Teil durch die Umgebungsbedingungen beeinflussbar sind. Eine Untersuchung zur Frage, welchen Einfluss musiktherapeutische Interventionen auf die Affektlage haben und welche musiktherapeutischen Interventionen bei hoher Belastung hilfreich sind, wird im folgenden Kapitel beschrieben.

6 Untersuchung des möglichen Einflusses musiktherapeutischer Interventionen auf die Affektlage von Menschen mit schwerster Mehrfachbehinderung

6.1 Einführung in entwicklungspsychologisch orientierte Interventionsmethodik

In entwicklungspsychologisch orientierter Musiktherapie werden die Interventionen ausgehend vom Verhalten des Patienten gestaltet, so dass in der Therapie ein fortlaufender Prozess von Beobachten, Interpretieren und Intervenieren stattfindet.

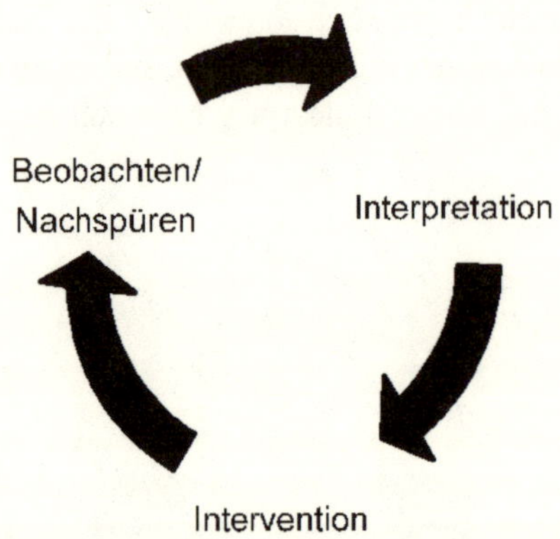

Abb. 9: Vorgehensweise des Therapeuten in entwicklungspsychologisch orientierter Musiktherapie

Der Therapeut schaut auf das Verhalten des Patienten und versucht, sich in das Empfinden und Erleben seines Gegenübers einzufühlen und seine Interventionen entsprechend anzupassen. Neben der Einschätzung des Entwicklungsstandes und der momentanen Befindlichkeit des Patienten ist hierfür auch das Wissen zum Krankheitsbild von Bedeutung sowie die Interaktionserfahrung, die der Therapeut in der Arbeit mit jedem Menschen individuell gesammelt hat (vgl. Schumacher et al., 2013, S. 54).

Zur genauen Beschreibung und Einschätzung des Therapeuten und seiner Interventionen entwickelten Schumacher und Calvet die TBQ-Skala (Schumacher et al., 2013; erstmals Schumacher & Calvet-Kruppa, 2005). Die Hinzunahme dieser Perspektive ist notwendig, da bei der Anwendung des EBQ-Instrumentes eine Einschätzung des Verhaltens des Patienten nur in Bezug zur therapeutischen Intervention sinnvoll ist. Weiterhin dient sie der Überprüfung der therapeutischen Methodik: Setzt man eine Einschätzung des Patienten mit einer Einschätzung des Therapeuten und seiner Interventionen in Bezug, so wird deutlich, ob der Therapeut dem Entwicklungsstand des Patienten angemessen intervenierte.

Wie in Kapitel 4 beschrieben, ist die Frage nach der Ursache von Belastungszeichen oftmals nicht endgültig zu klären. Auch eine Einschätzung mittels EBQ-Instrument beantwortet in erster Linie die Frage, *welche* Verhaltensweisen auftreten und welchem Entwicklungsniveau sie entsprechen, nicht aber, *warum* sie auftreten. Wie bereits erwähnt, ist es besonders bei nichtsprechenden Menschen sehr hilfreich, eine Bezugsperson vor Beginn der Therapiestunde nach der momentanen Befindlichkeit des Patienten zu fragen, damit der Therapeut über akute körperliche Krankheiten, Schmerzen oder andere physische oder psychische Bedingungen eines Menschen informiert ist. Betreuer und Mitarbeiter der Pflege können mit ihren Aufgaben einen wesentlichen Beitrag zum Gelingen einer Therapiestunde leisten. Durch gute Versorgung und Pflege kommen physische Beschwerden und Bedürfnisse wie Hunger oder Durst als Ursache für Belastungszeichen weniger in Betracht oder sind zumindest bekannt und werden entsprechend behandelt. In der Therapie bleiben dennoch oft Unsicherheiten bestehen, wenn es darum geht, die Ursache von Belastungszeichen, die in der Therapiesituation auftreten, zu finden. Um mit dem Menschen mit schwerster Mehrfachbehinderung in Kontakt zu bleiben, ist es hilfreich, wenn der Therapeut zunächst von der Vermutung ausgeht, dass die Befindlichkeit und das Verhalten des Menschen mit schwerster Mehrfachbehinderung in einem Zusammenhang mit den therapeutischen Interventionen steht und er sie daher auch beeinflussen kann. Diese Annahme liegt auch der Untersuchung zum Einfluss musiktherapeutischer Interventionen auf die Befindlichkeit schwerst mehrfachbehinderter Menschen zugrunde.

6.2 Untersuchungsmethodik

Um mögliche Zusammenhänge zwischen Belastungszeichen der Probanden und den musiktherapeutischen Interventionen zu untersuchen, wurden die Ergebnisse der Mikroanalysen in Zeitdiagrammen darstellt. Abb. 10 zeigt ein exemplarisches Zeitdiagramm.

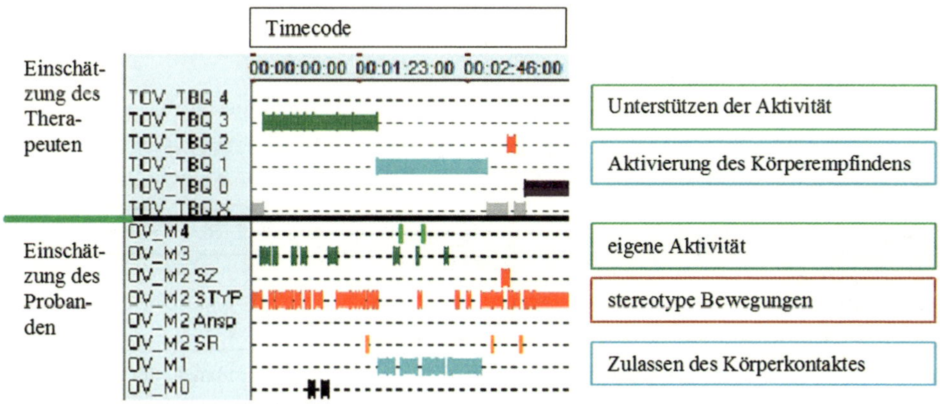

Abb. 10: Exemplarisches Zeitdiagramm

Die obere Zeile zeigt den Timecode des Videos an. Darunter werden anhand farbiger Balken die Einschätzungen des Therapeuten und seiner Interventionen gezeigt (TBQ), in der unteren Hälfte ist die Einschätzung der Probanden dargestellt. Die Abkürzungen und Zahlen links bezeichnen die eingeschätzten Modi. Sie werden an dieser Stelle und bei den folgenden Abbildungen nicht einzeln erläutert, da alle für die Auswertung relevanten Einschätzungen in den farbigen Kästchen rechts neben dem Diagramm erklärt werden.

Die farbigen Zeitbalken zeigen die Dauer eines Modus an. Anders, als in bisherigen Veröffentlichungen zum EBQ-Instrument (siehe z.B. Schumacher et al. 2013, S. 73 ff. oder Bergmann et al., 2011), ist hier nicht jeder Skala des EBQ-Instrumentes eine bestimmte Farbe zugeordnet, sondern jeder Modus ist durch eine Farbe gekennzeichnet. Diese farbliche Zuordnung ist unabhängig davon, ob ein Verhalten der Untersuchungsperson eingeschätzt wurde oder eine therapeutische Intervention. Die zugeordneten Farben sind: Modus 0: schwarz, Modus 1: hellblau, Modus 2: rot, Modus 3: dunkelgrün, Modus 4: hellgrün. Die Modi 5 und 6 traten in den untersuchten Beispielen nicht in Erscheinung. Diese Art der farblichen Gestaltung ist für das Ziel der Untersuchung sinnvoll, da durch die Farben sichtbar wird, ob die therapeutischen Interventionen dem Ausdruck und der Befindlichkeit des Menschen mit schwerster Mehrfachbehinderung angemessen waren. In der Sprache des EBQ-Instrumentes bedeutet dies: gleicher Modus zur gleichen Zeit, oder - bezogen auf die grafische Darstellung im Zeitdiagramm - gleiche Farbe zu gleicher Zeit. Dies ist z.B. in Abb. 10 in der Mitte der Grafik zu erkennen: sowohl beim Therapeuten als auch bei der Untersuchungsperson ist eine hellblaue Markierung zu sehen. Der Therapeut setzte hier eine Intervention ein, die auf eine Aktivierung des Körperempfindens zielte. Der Proband ließ diese Intervention nicht nur zu, sondern zeigte auch die für Modus 1 typischen Kontaktreaktionen.

Aus den Mikroanalysen der Musiktherapiestunden entstanden 12 Zeitdiagramme. In jedem dieser Diagramme wurde nach zwei relevanten Sequenzen gesucht. Eine Sequenz sollte das längerfristige Ausbleiben von Belastungszeichen zeigen, in der anderen Belastungszeichen mit hoher Intensität oder mit längerer Dauer auftreten. Die folgende Abbildung zeigt, wie diese beiden Möglichkeiten anhand der Zeitdiagramme erkannt werden können.

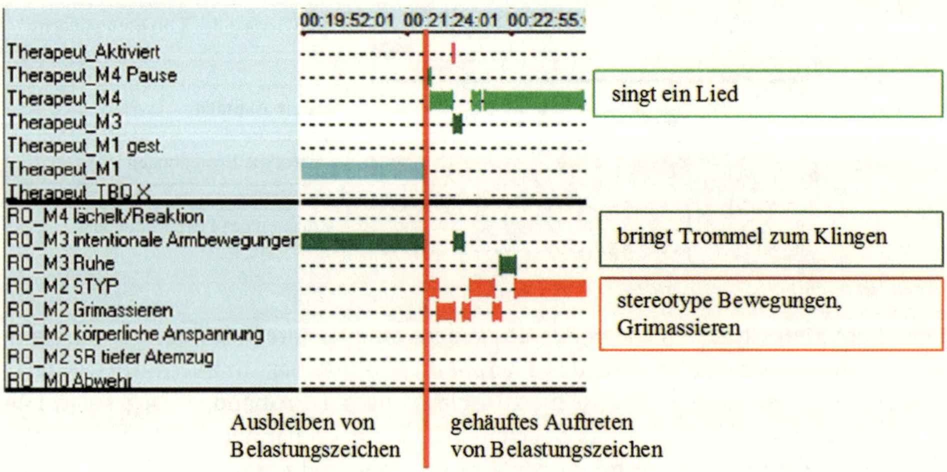

Abb. 11: Exemplarischer Ausschnitt aus einem Zeitdiagramm zum Auffinden relevanter Szenen

In der oberen Hälfte der Grafik ist wiederum die Einschätzung der therapeutischen Interventionen in farbigen Zeitbalken dargestellt, in der unteren Hälfte die Einschätzung der Untersuchungsperson. Durch die farbliche Kennzeichnung der Modi ist es möglich, einen schnellen Überblick zu bekommen, wo Belastungszeichen auftraten (rote Zeitbalken) und wo sie ausblieben (keine roten Zeitbalken).

Im nächsten Schritt wurden die ausgewählten Szenen sowohl anhand der Zeitdiagramme als auch erneut anhand des Videomaterials mikroanalytisch untersucht. Der Fokus dieser Analyse lag auf den therapeutischen Interventionen und ihrer möglichen Auswirkungen auf die Affektlage der Menschen mit schwerster Mehrfachbehinderung. Für diese Untersuchung bilden die Merkmale der TBQ-sMb-Skala (siehe Kap. 2.3) die Grundlage. Darüber hinaus wurden auch Körperhaltung und Blickverhalten des Therapeuten einbezogen, da sie eine wichtige Rolle für die Beziehungsgestaltung und damit auch für das affektive Erleben des Menschen mit schwerster Mehrfachbehinderung spielen.

In Kapitel 6.3 wird zunächst die Auswahl der Sequenzen gezeigt und das Hauptthema einer jeden Sequenz angegeben. In den folgenden Abschnitten werden einzelne Beispiele detailliert beschrieben, die übrigen Sequenzen werden zur Ergänzung herangezogen. Die Schlussfolgerungen, die sich aus den Ergebnissen der Analysen für Interventionen zur Affektregulation bei Menschen mit schwerster Mehrfachbehinderung ziehen lassen, folgen in Kapitel 7.

6.3 Untersuchungsergebnisse

Die Ergebnisse der Videoanalysen werden zunächst in einer Kurzfassung gezeigt (siehe Tabelle 23). Wie bereits im Kapitel zur Methodik beschrieben, wurde jeweils eine Sequenz ausgewählt, in der die Belastung relativ hoch war und eine Sequenz, in der Belastungszeichen ausblieben. Bei zwei Probanden (siehe Sandra und Thomas) wurde jeweils nur eine Sequenz untersucht, die exemplarisch für die gesamte Stunde ist. Bei diesen beiden Personen war das Verhalten relativ gleichbleibend und es gab keine gravierenden Unterschiede beim Auftreten von Belastungszeichen.

In der ersten Spalte der Tabelle werden zunächst der Basismodus der Untersuchungsperson und ihr Name genannt. Die zweite Spalte zeigt das Hauptthema der untersuchten Sequenz zu hohen Belastungszeichen, die vierte Spalte das Hauptthema der Sequenz mit geringer Belastung. Darunter ist die Einschätzung der Beziehungsqualität für jede Sequenz wie folgt angegeben:

KEBQ/ VBQ/ IBQ: Der zuerst genannte Modus ist der sogenannte „Ausgangspunkt“, d.h. der körperlich-emotionale Ausdruck der Untersuchungsperson, *bevor* der Therapeut intervenierte.

TBQ: Hier wird der Modus der therapeutischen Intervention genannt.

KEBQ: Hinter dem Pfeil wird das „Ergebnis“ der Intervention genannt, d.h. die Veränderung des körperlich-emotionalen Ausdrucks der Untersuchungsperson durch die Intervention.

Basis-Modus/ Name	Thema der Sequenz und Ursache der Belastung	Dauer in min.	Thema der Sequenz und Ursache der Entlastung	Dauer in min.	vgl. Anhang 2
(1) M 0/ Nina	Zeit: 03:40 – 06:50 Missinterpretation des Verhaltens KEBQ 1 – TBQ 3 KEBQ 2	03:10	Zeit: 16:37 – 18:12 Wiegen im Atemrhythmus führt zu Aufmerksamkeit KEBQ 1 – TBQ 1 KEBQ 3	02:35	Nr. 1
(2) M 2 SR/ Saja	Zeit: 12:59 – 19:44 Lied des T wirkt überstimulierend KEBQ 2 – TBQ 4 KEBQ 2	06:41	Zeit: 19:46 – 21:17 Entlastung der Beziehungsebene durch Intervention mit „einhüllendem“ Charakter führt zu interpersonellen Blicken KEBQ 2 – TBQ 0 KEBQ 4	01:31	Nr. 2
(3) M 2 BEL/ Marie	Zeit: 00:00 – 01:32 Missinterpretation des Verhaltens IBQ 1 – TBQ 3 KEBQ 2	01:32	Zeit: 04:35 – 07:30 Singen im Atemrhythmus führt zur Ruhe und zu Blicken zur Therapeutin KEBQ 2 – TBQ 1 KEBQ 3 (Peak 4)	02:55	Nr. 3
(4) M 2 BEL/ Marion	Zeit: 09:15 – 13:11 Suche nach Ausdrucksmöglichkeiten für M. KEBQ 2 – TBQ 3 IBQ 2 – Peak IBQ 3	03:56	Zeit: 02:06 – 04:38 Singen im Atemrhythmus KEBQ 3 (Ruhe) – TBQ 1 KEBQ 3	02:32	Nr. 4
(5) M 2 BEL/ Gina	Zeit: 02:23 – 04:05 Blick der Therapeutin führt zu Anspannung KEBQ 0 - TBQ 0, Peak 4 (Blicksuche) KEBQ 2	01:42	Zeit: 02:53 – 10:16 Singen im Atemrhythmus mit Stimulation der Hände KEBQ 2– TBQ 1 KEBQ 3	07:23	Nr. 5
(6) M 2 BEL/ Joanna	Zeit: 15:20 – 17:39 Selbstverletzendes Verhalten (Zusammenhang mit therapeutischen Interventionen schwer zu finden)	02:19	Zeit: 06:27 – 08:49 Körperlieder mit rhythmischen Berührungen KEBQ 0 – TBQ 3 KEBQ 1	02:22	Nr. 6

(7) M 2 BEL/ Gerhard	Zeit: 16:52 – 18:00 Bewegungen werden als Wunsch nach eigener Aktivität interpretiert KEBQ 3 – TBQ 3 KEBQ 2	01:08	Zeit: 17:54 – 19:15 Bewegungen führen zum Spüren des eigenen Körpers KEBQ 3 – TBQ 1 KEBQ 3	01:21	Nr. 7
(8) M 3 Eric	Zeit: 05:53 – 07:10 Lied der Therapeutin wirkt überstimulierend KEBQ 2 – TBQ 4 KEBQ 2	01:17	Zeit: 08:23 – 10:42 Therapeutin richtet sich auf das Körperempfinden und interveniert ausgehend von E.s emotionalem Ausdruck KEBQ 3 – TBQ 3 KEBQ 3	02:19	Nr. 8
(9) M 3/ Sandra	Zeit: 00:00 – 10:00 Belastung, wenn Therapeut affektiv eine zu hohe Intensität inszeniert KEBQ 3 – TBQ 3, dann TBQ 6 KEBQ 2	10:00	*Szene 1 exemplarisch für gesamte Stunde*	-	Nr. 9
(10) M 4 REG/ Thomas	Zeit: 00:00 – 30:00 Bedürfnis nach einer Pause? KEBQ 4 Pause – TBQ 4 Inter-Attentionalität Selbstregulation ist insgesamt gut möglich	30:00	*Szene 1 exemplarisch für gesamte Stunde*	-	Nr. 10
(11) M 4 DYS/ Elisa	Zeit: 19:54 – 23:39 Therapeut erwidert Kontaktsuche nicht, sondern spielt einhüllendes Lied KEBQ 4 – TBQ 0 KEBQ 2	03:45	Zeit: 15:09 – 17:22 Intervention ist auf das Körperempfinden gerichtet TBQ 3 – KEBQ 3	02:13	Nr. 11
(12) M 4 DYS/ Sonja	Zeit: 19:12 – 22:38 S. singt teilweise beim Lied des Therapeuten mit. Physische Anstrengung VBQ 4 – TBQ 4 und 5 KEBQ 2	03:24	Zeit: 09:02 – 11:10 Therapeut spielt Lied, S. scheint zu lauschen und zeigt keine starke Anspannung TBQ 4 – KEBQ 4	02:13	Nr. 12

Tabelle 23: Relevante Sequenzen zur Untersuchung des Zusammenhangs zwischen therapeutischen Interventionen und der Intensität von Belastungszeichen. Die vollständigen Zeitdiagramme sind in Anhang 2 zu finden.

Schaut man in Tabelle 23 auf die Kurzbeschreibungen zur Untersuchung von gehäuft auftretenden Belastungszeichen, so wird deutlich, dass in vielen Beispielen Missinterpretationen und die daraus resultierenden Interventionen zur Belastung führten. Der Begriff „Missinterpretation“ bedeutet aus entwicklungspsychologischer Sicht, dass hier das Verhalten eines Menschen vor dem Hintergrund entwicklungspsychologischer Erkenntnisse und der Merkmale des EBQ-Instrumentes falsch eingeschätzt wurde. So wurden z.B. häufig Bewegungen als Fähigkeit zur Selbstwirksamkeit (Modus 3) interpretiert, obwohl sie eher das Bedürfnis nach sensorischer Stimulation zeigten (Modus 1). Der Anstieg von Belastungszeichen kann dem Therapeuten also als Hinweis dienen, dass er mit seiner Intervention nicht die Bedürfnisse des Menschen mit schwerster Mehrfachbehinderung trifft. Auch Überforderung oder Überstimulation, die meist dadurch zustande kam, dass der Therapeut mit seinen Interventionen eine interpersonelle Beziehungsfähigkeit voraussetzte, führte zu Belastung.

Stimmten hingegen die Intervention des Therapeuten mit dem körperlich-emotionalen, instrumentalen oder vokalen Ausdruck des Menschen mit schwerster Mehrfachbehinderung überein, so blieben Belastungszeichen aus. Vor allem aber Interventionen, die das Körperempfinden aktivierten, führten dazu, dass der Mensch mit schwerster Mehrfachbehinderung sich selbst besser spüren konnte, zur Ruhe kam und aufmerksam wurde (KEBQ 3). Auf dieser Basis wurde bei manchen Probanden auch interpersoneller Kontakt möglich (KEBQ 4). Auch die Entlastung der Beziehungsebene durch ein einhüllendes Spiel (TBQ Modus 0) oder durch den Verzicht auf Aufforderungen zum Nach- oder Mitmachen führte meist zu einer Entlastung und somit zu einer Abnahme von Belastungszeichen.

In den folgenden Abschnitten werden Sequenzen beschrieben, in denen Belastungszeichen gehäuft auftraten (siehe Tabelle 23, linke Spalte). Die Hinweise zur Interventionsmethodik am Ende jedes Abschnitts machen auf mögliche Interventionsfehler aufmerksam.[11] Zu einigen Beispielen werden – entsprechend der rechten Spalte der Ergebnistabelle – hilfreiche Interventionen genannt, die den Bedürfnissen des Probanden besser entsprachen. Während sich die Beschreibungen hierzu eng an den analysierten Videobeispielen orientieren, werden die Interventionen in Kapitel 7 unter der Überschrift „Musiktherapeutische Interventionen zur Affektregulation“ in einer verallgemeinerbaren und ausführlicheren Form beschrieben.

6.3.1 Belastungszeichen im Kontext von Interventionen zum „Einhüllen“/ Atmosphäre schaffen (TBQ 0)

Reagiert ein Patient nicht auf musikalische, stimmliche oder körperliche Interventionen, so hat diese scheinbare „Kontaktlosigkeit“ zur Folge, dass sich der Thera-

11 Eine gute Ergänzung hierzu findet sich in der Veröffentlichung zum EBQ-Instrument (Schumacher et al., 2013). Hier befasst sich Kap. 4.3. mit häufigen Interpretations- und Interventionsfehlern (ebd., S. 68 ff.).

peut mit seinen Interventionen nicht wahrgenommen fühlt. Methodisch ist es hier sinnvoll, Kontakt nicht zu forcieren, sondern den Menschen mit seiner Befindlichkeit und seinem momentanen Ausdrucksvermögen anzunehmen und diese Grundhaltung in der Gestaltung der musiktherapeutischen Intervention spürbar werden zu lassen. Um die Beziehungsebene zu entlasten, kann der Therapeut für die Atmosphäre im Raum, für sich selbst oder für den Patienten spielen (vgl. Schumacher et al., 2013, S. 68 f.).

Belastungszeichen können auftreten, wenn der Therapeut zwar „einhüllend" spielt (vgl. TBQ Modus 0, (ebd., S. 55)), jedoch mit seiner Körperhaltung oder vor allem auch seinem Blickverhalten nicht vom Menschen mit schwerster Mehrfachbehinderung ablässt. Am häufigsten kommt es hier zur Suche nach Blickkontakt, die aus dem Wunsch des Therapeuten entsteht, doch in einen Kontakt zu kommen oder zumindest ein Zeichen dafür zu entdecken, dass er mit seinem Spiel gehört wird. Dazu ein Beispiel aus der Therapie mit Gina:

Beispiel Gina (5): *Gina hat die Diagnose Rett-Syndrom. Sie zeigt häufig die für das Rett-Syndrom typischen stereotypen „Waschbewegungen" mit den Händen. Bei stärkerer Anspannung hält sie ihren Atem an, oder beginnt zu speicheln. Zu Beginn der Musiktherapie hält sie häufig die Augen geschlossen, ohne aber zu schlafen. Das Schließen der Augen scheint für sie eine Möglichkeit zu sein, sich vor Reizen zu schützen. Entspannung zeigt sich am deutlichsten in einer tiefen und gleichmäßigen Atmung und in einem Lockern und Lösen der Hände, bei dem sie häufig auch die Arme sinken lässt. In der analysierten Sequenz spielt die Therapeutin mit ruhigem einhüllenden Charakter ohne Kontakt zu suchen (TBQ Modus 0). Hierdurch entspannt sich Gina, ihr Atem wird gleichmäßiger und tiefer, bis schließlich die stereotypen Bewegungen ausbleiben und sie ihre Arme sinken lässt. Als jedoch die Therapeutin plötzlich während ihres Spiels ihren Blick längerfristig Gina zuwendet, vermutlich, um nach ihren Reaktionen zu schauen, scheint Gina diesen Blick zu bemerken. Sie spannt ruckartig ihren Oberkörper an und beginnt erneut, ihre Hände stereotyp zu bewegen.*

Dies ist eine Beobachtung, die in der Musiktherapie mit Gina häufiger gemacht werden konnte: durch interpersonelle Kontaktaufnahme oder allein schon durch einen auf sie gerichteten Blick nahm ihre Anspannung zu. Daher müssen sich Interventionen zunächst ganz auf ihr Körperempfinden richten, damit sie zu einer Entspannung führen. Hilfreich ist hier das Singen in Ginas Atemrhythmus mit gleichzeitiger Stimulation der Hände. Bei Menschen, die chronisch starke Anspannung zeigen, können die Entspannung und der tiefe Atem bereits ein sinnvolles Therapieziel sein. Ein interpersoneller Kontakt kann sich auf dieser Basis ereignen, darf aber nicht durch den Therapeuten forciert werden.

Hinweise für Interventionen im TBQ Modus 0: Auch Körperhaltung und Blickverhalten des Therapeuten müssen die Grundhaltung, zu diesem Zeitpunkt den Kontakt nicht aktiv herstellen zu wollen, ausdrücken. Das Beobachten, ob und wie der Mensch mit schwerster Mehrfachbehinderung auf das Spiel des Therapeuten reagiert, oder gar eine Blicksuche sind hier kontraindiziert und können zu Belastung und zu Stresszeichen führen.

Im oben beschriebenen Beispiel wird die „Ruhe“ des Spiels gegen die „Unruhe“ des Körpers gestellt und es gelingt Gina langsam, sich durch die ruhige Musik zu entspannen. Es gilt genau zu beobachten, ob ein ruhiges Spiel zu einer Beruhigung beitragen kann, oder ob ein Mensch die Erfahrung von Affektabstimmung benötigt, bevor eine Regulation des Erregungsniveaus möglich ist. Die beiden folgenden Grafiken zeigen diesen Unterschied:

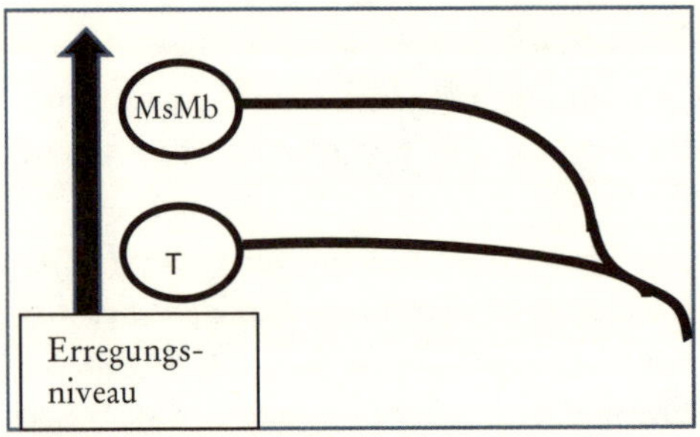

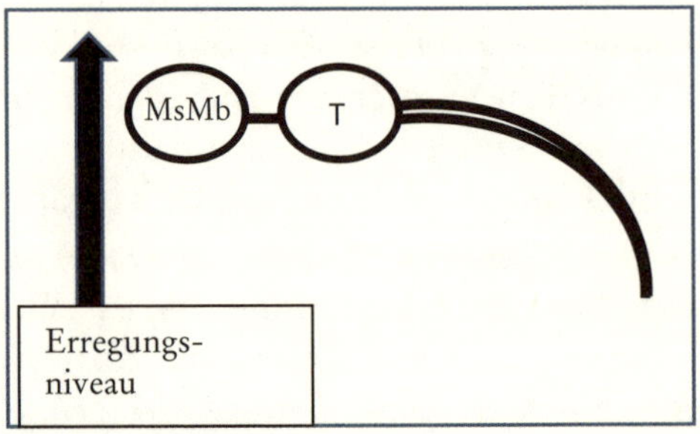

Abb. 12: „Ruhe gegen Unruhe“ *Abb. 13: „Affektabstimmung – Affektregulation“*
MsMb = Mensch mit schwerster Mehrfachbehinderung, T = Therapeut

In Abb. 12 liegt das Intensitätsniveau der therapeutischen Intervention unter dem Erregungsniveau des Menschen mit schwerster Mehrfachbehinderung. Es gelingt dem schwerstbehinderten Menschen aber, die Intervention des Therapeuten wahrzunehmen und die Musik als beruhigend zu erleben, womit die Intensität seiner Erregung absinkt. In Abb. 13 stimmt sich der Therapeut zunächst in Intensität und Dynamik auf das Erregungsniveau des Menschen mit schwerster Mehrfachbehinderung ab. Es gelingt dann durch musikalische Gestaltung, das hohe Erregungsniveau zu beruhigen.

6.3.2 Belastungszeichen im Kontext des Umspielens und Begleitens von Bewegungen (TBQ 3)

In musiktherapeutischen Ansätzen, bei denen der Therapeut jegliche Äußerung oder jegliches Verhalten eines Menschen als musikalischen Ausdruck versteht, wird nicht unterschieden, ob es sich bei den Bewegungen oder Äußerungen um intentionale, d.h. bewusste und mit einem Ziel verbundene Verhaltensweisen handelt, oder ob der körperlich-emotionale Ausdruck z.B. durch hohe Affekte oder eine starke sensorische Bedürftigkeit geprägt ist und dem Menschen selbst vermutlich nicht bewusst ist. Aus entwicklungspsychologischer Sicht hat die Interpretation von Verhaltensweisen immer auch Konsequenzen für das therapeutische Handeln.

Bei den analysierten Beispielen zu hohen Belastungszeichen kamen Sequenzen vor, in denen der Therapeut die Bewegungen des Menschen mit schwerster

Mehrfachbehinderung als Wunsch nach eigener Tätigkeit interpretierte und entsprechend intervenierte, indem er Instrumente zum Spiel anbot oder durch sein Spiel zum Mitmachen aufforderte. Die Belastungszeichen, die in diesen Sequenzen auftraten, zeigten aber, dass diese Interventionsidee hier eine Überforderung darstellte. Dazu Beispiele von Marie, Gerhard und Nina:

Beispiel Marie (4): *Im Alltag knetet Marie häufig stereotyp ihre Hände oder kratzt an ihren Handballen. Bei hoher Erregung rudert sie mit den Armen, wackelt mit dem Kopf und beginnt zu lautieren, bis sie sich schließlich vor Übererregung in den Handrücken beißt. Blickkontakt kann bei ihr mit einem neutralen Gesichtsausdruck einhergehen, so dass in diesen Momenten unklar ist, was sie dabei erlebt. In anderen Momenten zeigt sie ein strahlendes Lächeln, was im interpersonellen Kontakt häufig aber auch in Übererregung mündet, wenn sie nicht bei der Regulation ihrer Affekte unterstützt wird.*

Als sich die Therapeutin zu Beginn der Stunde mit der Gitarre neben Marie setzt, um sie musikalisch auf die Stunde einzustimmen, streckt Marie ihre Hand nach der Gitarre aus. Die Therapeutin versteht die Handbewegung Maries als Wunsch nach einer eigenen Tätigkeit. So bringt sie die Gitarre in eine für Marie günstige Spielposition und eröffnet den Klangraum, indem sie die leeren Saiten anspielt. Marie wendet sich dem Instrument weiter zu und zupft die tiefste Saite an. Die folgende Grafik zeigt den weiteren Verlauf:

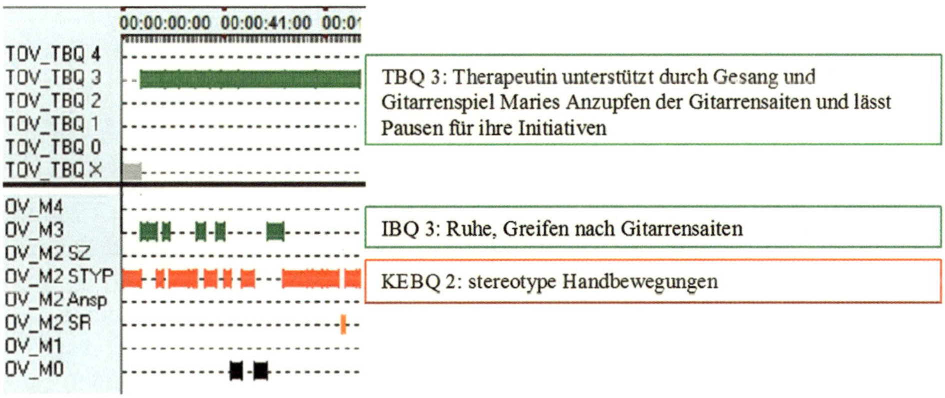

Abb. 14: Beispiel 1 zu Marie: Häufige Belastungszeichen im Wechsel mit Aktivität

Die Therapeutin umspielt und begleitet Maries Klänge (TBQ 3, grün), lässt aber auch immer wieder Pausen, damit Marie erneut Initiative ergreifen kann. Diese Pausen wurden hier ebenfalls mit TBQ 3 eingeschätzt, da sie das urheberschaftliche Erleben Maries ermöglichen sollen. Marie zeigt stereotype Verhaltensweisen (KEBQ 2, rot) im Wechsel mit kurzen Blicken zum Instrument. Sie bringt die Gitarre kurzfristig zum Klingen (grün), jedoch ist daraufhin keinerlei emotionale Veränderung bei ihr zu beobachten. Vermutlich kann sie ihre Aktivität und den

Klang nicht miteinander in Verbindung bringen oder ihr Erleben ist nicht so intensiv, dass der Affekt sichtbar wird. Jedoch scheinen die kurzen Phasen von Aktivität zu einem Anstieg der Erregung zu führen, die sie dann durch stereotype Bewegungen wieder regulieren muss.

Im weiteren Verlauf legt die Therapeutin ihre Hände auf Maries Bauch und Brustkorb, um ihre Atembewegungen zu erspüren. Sie singt in Maries Atemrhythmus. Das Singen und die Berührungen sollen dazu führen, dass Maries Atem für Marie selbst spür- und hörbar wird. Diese Aktivierung des Körperempfindens führt bei vielen Menschen zu einer ruhigen und aufmerksamen Affektlage. Das folgende Zeitdiagramm zeigt die Minuten 04:35 - 07:30 der Stunde mit Marie:

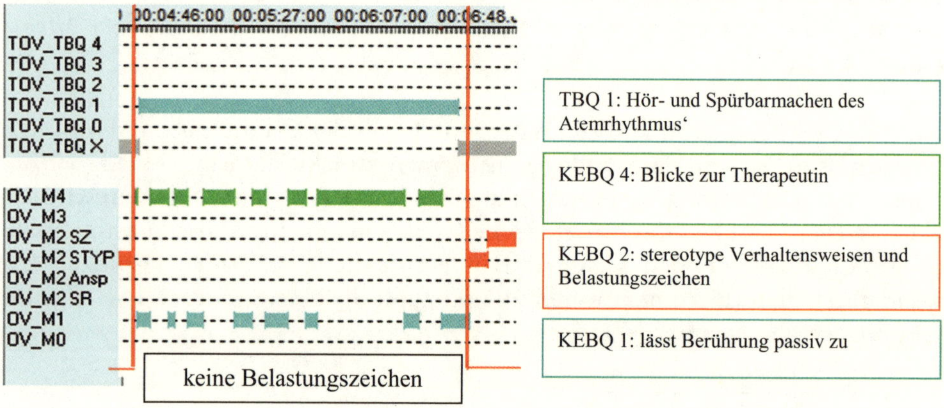

Abb. 15: Beispiel 2 zu Marie: Ausbleiben von Belastungszeichen

Marie lässt die Berührung der Therapeutin passiv zu (KEBQ Modus 1, hellblau). Stereotype Bewegungen oder andere Belastungszeichen bleiben in dieser Zeit aus und sie entspannt zunehmend ihre Arme, die sie sonst meist angewinkelt vor dem Oberkörper hält. Sie sucht mehrfach den Blick der Therapeutin (KEBQ Modus 4, grün), die jedoch ganz auf Maries Atemrhythmus konzentriert bleibt. Die früheren Erfahrungen in der therapeutischen Arbeit mit Marie haben gezeigt, dass interpersoneller Blickkontakt Marie oft so stark erregt, dass sie mit hohen Belastungszeichen reagiert. So ist es methodisch sinnvoll, bei dieser Intervention auf interpersonellen Kontakt zu verzichten und zunächst Maries Selbstempfinden ganz in den Mittelpunkt der Intervention zu stellen.

Beispiel Gerhard (7): *Sobald der Therapeut Gerhards Hand hält, hebt Gerhard wiederholt seinen Arm und lässt ihn wieder fallen. Dieses Verhalten kehrt in vielen Musiktherapiestunden wieder. Der Therapeut versteht diese Bewegung als Wunsch nach Ausdruck und positioniert Instrumente so, dass Gerhards Bewegungen sie zum Klingen bringen. Im untersuchten Beispiel hält Gerhard mit Unterstützung ein Klangholz und bringt mit seinen Bewegungen das Klangholz des Therapeuten zum Klingen. Er grimassiert dabei jedoch häufig, bewegt seinen Kopf mit angespannter Halsmuskulatur hin und her und scheint seine Hand weg zu ziehen. Der Therapeut bemerkt,* *dass Gerhard sich nicht wohlfühlt und lässt die Klanghölzer beiseite. Er greift erneut nach Gerhards Hand und initiiert das Auf- und Abbewegen des Armes. Nun fällt Gerhards Hand jedoch bei der Abwärtsbewegung auf sein eigenes Bein. Die Auswirkung seiner Bewegung wird so für Gerhard am eigenen Körper spürbar und aktiviert sein Körperempfinden. Belastungszeichen treten zunächst deutlich schwächer in Erscheinung und bleiben für eine gewisse Zeitspanne auch aus. Auch wenn Gerhards Belastung zu Beginn nicht sehr intensiv war, so zeigt das zweite Beispiel deutlich, dass Interventionen zur Aktivierung seines Körperempfindens zu einer Entlastung und vermutlich zu einem für ihn positiven Erlebnis führen.*

Beispiel Nina (1): *Nina sitzt während der Musiktherapie auf dem Schoß der Therapeutin. Da Nina ihren Rumpf nur minimal bewegen kann, nimmt die Therapeutin über diesen Körperkontakt Ninas Bewegungsimpulse am besten wahr und kann darauf reagieren. Als Nina leicht mit dem Oberkörper schaukelt, möchte die Therapeutin Nina diese Bewegungen durch ein Situationslied („Die Nina schaukelt vor und zurück") bewusst machen. Nina zeigt weder eine mimische Reaktion noch Initiative zu erneuter Bewegung, hebt dann aber ihren Arm angespannt nach oben. Ob das Vorgehen der Therapeutin zur Anspannung führte oder ob es einen anderen Auslöser gab, kann hier nicht eindeutig festgestellt werden. Vermutlich konnte Nina jedoch keinen Zusammenhang zwischen dem Lied und ihren Bewegungen herstellen.*

Im weiteren Verlauf der Stunde atmet Nina plötzlich tief aus. Die Therapeutin greift darauf hin Ninas Atemrhythmus auf, macht ihn stimmlich hörbar und wiegt Nina im Rhythmus ihres Atems. Nina wendet ihren Kopf und auch ihren Körper der Therapeutin zu und scheint trotz ihrer Sehbeeinträchtigung den Blickkontakt zu suchen. Es wird deutlich, dass diese Intervention, die auf die Verknüpfung von Hören und Spüren und auf eine Veränderung des Körperempfindens zielt, bei Nina zu einer Ausrichtung ihrer Aufmerksamkeit nach außen und zu einer Kontaktsuche führen kann.

Um den körperlich-emotionalen Ausdruck schwerst mehrfachbehinderter Menschen differenziert einzuschätzen, ist es wichtig zu unterscheiden, ob eine Bewegung gewollt, d.h. intentional im Sinne des Modus 3, oder stereotyp (Modus 2) ist, oder ob sie ein sensorisches Bedürfnis (Modus 1) ausdrückt. Zur genaueren Unterscheidung sollen hier die Merkmale dieser Modi beschrieben werden:

Modus 3: Hier handelt es sich um eine intentionale, d.h. eine vom Menschen mit schwerster Mehrfachbehinderung gewollte Handlung. Er erkennt sich als Urheber seiner Handlung und deren „Folgen", z.B. ein entstehender Klang. Meist ist Augen-Hand-Koordination zu beobachten und die Handlung ist flexibel und variantenreich. Die Affektlage ist ruhig und aufmerksam. Therapeutische Interventionen zielen hier auf das „Bewusstmachen" dieser Handlung, um den Menschen in seinem urheberschaftlichen Erleben und der Erfahrung von Selbstwirksamkeit zu unterstützen.

Modus 2: Die Handlung ist stereotyp, d.h. gleichbleibend und wiederkehrend. Bei einem Versuch, die Stereotypie zu unterbrechen, können hohe Affekte in Erscheinung treten, die zuvor durch die stereotypen Verhaltensweisen reguliert und damit „beruhigt" wurden. Interventionen, die bei stereotypen Handlungen sinnvoll sind, werden in Kapitel 7 ausführlich beschrieben.

Modus 1: Das sensorische Erleben steht im Vordergrund. Objekte werden verwendet, um eigene sensorische Bedürfnisse zu befriedigen. Musiktherapeutische Interventionen richten sich hier auf basale sensorische oder propriozeptive Bedürfnisse und zielen auf eine Verknüpfung der Sinneswahrnehmungen oder auf eine Aktivierung des Körperempfindens.

Hinweis für die therapeutischen Interventionen: Oft ist der die Handlung begleitende emotionale Ausdruck eine wichtige Hilfe, um die oben genannten Beziehungsqualitäten unterscheiden zu können. Zeigt ein Mensch keine Reaktion auf einen Klang, den er durch Unterstützung des Therapeuten hervorgebracht hat, so bringt er diesen vermutlich nicht mit seiner Handlung in Verbindung. Treten zusätzlich Unruhe, Anspannung, stereotype oder selbststimulierende Verhaltensweisen auf, so sollten aus entwicklungspsychologischer Sicht zunächst Interventionen im Mittelpunkt der Therapie stehen, die sich auf basale Bedürfnisse wie eine geordnete Wahrnehmung von Reizen, eine ausgeglichene Affektlage und das Empfinden des eigenen Körpers richten.

6.3.3 Belastungszeichen im Kontext des Bewusstmachens einer Exploration (TBQ 3)

Wie zuvor beschrieben, können Belastungszeichen zeitgleich mit anderen Verhaltensweisen auftreten. So kann ein Mensch mit schwerster Mehrfachbehinderung z.B. ein Musikinstrument explorieren (IBQ Modus 3), gleichzeitig aber auch körperliche Anspannung zeigen (KEBQ Modus 2). Oder Exploration und Spiel treten im Wechsel mit stereotypem oder selbststimulierendem Verhalten auf. Um diese Belastungszeichen nicht zu übersehen, ist es sinnvoll, bei Auswertungen mittels IBQ- und VBQ-Skala immer auch die Affektlage (siehe KEBQ-Skala) eines Menschen bei der Einschätzung zu berücksichtigen. Nur wenn der affektive Ausdruck des Menschen während der Exploration oder des Spiels ruhig ist, oder nach einem leichten Erregungsanstieg wieder ruhig wird, ist es sinnvoll, im Sinnes des TBQ Modus 3 Klänge zu begleiten, zu unterstützen und/ oder zu imitieren.

Beispiel Sandra (9): *Sandra zeigt meist eine aufmerksame Affektlage und nur selten sind Belastungszeichen zu beobachten (z.B. Zähneknirschen). Jedoch kommen bei ihr kurze „Ausbrüche" vor, die in dieser Form bei keinem der anderen Probanden zu beobachten waren. Für eine sehr kurze Dauer von ca. 1-2 Sekunden bewegt sie ihre angewinkelten Arme vor dem Oberkörper und lautiert dabei gepresst. Ihren Oberkörper wirft sie entweder zurück oder bewegt sich ruckartig im Rollstuhl hin und her. Epileptische Anfälle sind es nicht, sondern es scheint, als habe sich so viel Spannung* *in ihr angestaut, dass sie diese „entladen“ muss, um im Anschluss wieder ruhig und aufmerksam sein zu können. Bei der Auswertung der Musiktherapiestunde konnten diese „Ausbrüche“ in einen situativen Kontext gestellt werden. Die folgende Grafik zeigt hierzu die ersten 10 Minuten der Therapiestunde mit Sandra:*

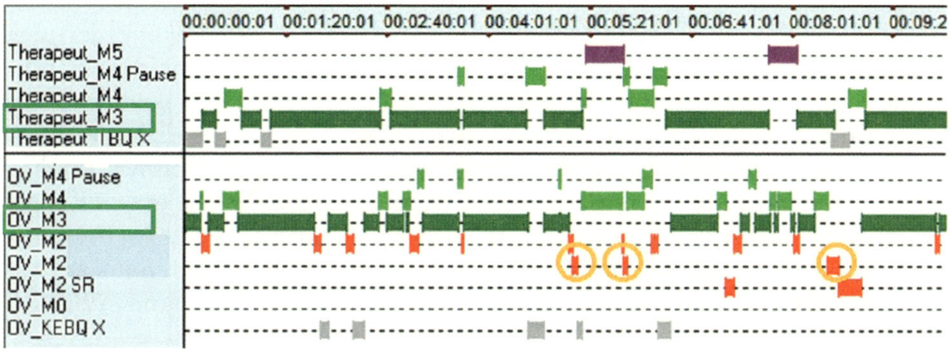

Abb. 16: Übereinstimmung der Basisqualität Modus 3 (dunkelgrün) und der therapeutischen Interventionen. Gelbe Kreise kennzeichnen „Ausbrüche“

Sandra bringt einen Gong zum Klingen, indem sie mit ihren Fingerknöcheln dagegen schlägt oder mit den Fingernägeln daran kratzt. Die Therapeutin begleitet diese Klänge stimmlich. Auch interpersoneller Blickkontakt und Pausen kommen vor. Die Therapeutin interveniert ausgehend von Sandras Verhaltensweisen und unterstützt sie. Die oben beschriebenen „Ausbrüche“ sind in der Grafik mit gelben Kreisen kenntlich gemacht. Hier zeigt Sandra zunächst ein Lächeln, scheint aber gleichzeitig Spannung aufzubauen, die sie ab einem gewissen Niveau nicht mehr gut verarbeiten kann. Sie beginnt, mit den Zähnen zu knirschen, bis es schließlich zu einem „Ausbruch“ kommt. Unmittelbar darauf ist Sandra wieder ruhig und aufmerksam.

Wie das Zeitdiagramm zeigt, treten diese Ausbrüche nur sehr selten auf und Sandra scheint sich damit sehr gut selbst regulieren zu können, da sie unmittelbar im Anschluss wieder aufmerksam ist und erneut zu explorieren beginnt. Sie fallen somit nicht stark ins Gewicht. Dennoch könnte es sinnvoll sein, bereits auf die „frühen Zeichen“ eines ansteigenden Erregungsniveaus (hier Zähneknirschen) zu reagieren. Sandra sollte in diesen Momenten nicht noch weiter angeregt werden, sondern mit Unterstützung der Therapeutin zunächst wieder zu einem ruhigeren Erregungsniveau finden. Das Erleben der Regulation mit Hilfe eines anderen Menschen ist die Basis, um über das Teilen von Empfindungen interpersonelle Beziehungsfähigkeit weiter zu entwickeln.

Hinweise für die therapeutischen Interventionen: Treten Belastungszeichen während der Exploration oder des Spiels auf, ist deren Intensität genau zu beobachten und abzuwägen, ob die Situation den Menschen überfordert, oder ob es ihm möglich ist, seine Affekte (mit Unterstützung des Therapeuten) zu regulieren und so das eigene Spiel positiv zu erleben. Hierzu sei nochmals an Sroufes Dynamic Tension Model erinnert (siehe Kap. 3.2), mit dem Sroufe zeigte, dass Entwicklung immer von einem Wechsel verschiedener Erregungsniveaus begleitet wird. Der Therapeut sollte jedoch die Exploration nur solange unterstützen, wie das Erregungsniveau des Menschen sich flexibel unterhalb seiner individuellen Schwelle der Übererregung bewegt.

Ähnlich wie schon bei TBQ Modus 0 ist es auch hier von Bedeutung, dass sich der Therapeut mit seinem Blickverhalten und seiner Körperhaltung ganz auf die Entwicklung des Selbstempfindens oder der Objektbeziehungsfähigkeit des Menschen mit schwerster Mehrfachbehinderung richtet. Nicht interpersoneller Kontakt steht im Vordergrund, sondern der Therapeut richtet seine Aufmerksamkeit auf das Instrument und die entstehenden Klänge, auf die Stimme oder den Körper des Menschen mit schwerster Mehrfachbehinderung und unterstützt ihn bei seiner Exploration oder seinem Handeln. Diese Phase kann bei Menschen mit schwerster Mehrfachbehinderung lange andauern, bevor es zu rückversichernden Blicken (Modus 4) kommt.

6.3.4 Belastungszeichen im Kontext interpersoneller Bezogenheit (TBQ 4)

Kennzeichnend für TBQ Modus 4 ist die interpersonelle Beziehung. Der Therapeut fühlt sich vom Menschen mit schwerster Mehrfachbehinderung wahrgenommen und gestaltet seine Interventionen nun nicht mehr ausschließlich ausgehend von dessen Handlungen und Äußerungen, sondern kann auch eigene Ideen einbringen. Bei Menschen mit schwerster Mehrfachbehinderung ist zu beachten, dass zwischenmenschliche Begegnungen oftmals emotional so erregend sein können, dass sie zu einer Überforderung führen. Dazu Beispiele von Eric und Saja:

Beispiel Eric (8): *Die folgende Abbildung zeigt min. 05:53 – 06:59 der Musiktherapie mit Eric.*

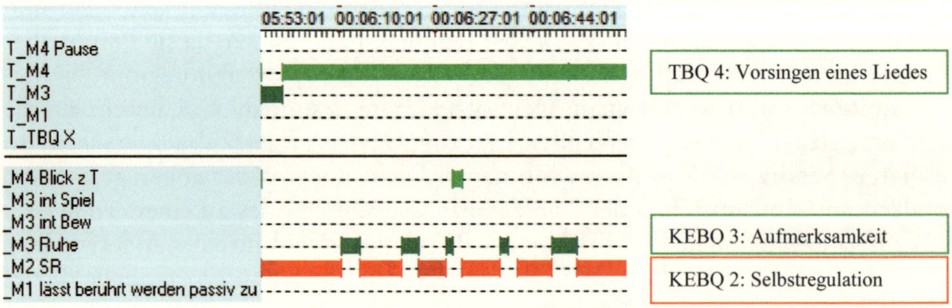

Abb. 17: Wechsel von Selbstberuhigung (rot) und Aufmerksamkeit (dunkelgrün)

Die Therapeutin singt die Melodie von Erics Begrüßungslied. Sie geht davon aus, dass Eric sich auf dieses Lied beziehen kann (TBQ Modus 4, hellgrün). Bei Eric sind in der Grafik die Wechsel zwischen Selbstberuhigungszeichen (KEBQ Modus

2, rot), Aufmerksamkeit (KEBQ Modus 3, dunkelgrün) und einem Blick zur Therapeutin (KEBQ Modus 4, hellgrün) zu erkennen. Dies zeigt einerseits seine Fähigkeit, sein Erregungsniveau selbst zu regulieren, andererseits aber auch, dass diese Situation eine ständig neue Selbstberuhigung nötig macht. Anhand des Videomaterials können deutlich Zusammenhänge zwischen den Interventionen der Therapeutin und den auftretenden Selbstberuhigungszeichen gezeigt werden. So zieht Eric unmittelbar seine Hände an das Gesicht, wenn die Therapeutin innerhalb des Begrüßungsliedes neue Elemente einführt, wie z.B. Begleitung des Liedes durch Klatschen in die eigenen Hände oder auf Eris Beine.

Abbildung 18 zeigt min. 08:23 bis min. 10:42 derselben Therapiestunde. Es fällt auf, dass Eric hier keine Selbstberuhigungszeichen zeigt, sondern nahezu in der gesamten Zeit ruhig und aufmerksam ist. Dazwischen blickt er immer wieder kurz zur Therapeutin.

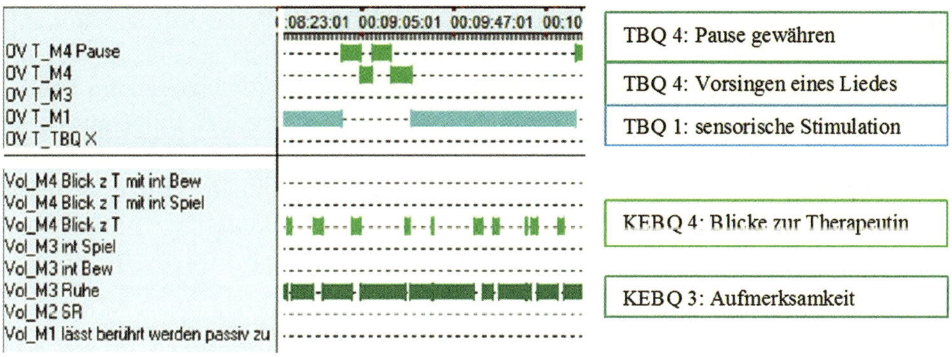

Abb. 18: Wechsel von Aufmerksamkeit und Blicken zum Therapeuten

Die Therapeutin gibt Eric eine Buffalo Drum (resonanzreiche Rahmentrommel) in die Hand. Er spürt nun die Vibrationen des Instrumentes, wodurch sein Körperempfinden aktiviert wird. Dies scheint dazu zu führen, dass er sein Erleben besser verarbeiten kann und er sich nicht so häufig regulieren muss. Eric ist längerfristig aufmerksam (KEBQ Modus 3, dunkelgrün) und blickt immer wieder zur Therapeutin (TBQ Modus 4, hellgrün). Die Therapeutin richtet ihre Intervention auf die sensorische Stimulation über die Buffalo Drum, wodurch eine Verknüpfung von Hören und Spüren entsteht (TBQ Modus 1, hellblau). In diesem Kontext bleibt Eric auch aufmerksam, als die Therapeutin beginnt, ein Lied zu singen. Sie gestaltet es mit Pausen zur Verarbeitung, so dass Eric nicht erneut überstimuliert wird.

Beispiel Saja (2): *Die Auswertung von Sequenzen aus Sajas Stunde zeigte ähnliche Ergebnisse. Interventionen, die eine interpersonelle Beziehungsfähigkeit voraussetzen, scheinen Saja zu überfordern. Sie senkt den Kopf, nimmt keinen Blickkontakt mehr auf und zeigt Selbstberuhigungszeichen. Als jedoch die Therapeutin eine ruhige Musik spielt ohne interpersonellen Kontakt zu forcieren (TBQ Modus 0), erlebt Saja dies vermutlich als Entlastung, denn sie wendet ihren Blick längerfristig in Richtung* *der Therapeutin. Ihre Arme bleiben weiterhin gegen ihren Oberkörper gedrückt, womit sie sich selbst beruhigt.*

Hinweise für die therapeutischen Interventionen: Für Interventionen, die die Motivation oder Animation eines Menschen zum Ziel haben, ist es wichtig zu beobachten, ob ein Mensch sein hohes Erregungsniveau nach intensiv erlebten Momenten selbst oder mit Hilfe des Therapeuten regulieren kann, oder ob sich die körperliche Anspannung so weit steigert, dass die Regulationsfähigkeit eines Menschen überschritten wird.

Menschen mit schwerster Mehrfachbehinderung, die eine interpersonelle Beziehungsfähigkeit entwickelt haben, erleben zwischenmenschlichen Kontakt und auch die Freude, die daraus entstehen kann, oftmals sehr intensiv. Nur selten kann das emotionale Erleben mit anderen Menschen geteilt und reguliert werden. Fehlen Möglichkeiten zur Selbstregulation, können auch positive Empfindungen zu einer Überlastung führen. Diese Überlastung zeigt sich häufig in hoher Körperspannung bis hin zu einer Überstreckung des Oberkörpers, in einer Verstärkung der Spastik oder enger, angespannter Atmung. Extreme Übererregung kann sogar zum Erbrechen führen. Von Betreuern oder Therapeuten wird oftmals der freudige mimische Ausdruck so stark im Vordergrund erlebt, dass weitere körperliche Zeichen, die die starke Belastung zeigen, entweder übersehen werden oder ihnen keine Bedeutung beigemessen wird. Ein weiteres Motiv kann sein, dass der Wunsch nach Freude im Zusammensein mit schwerstbehinderten Menschen stark ist und die Bezugspersonen vor allem positive Reaktionen hervorrufen möchten. Auch in der Therapie kann dies eine Rolle spielen, wenn der Therapeut positive Reaktionen oder Aktivitäten des Menschen mit schwerster Mehrfachbehinderung so stark fokussiert, dass die Notwendigkeit, sich der körperlichen Anspannung zu widmen, außer Acht gelassen wird. Freude ist zwar eine treibende Kraft für Entwicklung, dennoch darf nicht übersehen werden, dass sie auch immer wiederkehrende Empfindungen von Überforderung und Überflutung hervorrufen kann. Hier ist darauf zu achten, dass positive Affekte nicht zur Übererregung führen, sondern die Freude immer wieder durch die Gestaltung des musikalischen Materials, durch Pausen oder auch durch gezielte Interventionen zur Affektregulation integriert werden kann.

Für Menschen mit schwerster Mehrfachbehinderung, die die Fähigkeit zur interpersonellen Beziehung nicht entwickelt haben, kann die Suche anderer Menschen nach interpersonellem Kontakt überfordernd wirken. Dann ist z.B. bereits eine freundlich gemeinte Begrüßung, bei der der Therapeut mit Blicksuche und evtl. auch einer Kontakterwartung auf den Menschen mit schwerster Mehrfachbehinderung zugeht, „zu viel" und ein Anstieg des Erregungsniveaus ist die Folge. Ist diese Erregung sehr hoch und kann sie nur schwer reguliert werden, so ist es für die therapeutische Haltung wichtig zu überdenken, dass es vor diesem Hintergrund nicht „unhöflich", „untherapeutisch" oder gar „unmenschlich" ist, einen Menschen nicht auf diese Weise zu begrüßen. Auch die gut gemeinte Haltung „Ich bin für Dich da!" mit der Suche nach intensiven Blicken oder Körperkontakt ist kontraindiziert bei Menschen, die mit hoher Erregung auf diese Art der Kontaktaufnahme reagieren. Hier kann z.B. eine vom Therapeuten gespielte resonanzreiche Musik ohne Aufforderungscharakter i.S. des TBQ Modus 0 ein angemesseneres Begrüßungsritual sein.

6.3.5 Belastungszeichen durch fehlende Pausen

Bei Menschen, die ihre Aufmerksamkeit gemeinsam mit dem Therapeuten auf etwas Drittes wie z.B. ein Lied richten können (Inter-Attentionalität) oder die Fähigkeit entwickelt haben, gemeinsam mit dem Therapeuten zu spielen oder zu singen (Inter-Intentionalität), ist es von besonderer Bedeutung, Pausen als eine Fähigkeit zur Selbstregulation wahrzunehmen und zu respektieren. Pausen können sich z.B. im Abwenden des Blickes, im Schließen der Augen oder im Senken des Kopfes zeigen. Eine Pause im Sinne des Modus 4 dient der Verarbeitung von Erlebtem. Forciert der Therapeut während einer Pause erneute Aufmerksamkeit oder erneuten Kontakt, so werden die Fähigkeiten und die Bedürfnisse des Menschen mit schwerster Mehrfachbehinderung übergangen. Das soeben Erlebte kann keine tiefen Spuren hinterlassen, da die Zeit zur Verarbeitung gestört wurde. Geschieht dies nicht nur einmalig, sondern wird das Bedürfnis nach einer Pause permanent übersehen oder übergangen, so können durch diese Überstimulation vermehrt Belastungszeichen auftreten.

Beispiel Thomas (10): *Thomas kann zwar nur sehr wenige Worte sprechen, hat aber einen passiven Wortschatz, der es ihm zumindest ermöglicht, auf Fragen, die ihm im Alltag gestellt werden, zu reagieren. Er lächelt oder lacht oder reagiert mit kurzen Lautäußerungen. Wie viel er sehen kann, ist nicht klar festzustellen. Er kann keinen Blickkontakt aufnehmen, jedoch wendet er seinen Kopf seinen Mitmenschen zu.*

Das Zeitdiagramm der gesamten Stunde zeigt keine relevanten Stellen mit auffallend hoher Belastung, oder auffallender Ruhe, jedoch nehmen Belastungszeichen im Verlauf der Therapiestunde zu. Die musiktherapeutischen Interventionen bleiben über die gesamte Stunde relativ konstant. Der Therapeut spielt Thomas Volks- und Kinderlieder vor und möchte ihn bei manchen Liedern zum Mitspielen animieren. Dazu ist ein Ständer neben Thomas aufgestellt, an dem verschiedene Perkussionsinstrumente hängen. Thomas kann nach dem Ständer greifen, ihn hin und her bewegen und so die Instrumente zum Klingen bringen. Die musikalischen Mittel, die der Therapeut zur Aktivierung einsetzt, sind Steigerungen der Dynamik, Ritardandi (langsamer werden, hier mit Aufforderungscharakter), Crescendi (lauter werden), Tremoli, deutliche Rhythmisierungen und minimale zeitliche Verzögerung von Worten des Liedtextes. Thomas reagiert hierauf mit verschiedenen Verhaltensweisen. Um diese differenziert zu betrachten und um mögliche Gründe für seine steigende Anspannung besser erfassen zu können, wurden einzelne Aspekte des Modus 4 (Inter-Attentionalität, Inter-Intentionalität und die Fähigkeit, sich durch Pausen zu regulieren) für die Analyse getrennt eingeschätzt und wie folgt unterschieden:

Inter-Attentionalität: Thomas‘ Lauschen und sein Reagieren auf die Musik des Therapeuten steht im Vordergrund.

Inter-Intentionalität: Thomas spielt gemeinsam mit dem Therapeuten.

Pausen: Thomas senkt den Kopf.

Abbildung 19 zeigt diese verschiedenen Aspekte der Einschätzung im Zeitdiagramm.

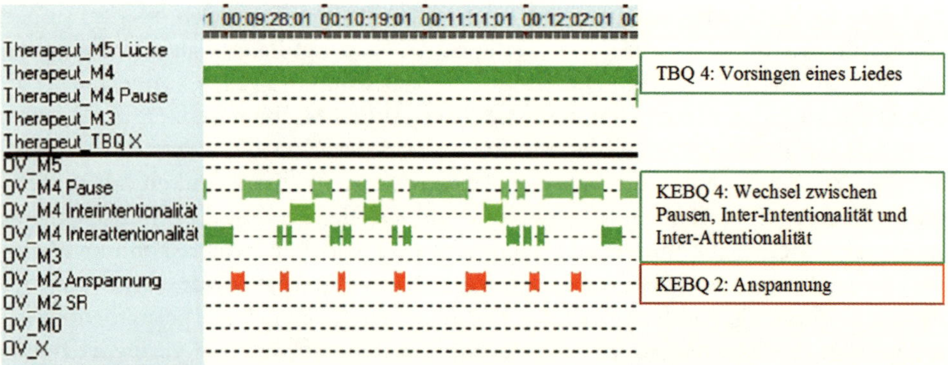

Abb. 19: Wechsel zwischen Pause, Inter-Intentionalität, Inter-Attentionalität und Anspannung

Ob sich im Senken des Kopfes tatsächlich das Bedürfnis nach einer Pause ausdrückt, ist nicht eindeutig nachzuweisen. Hier könnte jedoch eine Erklärung für die Zunahme von Anspannung im Verlauf der Stunde liegen: wenn Thomas durch das Senken des Kopfes tatsächlich das Bedürfnis nach einer Pause ausdrückt, dies aber bei der Intervention nicht berücksichtigt wird, so könnte er aus diesem Grund zunehmend in Anspannung geraten, da er keine Zeit zum Verarbeiten des Erlebten hat. Dafür spricht das Ausbleiben von Anspannungszeichen, als der Therapeut selbst eine Pause macht.

Die Rücksprache mit dem Therapeuten ergab, dass Thomas zunehmend passiv werde, wenn man ihn nicht aktiviere. Die Beschreibung von Interventionen in der TBQ-Skala zeigt, dass zwischen einer Aktivierung zum Mitmachen und einer reinen Passivität noch weitere Interventionsmöglichkeiten liegen, die für Thomas evtl. hilfreich sein könnten. Durch seine Körperbehinderung ist es Thomas nicht möglich, sich rhythmisch auf das Spiel des Therapeuten zu beziehen (Modus 4). Jedoch könnten Interventionen, die direkt ausgehend von Thomas‘ körperlichen, instrumentalen und stimmlichen Äußerungen gestaltet werden, sein Erleben von Urheberschaft und Selbstwirksamkeit unterstützen (Modus 3). Ob diese Interventionen Thomas‘ Fähigkeiten und seinen Bedürfnissen mehr entsprechen, muss erneut aus der Beobachtung von Thomas‘ Reaktionen geschlossen werden.

Hinweise für Interventionen während einer Pause: Lässt der Therapeut eine Pause, so ist die Qualität dieser Pause von wesentlicher Bedeutung. Lässt die Pause einen freien Raum, in dem Erlebtes verarbeitet und Neues entstehen kann? Oder baut sich in der Stille zunehmend die Erwartungshaltung des Therapeuten auf, dass der Mensch mit schwerster Mehrfachbehinderung nun doch wieder Kontakt aufnehmen oder erneut spielen möge? Hierfür ist die innere Haltung des Therapeuten entscheidend, die sich dann entsprechend in seinem Verhalten zeigt.

6.3.6 Belastungszeichen im Kontext von Liedern und Lückeliedern (TBQ 5)

Bei Interventionen, die die Motivation oder Aktivierung eines Menschen zum Ziel haben, ist die Beobachtung von Belastungszeichen von wesentlicher Bedeutung. Diese zeigen an, ob ein Mensch die Fähigkeit zum Nach- oder Mitmachen entwickelt hat oder ob er von Interventionen dieser Art überfordert ist. Überforderung kann aus unterschiedlichen Gründen zustande kommen. Entweder ist ein Mensch aufgrund seines emotionalen Entwicklungsstandes nicht dazu in der Lage, sich auf einen anderen Menschen zu beziehen, und kann dessen Erwartungen nicht erfüllen, oder physische Beeinträchtigungen (Körper- und Sinnesbehinderungen) verhindern das Mitmachen nach den Vorgaben des Therapeuten. Besonders bei Menschen mit Körperbehinderungen kann es sein, dass der Wunsch zu reagieren und mitzumachen zwar vorhanden ist, jedoch die körperlichen Voraussetzungen es nicht erlauben. Besonders die Anforderung, mit rhythmischer Bezogenheit zu spielen, kann durch eine Körperbehinderung erschwert werden. Oder es kostet einen Menschen körperliche Anstrengung, sich z.B. stimmlich zu äußern.

Beispiel Sonja (12): *Sonja ist im Kontakt zu anderen Menschen sehr freudig und reagiert auf Ansprache oft mit Lachen. Ein Sprachverständnis für einfache Sätze ist vorhanden, sie selbst kann auch wenige Worte sprechen. Jedoch scheint sie der sprachliche oder stimmliche Ausdruck sehr anzustrengen, denn er geht oft mit körperlicher Anspannung einher. Bei ansteigender Belastung winkelt Sonja ihre Arme zunehmend nach oben an. Schließlich grimassiert sie und überstreckt den Körpers nach hinten. Sonja kann sich nicht über den Blickaustausch mit einem anderen Menschen regulieren, da sie blind ist. Vermutlich folgt aus dieser fehlenden Regulationsfähigkeit, dass bereits ein minimaler Anstieg ihrer Erregung zu sichtbarer körperlicher Anspannung führt. In der Musiktherapie spielt der Therapeut Lieder und Schlager, die Sonja kennt, und ruft damit große Freude bei ihr hervor. Auch motiviert er sie zum Mitsingen, was meist auch gelingt. Die Hauptursache höherer Belastungszeichen liegt hier bei der physischen Anstrengung, die Sonja aufbringt, wenn sie sich stimmlich äußern möchte. So scheint es für die Therapie mit Sonja sinnvoll zu sein, ihr sowohl die Erfahrung zu ermöglichen, bei Liedern „mitsingen" zu können, als aber auch Stundenteile zu etablieren, in denen sie zur Ruhe kommen und ihren Körper wieder entspannen kann. Da Lieder und Schlager, die Sonja kennt und die ihre Freude hervorrufen, sie zwar zu stimmlichem Ausdruck motivieren, jedoch gleichzeitig zu einer erhöhten Anspan-*

nung führen, könnte es auch hier (wie zuvor auch für Thomas beschrieben) sinnvoll sein, (Situations-)Lieder ausgehend von Sonjas stimmlichem Ausdruck zu gestalten und sie in ihrer Selbstwirksamkeit zu unterstützen (TBQ 3).

Bei Sonja traten zwar hohe Spannungsintensitäten auf, jedoch bewegte sich das Spannungsniveau flexibel auf und ab. Andererseits gab es nur wenige Momente in der Therapie (7,71 % der gesamten Zeit), in denen Sonja keine Belastungszeichen zeigte. Für eine längerfristige Therapieplanung ist es sinnvoll zu überlegen, welche Interventionen hilfreich sein könnten, damit zwischenmenschlicher Kontakt oder auch das gemeinsame Gestalten eines Liedes nicht unter permanenter Überlastung erlebt wird. Vor dem Hintergrund der Überlegung, dass bei einer schwersten Mehrfachbehinderung der Körper als „Gefäß“ für Emotionen nicht ausreichend zur Verfügung steht, können sich musiktherapeutische Interventionen auch hier auf das Körperselbstempfinden richten. Dies bedeutet zunächst den Verzicht auf interpersonellen Kontakt (TBQ Modus 4) und eine Ausrichtung der Aufmerksamkeit auf das Selbstempfinden des Menschen mit schwerster Mehrfachbehinderung. Interventionen hierzu werden ausführlich in Kapitel 7. beschrieben.

6.3.7 Zusammenfassung der Ergebnisse

Die Analyseergebnisse zeigen, in welchen Zusammenhängen in den untersuchten Beispielen Belastungszeichen auftraten. Interessant ist hierbei, dass bei Interventionen, die entweder eine Aktivierung des Körperempfindens bzw. intermodale Verknüpfung zum Ziel hatten (TBQ 1) oder bei Interventionen zur Affektabstimmung und Affektgestaltung (TBQ 2) Belastungszeichen immer ausblieben. Weiterhin zeigen die Ergebnisse der Analysen deutlich, dass ein entwicklungspsychologisch orientiertes Vorgehen, bei dem der Therapeut seine Interventionen ausgehend vom Entwicklungsstand und der Befindlichkeit des Menschen mit schwerster Mehrfachbehinderung gestaltet, zum Ausbleiben von Belastungszeichen führt. Neben der Fähigkeit des Therapeuten, Verhaltensweisen und Äußerungen differenziert zu interpretieren und sich in das affektive Erleben des Menschen mit schwerster Mehrfachbehinderung einzufühlen, ist daher die gezielte Anwendung entsprechender Interventionen von wesentlicher Bedeutung. Diese werden im folgenden Kapitel ausführlich beschrieben.

7 Affektregulation bei Menschen mit schwerster Mehrfachbehinderung

7.1 Musiktherapeutische Interventionen zur Affektregulation

In der entwicklungspsychologisch orientierten musiktherapeutischen Arbeit mit Menschen mit schwerster Mehrfachbehinderung führen häufig Interventionen zu Ruhe und Aufmerksamkeit, die auf eine Aktivierung des Körperempfindens zielen. Dies lässt Rückschlüsse auf mögliche Ursachen von Anspannung, stereotypen und selbststimulierenden Verhaltensweisen zu. Schwerste Körperbehinderungen können dazu führen, dass Bewegungen, durch die ein Mensch Stimulation erfährt und/ oder seinen Körper spürt, nur sehr eingeschränkt möglich sind. Vor diesem Hintergrund sind Selbststimulationen die einzigen Möglichkeiten, sich selbst ein Empfinden für den eigenen Körper zu verschaffen. Weiterhin scheinen die Körperbehinderungen dazu zu führen, dass Erregung nicht ausreichend reguliert werden kann. Bewegungen zur Abfuhr von Anspannung, Bewegungen zur Körpermitte hin (siehe „Selbstberuhigungszeichen", Kap. 3.3), aktive Suche nach Hilfe bei anderen Menschen, Bewegungen, mit denen ein Mensch die Aufnahme von Reizen selbst regulieren kann etc., sind kaum möglich. Der Körper steht als „Gefäß für Emotionen" nicht zur Verfügung, so dass Menschen mit schwerster Mehrfachbehinderung in Belastungssituationen schnell „außer sich" geraten. Bei Interventionen zur Regulation des Erregungsniveaus geht es um die Frage, wie ein Mensch mit schwerster Körperbehinderung dabei unterstützt werden kann, immer wieder „zu sich" und „zu seinem eigenen Körper" zu kommen. In den analysierten Beispielen führte das Spüren des eigenen Körpers oder des eigenen Atems in Verbindung mit entsprechender Musik zu einem Ausbleiben von Belastungszeichen. Dazu werden nun folgende Interventionstechniken genauer beschrieben:

1. Singen im Atemrhythmus

2. Aktivierung des Körperempfindens

3. Intermodale Verknüpfung (Bewegungen hörbar machen)

4. Musikalisches Begleiten und Umspielen von Bewegungen

Diese Interventionen werden durch weitere Beschreibungen ergänzt, bei denen der Therapeut vorrangig musikalische Mittel zur Affektregulation einsetzt:

5. Affektabstimmung und Affektgestaltung

6. „Ruhe gegen Unruhe"

7.1.1 Singen im Atemrhythmus

Das Singen im Atemrhythmus des Patienten ist eine Interventionstechnik, die vor allem für die musiktherapeutische Arbeit mit Menschen im Wachkoma beschrieben wurde (Gustorff, 2007; Farhi, 2009). Singen im Rhythmus des Atems eines anderen Menschen ist etwas Nahes und Intimes und kann eine Verbindung zu Menschen ermöglichen, die kaum Ausdrucksmöglichkeiten zur Verfügung haben. Nach Farhi ist der Atem „vegetativer und emotionaler Ausdruck inneren und äußeren Erlebens" (Farhi, 2009, S. 29).

Die Ergebnisse der Untersuchung in Kapitel 6 zeigten, dass das Singen im Atemrhythmus häufig zu einem Ausbleiben von stereotypen und selbststimulierenden Verhaltensweisen führte. Der Therapeut richtet seine Aufmerksamkeit ganz auf den Atemrhythmus des Menschen mit schwerster Mehrfachbehinderung. Das Singen des Therapeuten wird ausgehend von diesem Rhythmus gestaltet. Bei Menschen, die sich berühren lassen, kann der Therapeut zunächst den Atem „erspüren", indem er z.B. seine Hände auf die Punkte des Körpers auflegt, die durch den Atem bewegt werden. Bei einer flachen Atmung ist dies häufig der Oberkörper/ Brust, bei einer tiefen Atmung der Bauch. Diese Berührungen dienen einerseits dem Therapeuten, den Atemrhythmus genau zu erspüren, andererseits kann hierdurch auch für den Menschen mit schwerster Mehrfachbehinderung das Empfinden des eigenen Atems und des eigenen Körpers möglich werden (vgl. hierzu auch Farhi, 2009, S. 30).

Bei Menschen, die sich nicht berühren lassen, kann der Therapeut den Atemrhythmus auch ausschließlich stimmlich oder instrumental hörbar machen. Diese Intervention kann jedoch nur gelingen, wenn der Mensch mit schwerster Mehrfachbehinderung den Zusammenhang zwischen den Klängen des Therapeuten und seiner Atembewegung herstellen kann. Da das Körperempfinden hierdurch vermutlich nicht oder nur kaum verändert wird, kann es sinnvoll sein, „Hilfsmittel" wie Hängematte, Schaukel etc. einzusetzen (siehe 7.1.2).

In den analysierten Beispielen singt die Therapeutin zu jedem Ausatmen einen Ton und gestaltet daraus eine einfache Melodie. Die Fokussierung auf das Ausatmen ist mit dem Ziel verbunden, das „Lösen" der Anspannung in den Mittelpunkt zu stellen. Die Intensität des Singens ist hierbei von wesentlicher Bedeutung für die Regulation und muss auf die Intensität der Körperspannung des Menschen mit schwerster Mehrfachbehinderung abgestimmt sein. Dies bedeutet, sie muss intensiv genug sein, um den Menschen mit schwerster Mehrfachbehinderung zu erreichen und ihm affektiv zu begegnen, andererseits aber auch nicht zu laut, um nicht erneut zu einer emotionalen Übererregung zu führen. Ziel ist, dass der Mensch mit schwerster Mehrfachbehinderung durch diese Intervention, mit der der Atem in den Mittelpunkt gestellt wird, seinen Atem und seinen Körper besser empfinden kann, er auf diesem Weg zu sich und zur Ruhe kommt und Belastungszeichen ausbleiben.

Ist ein Mensch ruhig und aufmerksam, kann es durch Berührungen in Verbindung mit Körperspielliedern, Klanggesten oder Situationsliedern gelingen, ihm seinen Körper bewusst zu machen. Voraussetzung ist, dass Berührungen positiv erlebt werden können. Von Seiten des Therapeuten kommt es zum Gelingen der Intervention sehr auf die Qualität des Körperkontaktes an. Jegliche Berührung findet im Rahmen einer Intervention statt und der Therapeut gestaltet diese Berührung in ihrer Intensität, ihrem Tempo und ausgehend vom körperlichen und emotionalen Ausdruck des Menschen mit schwerster Mehrfachbehinderung. Hier gilt es zunächst, das Bewusstsein des Therapeuten über die Qualitäten von Berührungen zu schulen.

7.1.2 Aktivierung des Körperempfindens

Nimmt man als zentrale Ursache für das häufige Vorkommen von Belastungszeichen bei Menschen mit schwerster Mehrfachbehinderung das beeinträchtigte Körperempfinden an, so sind Interventionen sinnvoll, die dieses in den Mittelpunkt stellen. Das Körperselbstempfinden kann aktiviert werden, wenn der Therapeut den Körper des Menschen mit schwerster Mehrfachbehinderung ausgehend von dessen Körperlichkeit (Körpergewicht, Körperspannung) bewegt. Je nachdem, wie groß und schwer ein Mensch ist, und vor allem abhängig von der Frage, ob er sich beruhren lasst, konnen hier verschiedene Moglichkeiten eingesetzt werden:

- **Bewegen auf dem Schoß des Therapeuten:** Der Vorteil des Haltens auf dem Schoß ist hier, dass auch minimale Bewegungsimpulse des Menschen mit schwerster Mehrfachbehinderung vom Therapeuten gespürt und aufgegriffen werden können. Die Frage, ob das Sitzen auf dem Schoß des Therapeuten wegen des Alters und der Lebenserfahrung erwachsener Menschen unangemessen ist, oder ob der Nutzen dieser Intervention im Vordergrund steht, ist für jeden Menschen individuell zu überlegen. Ist das Sitzen auf dem Schoß des Therapeuten nicht möglich, so kann auch ein guter Körperkontakt im nebeneinander Sitzen (z.B. auf einem höhenverstellbaren Bett oder einem Sofa) entstehen. Hier stützt der Therapeut den Körper des Menschen mit Behinderung und kann dessen Bewegungsimpulse erspüren und aufgreifen.

- **Schaukeln in der Hängematte:** Das Schaukeln in der Hängematte ist eine gute Möglichkeit, einen Menschen ausgehend von seiner Körperlichkeit zu bewegen. Hierbei ist es wichtig, dass die Hängematte weit genug schwingen kann, damit die Schaukelbewegung gut spürbar wird. Bei einer Aufhängung an langen Seilen sind große Schaukelbewegungen möglich, so dass am tiefsten Punkte dieser Schaukelbewegungen der eigenen Körper sehr gut spürbar werden kann. Zu berücksichtigen ist hier, dass für Menschen, die über Jahre hinweg vorwiegend das Sitzen im Rollstuhl oder das Liegen im Bett kennen, ein sich bewegender Untergrund wie das Tuch einer Hängematte sehr verunsichernd wirken und auf diesem Weg zu Anspannung führen kann.

• **Wiegen im Rollstuhl oder in der Rollstuhlschaukel:** Dies sind Möglichkeiten für Menschen, für die ein Wechsel vom Rollstuhl in eine andere Sitz- oder Liegemöglichkeit aus körperlichen Gründen nicht möglich ist. Zum Wiegen kann der Rollstuhl nach hinten angekippt und vor und zurück bewegt werden. Bei einer Rollstuhlschaukel wird der komplette Rollstuhl an stabilen Seilen befestigt und mit Ratschenzügen in einem Schaukelgestell nach oben gehoben. Hier ist allerdings zu beachten, dass ein Mensch auf diese Weise nicht ausgehend von seinem Eigengewicht bewegt werden kann, da der Rollstuhl selbst ein hohes Gewicht hat und nur kleine Schaukelbewegungen möglich sind. So wird der Körper hier zwar in Bewegung versetzt, sein eigenes Gewicht wird aber für den Menschen mit schwerster Mehrfachbehinderung kaum spürbar. Für diese Art der Bewegung ist es wichtig, sich beim Hersteller des Rollstuhls über die Eignung des Rollstuhlgestells für das Wiegen bzw. Schaukeln zu informieren.

• **Berühren und Bewegen im Liftertuch:** Für viele Menschen mit schwerster Mehrfachbehinderung wird für den Transfer vom Bett in den Rollstuhl und umgekehrt ein Lifter eingesetzt. Oftmals ist bereits beim Anheben des Liftertuches, das sich ganz um den Körper legt, eine körperlich-emotionale Veränderung zu beobachten: viele Menschen mit schwerster Mehrfachbehinderung entspannen sich und Stereotypien oder selbststimulierende Verhaltensweisen bleiben aus. Ist ein Mensch im Liftertuch angehoben, besteht die Möglichkeit, seinen Rücken mit Körperliedern zu „bespielen“ und zu berühren, da besonders dieser Körperteil beim Sitzen im Rollstuhl „unbelebt“ bleibt. Bei all diesen Möglichkeiten geht es nicht um ein bloßes Bewegen des Körpers, sondern darum, dass der Mensch mit schwerster Mehrfachbehinderung seinen eigenen Körper positiv empfinden kann.

Es gibt inzwischen einige Hersteller, die verschiedene Schaukel- und Bewegungsmöglichkeiten speziell für Menschen mit Behinderungen anbieten. Sollen diese im Sinne der hier genannten Interventionen eingesetzt werden, so ist es wichtig, ein Gerät zu wählen, das kein zu großes Eigengewicht hat und ausladend genug schaukelt, damit am tiefsten Punkt der Schaukelbewegung der Körper spürbar werden kann.

Alle Bewegungen werden ausgehend vom Körpergewicht, der Körperspannung und - je nach Ziel der Intervention - auch ausgehend von den Bewegungen und Äußerungen eines Menschen gestaltet. Der Therapeut verbindet sie mit Gesang oder Klängen, um Sinneswahrnehmungen zu verknüpfen (siehe hierzu auch „intermodale Verknüpfung“, Kap. 7.1.3) und um eine wiederholbare Form zu schaffen, die wiedererkennbar und somit auch Halt gebend ist. Im Beispiel zu Marie (Kap. 6.3.2) wird deutlich, wie das Spürbarwerden des eigenen Körpers zunächst zu einer erhöhten Aufmerksamkeit und schließlich zu interpersonellem Kontakt führt.

Auch durch resonanzreiche Instrumente, wie z.B. Körpertambura oder Klangschalen, die ihre Schwingungen an den Körper des Menschen mit schwerster Mehrfachbehinderung weitergeben, kann das Körperempfinden aktiviert werden. Nimmt der Therapeut die Stimme hinzu und singt z.B. eine Melodie in der Tonalität der Instrumente, wird die Intervention gestaltet und es ist möglich, eine wiederholbare Form zu schaffen.

Die Erfahrung zeigt, dass die oben genannten Interventionen zwar das Körperempfinden aktivieren können, jedoch scheint dieses Empfinden oftmals mit dem Ende der Intervention auch wieder „verloren" zu gehen, ohne dass ersichtlich wird, welche Spuren diese Erfahrung hinterlässt. Die Untersuchung, ob mit einer höherfrequenten Therapie das Körperempfinden tatsächlich dauerhaft verbessert werden könnte, oder ob es sich hier um unveränderliche behinderungsspezifische Bedingungen handelt, ist eine weitere Studie wert.

Körperlieder oder Spiellieder, bei denen Lieder über den Körper gesungen werden, verbunden mit Bewegungen, Klanggesten (z.B. Beklatschen, „Body-Percussion", etc.) oder rhythmischen Berührungen, zielen auf das Bewusstmachen des Körpers (TBQ 3). Wie schon erwähnt, sind diese Interventionen nur dann sinnvoll, wenn ein Mensch bereits einen Zusammenhang zwischen den therapeutischen Interventionen und seinem eigenen Körper herstellen kann. Je stärker das Körperempfinden gestört ist, desto notwendiger wird es, wie oben beschrieben, ausgehend von der Körperlichkeit eines Menschen zu arbeiten, damit er zunächst ein Empfinden für den eigenen Körper entwickeln kann.

Lässt ein Mensch sich nicht berühren, so ist es für die Entwicklung zwischenmenschlicher Beziehungsfähigkeit von wesentlicher Bedeutung, dass positive Erfahrungen mit dem eigenen Körper und im Körperkontakt mit anderen Menschen gemacht werden können. Auch die Erkenntnisse der Säuglingsforschung zeigen, wie wichtig positive Berührungserfahrungen für die Entwicklung des Körperempfindens und der Selbstregulation sind. Anders jedoch als in der Beziehung zwischen Mutter und Säugling finden Berührungen in der therapeutischen Beziehung sehr gezielt und nur im Kontext bestimmter Interventionen statt.

Joanna (6) ließ noch vor einigen Jahren kaum Berührung zu. Zwar war die alltägliche Körperpflege durch Betreuer und Pfleger möglich, während der Therapie wehrte sie jedoch zunächst fast jegliche Berührung ab. Einzig kurze Berührungen ihrer ausgestreckten Füße und Zehenspitzen, verknüpft mit perkussiven Lauten wie z.B. Schnalzen, die in einer musikalischen Form gestaltet wurden, ließ sie zu. Über Monate hinweg konnte sie mehr und mehr Körperkontakt zulassen und die Berührungen konnten zunächst auf die Beine und schließlich weiter auf Fingerspitzen, Hände, Arme und schließlich auch den Rücken erweitert werden. Inzwischen duldet sie nicht nur diese Berührungen, sondern genießt sie auch. Bei engen Bezugspersonen wünscht sie nun Körperkontakt und scheint ihn auch regulierend zu erleben. Dies ist die Basis jeglicher weiterer Therapieplanung, da viele neue Situationen für Joanna angstbesetzt sind. Erst wenn sie den Kontakt zu anderen Menschen als regulierend erleben kann, ist es sinnvoll, sie an neue Erfahrungen heranzuführen.

7.1.3 Intermodale Verknüpfung (Bewegungen hörbar machen)

Eine weitere Interventionsmöglichkeit bei stereotypem oder selbststimulierendem Verhalten ist die „intermodale Verknüpfung“ (Schumacher et al., 2013, S. 56 f.), bei der der Therapeut z.B. die stereotypen Bewegungen eines Menschen durch exakte Abstimmung in Rhythmus und Intensität hörbar macht. Wie bereits erwähnt, ist dies jedoch nur sinnvoll, wenn es dem Menschen mit schwerster Mehrfachbehinderung gelingt, eine Verbindung zwischen den hörbaren und den spürbaren Reizen herzustellen. Gelingt diese Verknüpfung, kann es zu einer sogenannten „Kontaktreaktion“ (ebd., S. 81) kommen, bei der ein Mensch mit dem Blick die Quelle der für ihn entstehenden Ordnung sucht.

7.1.4 Musikalisches Begleiten und Umspielen von Bewegungen

Während die oben genannten Interventionen vorwiegend auf das sensorische Empfinden und die Aktivierung des Körperempfindens schwerst mehrfachbehinderter Menschen zielen (TBQ Modus 1), hat das musikalische Begleiten, Umspielen und/oder Imitieren zum Ziel, dem Menschen seine Handlungen und Äußerungen bewusst zu machen. Das Bewusstmachen von stereotypen oder selbststimulierenden Handlungen ist jedoch nur dann sinnvoll, wenn diese Handlungen nicht Ausdruck dringender sensorischer Bedürfnisse sind und sie nicht mit hohen Affekten verbunden sind. Dies ist zum Beispiel der Fall, wenn ein Mensch stereotype Verhaltensweisen als Kompensation entwickelt hat, weil ihm durch seine körperlichen Behinderungen im Alltag wenige Beschäftigungs- und Handlungsmöglichkeiten zur Verfügung stehen. Ziel kann hier sein, dass ein Mensch sich durch seine Bewegungen als selbstwirksam erlebt, er seine Verhaltensweisen variieren kann und er sie in einem spielerischen Kontext neu erlebt. Wichtig ist hierbei, dass der Therapeut seine Intervention gestaltet, damit die Handlungen des Menschen mit schwerster Mehrfachbehinderung in eine wiederholbare Spielform integriert werden.

Ob eine solche Intervention angemessen ist, ist vom Entwicklungsstand und der Befindlichkeit des Menschen mit schwerster Mehrfachbehinderung abhängig und lässt sich an seinen körperlich-emotionalen Reaktionen ablesen. Verändert sich die Affektlage nicht, kommen keine Varianten in den Verhaltensweisen zustande oder steigt sogar die Belastung an, so sollten die Sensorik und die Körperlichkeit des Menschen im Mittelpunkt der Interventionen stehen.

7.1.5 Affektabstimmung und Affektgestaltung

Hohe Affekte kann der Therapeut durch musikalische Affektabstimmung und Affektgestaltung regulieren, wie bereits in den Ausführungen zur TBQ-Skala Modus 2 beschrieben wurde. Der Therapeut begibt sich hier musikalisch direkt in den Affekt hinein, indem er sich dynamisch und rhythmisch genau auf die affektiven

Äußerungen abstimmt und sie gestaltet (vgl. Schumacher et al., 2013, S. 57 f.). Hierdurch erlebt der Mensch mit schwerster Mehrfachbehinderung, dass der Therapeut zwar diesen hohen Affekt mit ihm teilt, ihm aber nicht ausgeliefert ist. Durch das Teilen des Affektes wird dieser regulierbar und der Therapeut kann durch seine musikalische Gestaltung den hohen Affekt zur Ruhe führen. All dies kann jedoch nur gelingen, wenn der Mensch mit schwerster Mehrfachbehinderung die akustischen Interventionen des Therapeuten wahrnehmen kann. Ist dies nicht möglich, so können sich Interventionen auch hier – wie oben beschrieben – auf das Körperempfinden richten mit dem Ziel, einen Menschen, der „außer sich" geraten ist, wieder „zu sich", d.h. zu seinem eigenen Körper zu bringen. Dies ist möglich, indem der Therapeut einen sicheren körperlichen Halt bietet, ohne einen Menschen festzuhalten oder ihn gar zu überwältigen. Diese Vorgehensweise bedarf häufig einer Schulung, damit der Therapeut nicht von eigenen Affekten überflutet wird, sondern sicher mit den hohen Affekten des Menschen mit schwerster Mehrfachbehinderung umgehen kann.

7.1.6 „Ruhe gegen Unruhe"

Bei feinen Belastungszeichen ist oftmals eine ruhige, resonanzvolle Musik im Sinne des TBQ Modus 0 hilfreich. Im Gegensatz zur Affektabstimmung, die im vorigen Abschnitt beschrieben wurde, setzt der Therapeut hier die Ruhe der Musik gegen die Unruhe des Menschen mit schwerster Mehrfachbehinderung. Auch diese Intervention kann nur gelingen, wenn der schwerstbehinderte Mensch die Klänge wahrnehmen und integrieren kann.

7.1.7 Zusammenfassung

Es wurde deutlich, dass bei Interventionen zur Affektregulation die Aktivierung des Körperempfindens sehr wichtig ist. Hierdurch können Affekte reguliert und starke sensorische Bedürfnisse befriedigt werden. Eine Erweiterung der hier beschriebenen Interventionen findet sich bei Decker-Voigt (2016). Die Einschätzung der EBQ-Basisqualität zeigte, dass bei neun von zwölf Probanden die interpersonelle Beziehungsfähigkeit nicht entwickelt war. Mit Blick auf die Erkenntnisse Sroufes steht hier die physische Regulation im Vordergrund (vgl. Kap. 3.1), die sich dann zu einer von der Bezugsperson geleiteten Regulation weiter entwickelt. In der Phase der physischen Regulation ist zunächst eine sehr körpernahe Regulation durch die Bezugsperson notwendig, da sich der Säugling nur im direkten Köperkontakt mit seiner Bezugsperson beruhigen lässt. Erst in der weiteren Entwicklung wird eine Regulation auch aus der „Distanz", d.h. über mimischen oder stimmlichen Austausch möglich.

7.2 Erweiterung des TBQ-sMb Modus 2

Abschließend sollen hier hilfreiche Interventionen zur Affektregulation in einer Erweiterung des TBQ-Modus 2 zusammengefasst werden:

Hauptmerkmal der therapeutischen Intervention ist die Regulation der Anspannung oder Unruhe des Menschen mit schwerster Mehrfachbehinderung, die sich auch in stereotypen, selbststimulierenden oder selbstverletzenden Verhaltensweisen zeigen kann. Auch feine Belastungszeichen werden bei der Intervention berücksichtigt. Der Therapeut wendet vorwiegend körperliche Interventionen an, die mit Musik verbunden werden.

Ausgangspunkt

Ausgangspunkt sind Belastungszeichen des Menschen mit schwerster Mehrfachbehinderung, das heißt Unruhe und/oder Anspannung, die in unterschiedlicher Intensität vorkommen können, oder auch selbststimulierende, stereotype oder selbstverletzende Verhaltensweisen.

Affektlage des Therapeuten

Die Anspannung des Menschen mit schwerster Mehrfachbehinderung oder seine Unruhe können je nach Intensität auch den Therapeuten in eine entsprechend angespannte Affektlage versetzen. Der Therapeut spürt die Dringlichkeit, sich der Regulation des Erregungsniveaus zu widmen. Bei Menschen mit schwerster Mehrfachbehinderung, die Fremd- oder Gegenstandsaggressionen zeigen, fühlt der Therapeut sich u.U. bedroht oder muss das Instrumentarium schützen. Wird der Therapeut mit Blicken oder Handlungen „kontrolliert", fühlt er sich funktionalisiert, d.h. er wird vom Menschen mit schwerster Mehrfachbehinderung nach dessen Bedürfnissen „verwendet".

Arbeitshypothese

Treten beim Menschen mit schwerster Mehrfachbehinderung Belastungszeichen in Erscheinung, muss sich der Therapeut diesen widmen, da ein ausgeglichener affektiver Zustand die Basis für Ruhe und Aufmerksamkeit und vor allem für das Zustandekommen von Kontakt und Beziehung ist. Der Therapeut weiß um die Bedeutung des Körperempfindens für eine ausgeglichene Affektlage und bezieht den Körper entsprechend bei seiner Intervention ein.

Gerichtetheit der Intervention

Die Intervention ist ganz auf die Affektlage, die sich im körperlich-emotionalen Ausdruck zeigt, oder auf die Körperlichkeit einschließlich des Atems des Menschen mit schwerster Mehrfachbehinderung gerichtet.

Intervention

Erkennt der Therapeut frühe Signale von Belastung, passt er seine Interventionen dahingehend an, dass sie keine Überstimulation (oder auch Unterstimulation) für den Menschen mit schwerster Mehrfachbehinderung darstellen. Er vermittelt dem Menschen mit schwerster Mehrfachbehinderung, dass er hohe Affekte nicht nur aushält, sondern sie durch entsprechende musikalische Gestaltung oder körperliche Mittel kanalisieren hilft. Ziel der Intervention ist, dass der Mensch mit schwerster Mehrfachbehinderung die fehlende Erfahrung von Affektregulation erlebt und seinen Körper als „Gefäß für Emotionen" empfinden kann. Stehen Unruhe oder Anspannung mit niedriger Intensität im Vordergrund des körperlich-emotionalen Ausdrucks, so richtet der Therapeut seine Interventionen auf die Körperlichkeit des Menschen mit schwerster Mehrfachbehinderung und versucht, durch ganzkörperliche Bewegung oder Berührung eine Veränderung des Körperselbstempfindens herbeizuführen, die sich dann auf die Affektlage auswirkt.

Musikalische und körperliche Mittel

Die Wahl der körperlichen und musikalischen Mittel ist davon abhängig, welche Ausdrucksweise beim Menschen mit schwerster Mehrfachbehinderung im Vordergrund steht. Auch spielt eine Rolle, inwieweit ausschließlich hörbare Interventionen wirksam werden können, oder ob aufgrund des emotionalen Entwicklungsstandes und der körperlichen Behinderungen immer auch körperliche Mittel einbezogen werden müssen.

a) **Stimulation**: Entspringt die Unruhe des Menschen mit schwerster Mehrfachbehinderung dem Bedürfnis nach Selbststimulation, so wird der Therapeut entsprechende Stimulation, d.h. körperliche Berührungen mit musikalischer Gestaltung oder auch Vibrationserfahrungen über Instrumente anbieten.

b) **Beruhigung**: Der Therapeut setzt der hohen Unruhe des Menschen mit schwerster Mehrfachbehinderung eine Musik mit geringerer Intensität und Dynamik entgegen. Diese kann ausgehend vom Menschen mit schwerster Mehrfachbehinderung gestaltet werden und z.B. seine Bewegungsrhythmen aufnehmen, liegt aber in der Dynamik deutlich unter der Intensität der Unruhe. Tonfolgen sind meist abfallend, das Metrum ruhig. Zu Beginn muss die Dynamik des Spiels intensiv genug sein, um den Menschen mit schwerster Mehrfachbehinderung zu erreichen, wird dann aber zur Regulation leiser und ruhiger.

c) **Aktivierung des Körperselbstempfindens**: Treten Anspannung, Unruhe oder selbststimulierende und stereotype Verhaltensweisen mit geringer Intensität auf, so stellt der Therapeut das Körperselbstempfinden in den Mittelpunkt der Intervention. Ausgehend von der Körperlichkeit des Menschen mit schwerster Mehrfachbehinderung versucht er, den Körper, der „außer sich geraten" ist, wieder „zu sich" zu bringen.

d) Affektabstimmung und Affektgestaltung: Entsprechend des hohen Affektes werden „aushaltende“ Musikinstrumente, die durch ein kraftvolles Spiel nicht beschädigt werden können, angeboten. Ein selbständiges Spiel ist Menschen mit schweren oder schwersten Körperbehinderungen jedoch kaum möglich, so dass meist oben genannte Interventionen im Vordergrund stehen. Der Therapeut wählt für sein Spiel ebenfalls Instrumente, die ein weites dynamisches Spektrum ermöglichen (wie z.B. die Stimme), um den Affektzustand des Menschen mit schwerster Mehrfachbehinderung entsprechend ausdrücken, begleiten und regulieren zu können. Die musikalische Improvisation (Stimme, instrumentaler Ausdruck sowie auch der Text eines improvisierten Liedes) wird dynamisch und rhythmisch genau auf die affektiven Äußerungen des Menschen mit schwerster Mehrfachbehinderung abgestimmt (Affektabstimmung) und formal gestaltet (Affektgestaltung).

Spielraum

Der Spielraum kann bei hohen Affekten von der Anspannung und Unruhe atmosphärisch erfüllt sein. Bei einem niedrigeren Erregungsniveau kann Belastung wie eine „zweite Stimme“ neben anderen Verhaltens- und Ausdrucksweisen vorhanden sein.

8 Die Bedeutung der Affektregulation für die Entwicklung – Zusammenfassung der Ergebnisse und Diskussion

8.1 Affektdysregulation und Therapie

Forschungsergebnisse aus verschiedenen Disziplinen zeigen die wesentliche Bedeutung einer regulierten Affektlage für das Selbstempfinden eines Menschen und ihren Einfluss auf seine Entwicklungsmöglichkeiten. Bei vielen psychischen Störungen stellen jedoch Affektdysregulationen ein wesentliches Problem dar. Die Frage, wie Affektabstimmung und Affektregulation in einer therapeutischen Situation erlebt werden können, wurde bisher noch wenig aufgegriffen und diskutiert. Es gibt zwar mehr und mehr (meist verhaltenstherapeutische) übende Verfahren, die das Erkennen von Emotionen bei sich selbst und bei anderen Menschen schulen, oder Ansätze, die das Bewusstmachen von Emotionen zum Ziel haben. Hier steht jedoch ein kognitiver Zugang im Vordergrund. Schaut man auf die Erkenntnisse der Entwicklungspsychologie (vgl. Kap. 3.1), so ist das Erleben von Interaffektivität jedoch ein Vorläufer der späteren Fähigkeit zur Selbstregulation. Nur die Erfahrung, dass das eigene innere Erleben mit einem anderen Menschen geteilt und dadurch reguliert werden kann, führt zur Stabilisierung einer zwischenmenschlichen Beziehungsfähigkeit, die Voraussetzung für jegliche weitere Entwicklung ist.

In den folgenden Kapiteln werden zunächst Ergebnisse dieser Arbeit diskutiert (Kapitel 8.1). Weiterhin werden Möglichkeiten aufgeführt, die die Untersuchungsmethodik und Ergebnisse dieser Arbeit ergänzen könnten (Kapitel 8.2). In Kapitel 8.3 werden die Ergebnisse dieser Arbeit nochmals zusammengefasst und die Relevanz einer entwicklungspsychologisch orientierten Vorgehensweise für den Anwendungsbereich schwerste Mehrfachbehinderung hervorgehoben.

8.2 Entwicklungspsychologisch orientierte Musiktherapie bei Menschen mit schwerster Mehrfachbehinderung - Diskussion

In den folgenden Abschnitten werden verschiedene Fragen diskutiert, die im Kontext dieser Arbeit entstanden.

Musiktherapeutische Ansätze für Menschen mit schwerster Mehrfachbehinderung: Wohin gelangt man in der musiktherapeutischen Arbeit mit einer analytischen Sichtweise, wohin mit einer entwicklungspsychologisch orientierten und wohin, wenn jegliche Äußerung als „Musik“ verstanden und aufgegriffen wird? Und welche dieser Herangehensweisen ist am hilfreichsten? Vermutlich ist es gar nicht möglich, diese Diskussion allein aus methodischer Sicht zu führen, sondern es muss ein sehr feines Gefüge betrachtet werden. Dieses besteht aus dem *Patienten* mit seinen spezifischen Fähigkeiten und Bedürfnissen, der *musiktherapeutischen Vorgehensweise* mit der jeweiligen theoretischen Basis und der *Persönlichkeit des Therapeuten* mit seiner emotionalen und (musizier-) praktischen Kompetenz. Das Gefüge muss zusammen passen, damit in der Therapie beziehungsstiftende Momente entstehen und musiktherapeutische Interventionen wirksam werden können.

Mit einem Blick zurück auf Kapitel 1.3, in dem musiktherapeutische Veröffentlichungen zur Arbeit mit Menschen mit schwerster Behinderung vorgestellt wurden, scheint in der analytischen Vorgehensweise Beckers der therapeutische Prozess sehr vom Empfinden der Therapeutin geprägt zu sein. Vermutlich haben viele Therapeuten, die mit schwerstbehinderten Menschen arbeiten, schon ähnliche Zweifel und Unsicherheiten erlebt und kennen dies als ernstzunehmende Krise in der Arbeit. Becker zeigt hier eine große Offenheit und Fähigkeit, all die Schwierigkeiten, die in der Musiktherapie mit „nicht-dialogfähigen" Menschen auftreten können, zu empfinden und zu beschreiben. Dies kann Mut machen, sich eigene Gefühle der Hilflosigkeit und des Zweifels einzugestehen. Jedoch ist es für schwerstbehinderte Menschen, die z.T. die Empfindungen anderer Menschen sehr ungefiltert und direkt spüren, therapeutisch nicht sinnvoll und vermutlich sogar sehr belastend, über lange Zeiträume dem Zweifel des Therapeuten und seiner Angst vor Kontaktabbruch ausgesetzt zu sein. Vor allem ist es wichtig, dass der Therapeut zwischen Gegenübertragung, also seiner Resonanz auf die Übertragung des Patienten, und seiner eigenen Übertragung unterscheidet. Sind seine Empfindungen tatsächlich im inneren Austausch mit seinem Gegenüber entstanden? Oder zeigen die Empfindungen des Therapeuten sein eigenes Erschrecken, seine Ängste etc. und stellen somit vielmehr die eigene Übertragung auf Menschen mit schwersten Behinderungen generell dar?

Eine klassische psychoanalytische Arbeit ist mit Menschen mit schwerster Mehrfachbehinderung aufgrund der fehlenden Mentalisierungsfähigkeit nicht möglich. Jedoch verdeutlichen Autoren mit psychoanalytischem Hintergrund die Bedeutung des in Kap. 6.1 genannten „Einfühlens" in den Patienten. Ohne eine emotionale Resonanz des Therapeuten, ohne eine Berührung des Inneren von Patienten und Therapeuten, auch wenn diese unbewusst bleibt, ist eine emotionale Begegnung nicht möglich. Versteht man den Begriff Gegenübertragung ganzheitlich und betrachtet – so wie Thomä und Kächele zitieren - „*alle* Gefühle des Analytikers seinen Patienten gegenüber als Gegenübertragung" (Heimann, 1950; in: Thomä & Kächele, 1989, S. 86, Hervorhebung im Original), so wird deutlich, auf welchem Wege Ansätze der Psychoanalyse die Reflektion des Therapeuten über seine Arbeit mit Menschen mit schwerster Mehrfachbehinderung bereichern können. Die Resonanz auf den Patienten wird sich im Empfinden und Denken des Therapeuten wiederfinden und somit auch seine Interventionen steuern. Je mehr sich der Therapeut auch diesen Prozessen bewusst wird, desto besser kann er sich ganz auf den Patienten und seine Bedürfnisse einlassen. Wichtig ist, immer wieder zu betonen, dass zunächst die Entwicklung des „Selbst" ganz im Vordergrund stehen muss, bevor es in der Therapie mit Menschen mit schwerster Mehrfachbehinderung um ein „Ich“ und ein „Du“ im Sinne der Interpersonalität gehen kann. Auch, wenn die emotionale Resonanz des Therapeuten das Geschehen mitbestimmt, so tritt der Therapeut als Person hier zunächst in den Hintergrund und dient mit seinen Interventionen der (Kern-)Selbstentwicklung.

Die entwicklungspsychologisch orientierte Vorgehensweise, wie sie von Schumacher und Calvet entwickelt wurde, ist bislang einzigartig in ihrer Beschreibung von Entwicklungsschichten, die der interpersonellen Beziehungsfähigkeit vorausgehen. Kein anderes diagnostisches Instrument beschreibt diese so detailliert wie das EBQ-Instrument. Dies gilt ebenso für die Beschreibungen von therapeutischen Interventionen in der TBQ-Skala, die auch dann wirksam werden können, wenn ein Mensch die Fähigkeit zum Nach- und Mitmachen nicht entwickelt (oder wieder verloren) hat. Die Beschreibungen der Modi 0 – 3 geben klare Hinweise, wie der Therapeut ganz ausgehend von der Befindlichkeit und den Äußerungen eines Menschen arbeiten kann. Die Ergebnisse der vorliegenden Arbeit zeigten sehr deutlich die Wirkung einer solchen Vorgehensweise: es traten deutlich weniger Belastungszeichen auf, die Menschen mit schwerster Mehrfachbehinderung konnten in einen Kontakt zu sich selbst kommen oder nahmen Kontakt zum Therapeuten auf. Dies ist nicht nur ein Hinweis darauf, wie hilfreich eine entwicklungspsychologisch orientierte Vorgehensweise ist, sondern dieses Ergebnis ist auch richtungsweisend für die Gestaltung von Therapien und Gruppenangeboten bei Menschen mit schwerster Mehrfachbehinderung: je stärker ein Mensch in seiner Beziehungsfähigkeit eingeschränkt ist, desto wichtiger ist es, dass Therapien und Angebote von ihm ausgehend gestaltet werden und nicht von ihm verlangt wird, dass er sich auf den Therapeuten und das Gruppengeschehen beziehen kann. Meist wird bei Gruppenangeboten davon ausgegangen, dass ein Mensch unabhängig von aktiver Teilnahme zumindest von der Gruppenatmosphäre profitiert. Auch hier ist die Beobachtung seines körperlich-emotionalen Ausdrucks eine Hilfe. Ein ruhiger, aufmerksamer Ausdruck weist darauf hin, dass die Reize integriert werden können. Belastungszeichen hingegen können auf eine Überforderung hinweisen.

Affektregulation und Ethik: Eine häufig gestellte Frage bezieht sich auf die „ethische Vertretbarkeit“ eines Ansatzes, der die Erfahrung von affektiver Regulation in der Therapie als eine wichtige Voraussetzung für das Wohlbefinden und die weitere Entwicklung ansieht. Interventionen zur Affektregulation werden von den Fragenden oft als ein Eingriff in den individuellen Ausdruck und die Persönlichkeit des Menschen mit schwerster Mehrfachbehinderung angesehen. Aus entwicklungspsychologischer Sicht ist auch hier die Unterscheidung zwischen einem persönlichen, individuellen Ausdruck einerseits und durch unregulierbare sensorische und affektive Bedürfnisse hervorgerufenen Verhaltensweisen andererseits hilfreich. Handelt es sich tatsächlich um einen intendierten Ausdruck (in der Sprache des EBQ-Instrumentes Modus 3: ein Mensch hat ein Selbstempfinden entwickelt und erlebt sich als Urheber seiner Bewegungen und Äußerungen) oder sind Bewegungen Ausdruck von Unruhe, Getriebenheit oder sensorischen Bedürfnissen? Emotionale Not wird verharmlost, wenn jegliches Verhalten als individueller gestalterischer Ausdruck betrachtet wird.

Wichtig ist es in diesem Zusammenhang, den Stellenwert von Interventionen zur Affektregulation zu betonen: Ziel ist nicht die „Ruhigstellung“ von Menschen mit schwerster Mehrfachbehinderung, sondern es geht um die Hinführung zu einer Affektlage, die es einem Menschen erlaubt, aus seiner Welt der Stereotypien, Selbststimulationen, Anspannung und Unruhe herauszutreten und sich für sich selbst und seine Umwelt zu öffnen. Dabei ist ein Wechsel verschiedener Erregungsniveaus, die der Mensch mit schwerster Behinderung im Austausch mit dem Therapeuten erlebt, hilfreich und führt in die weitere Entwicklung.

Therapiefrequenz und Wirkung: Die Videoanalysen zeigten, dass Belastungszeichen, hier vor allem stereotype oder selbststimulierende Verhaltensweisen, häufig zumindest für die Dauer von Interventionen ausblieben, die das Körperempfinden aktivierten. Traten sie im Anschluss aber nach kurzer Zeit wieder auf, entstand die Frage, ob eine solche Intervention hilfreich sei. Schaut man auf die Beschreibung möglicher Ursachen stereotyper oder selbststimulierender Verhaltensweisen, so wird deutlich, dass häufig ein beeinträchtigtes Körperempfinden, bedingt durch schwere körperliche Behinderungen, Ursache dieser Verhaltensweisen ist. Interventionen können nun zwar das Körperempfinden aktivieren, so dass sich ein Mensch zumindest teilweise spüren kann, jedoch kann kaum ein Einfluss auf die Körperbehinderung genommen werden. Erkenntnisse der Hirnforschung lassen dennoch vermuten, dass die Erfahrung positiver affektiver Regulation im Gehirn Spuren hinterlässt. So kann zwar die körperliche Situation nicht verändert werden, jedoch wird sich die seelische Befindlichkeit eines Menschen verändern. Dies ist besonders dann der Fall, wenn es ihm auf der Basis einer regulierten Affektlage möglich wird, den Kontakt zu einem anderen Menschen zu erleben und positiv zu empfinden.

Eine Erhöhung der Therapiefrequenz ist meist aus Kostengründen nicht möglich. Andererseits wurde bisher noch nicht untersucht, welche Auswirkungen – auch finanzielle – eine entschiedene Orientierung an den Fähigkeiten und Bedürfnissen eines Menschen nach sich ziehen würde. Bei vielen Menschen mit schwerster Mehrfachbehinderung entstehen durch stereotype und selbststimulierende Verhaltensweisen sowie durch muskuläre Anspannung Schädigungen der Haut oder der Körperhaltung. Kontrakturen oder Fehlhaltungen können auch Einwirkungen auf innere Organe haben, was zu Folgeerkrankungen führen kann. Häufig werden Medikamente zur Sedierung und Entspannung einsetzt. Hier wäre eine Untersuchung sehr interessant, die die Wirkung einer hochfrequenten entwicklungspsychologisch orientierten Therapie auf das seelische und körperliche Befinden nachweist. Darüber hinaus ist es sinnvoll, alle Erkenntnisse, die man zu einem Menschen sammelt, wie z.B. im Kontext dieser Arbeit zur Phänomenologie von Belastungszeichen und zu hilfreichen Interventionen, an andere Berufsgruppen, die mit diesem Menschen arbeiten, weiterzugeben. Eventuell kann auf diese Weise der Aspekt der Körperlichkeit in weiteren Therapien und Angeboten berücksichtigt und Interventionen und Umgangsweisen, die bei hohen Affekten hilfreich sind, angewendet und weiter entwickelt werden.

Belastung durch Musiktherapie? In vielen wissenschaftlichen Untersuchungen wird der Begriff „Musiktherapie" sehr allgemein verwendet. Es wird die Wirkung von Musiktherapie auf verschiedene Personengruppen oder bestimmte Symptome untersucht, ohne zu berücksichtigen, dass die Qualität der musiktherapeutischen Interventionen und damit die Qualität der Beziehung zwischen Therapeut und Patient sehr differenziert untersucht werden muss, um hier Zusammenhänge herstellen zu können. Eine solche Untersuchung der musiktherapeutischen Interventionen bietet die Chance, noch genauer beschreiben zu können, welche Interventionen hilfreich sind und warum sie vermutlich wirken. In der vorliegenden Arbeit wurde gezielt nach Sequenzen gesucht, in denen sich Interventionen regulierend auf die Affektlage eines Menschen auswirken, aber auch nach Sequenzen, in denen hohe Affekte auftraten. Meist konnte hier aus entwicklungspsychologischer Sicht eine Fehlinterpretation oder eine Fehlintervention festgestellt werden.

8.3 Ergänzungsmöglichkeiten

Das Wahrnehmen von Belastungszeichen und angemessene Reaktionen sind nicht allein für die Musiktherapie, sondern für alle Therapieansätze und auch für den Alltag mit Menschen mit schwerster Mehrfachbehinderung von Bedeutung. In der Einrichtung, in der die beschriebenen Videoanalysen durchgeführt wurden, wurde dies z.B. während der basalen Kommunikation (Fröhlich, 1998; Mall, 2001) oder in der Arbeit mit Klangschalen (Hess, 2012) deutlich. Die Erfahrung zeigt, dass auch durch diese Ansätze Menschen mit schwerster Mehrfachbehinderung, die im Alltag häufig sehr angespannt und unruhig sind, zu sich selbst und zur Ruhe kommen. Bei einigen Therapien ist diese Entspannung das zu erreichende Therapieziel, was in der Arbeit mit sehr angespannten Menschen durchaus einen hohen Wert hat. Man mag sich das Empfinden eines Menschen vorstellen, der einen großen Teil seines Tages in Anspannung und Unruhe verbringt und nun plötzlich für eine Weile ruhen und Entspannung erfahren kann. In entwicklungspsychologisch orientierter Musiktherapie zielt der Therapeut auch auf die Entwicklung eines Selbstempfindens, da dies die Basis für interpersonellen Kontakt ist.

Für eine entwicklungspsychologisch orientierte Arbeitsweise in multiprofessionellen Teams ist es sinnvoll, alle therapeutischen und pädagogischen Angebote daraufhin zu untersuchen, welche Anforderungen sie an einen Menschen stellen: Basiert das Konzept eines Angebotes auf Aufforderungen zum Herschauen, Zuhören, oder Mitmachen? Wird die Fähigkeit zum Mit- oder Nachmachen vorausgesetzt? Oder ist es auch möglich, als passiver Zuhörer oder Zuschauer (An-)teil zu nehmen? Auch hier ist wieder eine Beobachtung möglicher Belastungszeichen hilfreich, die auf eine Überforderung hinweisen können. Auch bei der in großen Einrichtungen häufig geführten Diskussion, ob Einzel- oder Gruppenstunden angeboten werden sollen, kann eine Einschätzung des sozio-emotionalen Entwicklungsstandes hilfreich sein. Sie zeigt, ob und in welcher Art und Weise Menschen mit schwerster Mehrfachbehinderung von Gruppenangeboten profitieren können. Die DVD „Zwischen Freiraum und Ritual" zeigt hierzu unter Verwendung des EBQ-Instrumentes sehr eindrückliche Filmbeispiele aus der musikpädagogischen Gruppenarbeit mit Menschen mit Behinderung (Salmon & Kallós, 2010).

Die folgenden Abschnitte zeigen Möglichkeiten, die Ergebnisse dieser Arbeit zu erweitern und Belastungszeichen noch umfassender zu verstehen und zu erfassen.

Biografiearbeit: Verschiedene Autoren weisen auf die wichtige Bedeutung der Biografiearbeit hin (Fröhlich, 1998; Klauß, 2006; Strumpf, 2008). Zum Thema dieser Arbeit kann bei Bezugspersonen erfragt werden, wann stereotype, selbststimulierende oder selbstverletzende Verhaltensweisen erstmals auftraten und in welchem Kontext sie standen. Auch die Sicht von Bezugspersonen auf die Frage, was diese Verhaltensweisen für den Menschen mit schwerster Mehrfachbehinderung bedeuten könnten, kann hilfreich sein – entweder für den Fragesteller oder für die befragte Person selbst, die die Verhaltensweisen vielleicht noch nie aus dieser Perspektive betrachtet hat.

Fragenkatalog zur Erfassung von Ursachen: Mit der KEBQ-Skala und einer entsprechenden Ergänzung für Menschen mit schwerster Mehrfachbehinderung wurde ein hilfreiches Instrument zur Einschätzung von Verhaltensweisen vorgestellt. Jedoch gibt das EBQ-Instrument nur Auskunft über die Qualität von Beziehungen und Verhaltensweisen, nicht aber über die Frage nach dem „Warum" eines Verhaltens. Hier könnte die Erstellung eines Fragebogens zur genaueren Erfassung der Ursachen der Verhaltensweisen hilfreich sein. Hierzu wurden in Kapitel 4.4 bereits Tests und Beobachtungsbögen genannt, die bei Menschen mit Intelligenzminderung angewandt werden. Auch für die genaue Erfassung von Belastungszeichen bei Menschen mit schwerster Mehrfachbehinderung könnte die Entwicklung eines entsprechenden Fragebogens hilfreich sein.

Überarbeitung des EBQ-Instrumentes: Zur Videoanalyse wurde eine vorläufige Überarbeitung der EBQ-Skalen für Menschen mit schwerster Mehrfachbehinderung eingesetzt. Im Mittelpunkt stand die Untersuchung und Erweiterung des EBQ-Modus 2, vorrangig für die KEBQ-Skala zur Einschätzung des körperlich-emotionalen Ausdrucks und für die TBQ-Skala zur Einschätzung des Therapeuten und seiner Interventionen. Zur vollständigen Überarbeitung müssen auch die Beschreibungen zu den übrigen Modi weiter überarbeitet und von externen Ratern überprüft werden.

Nachweisbar – Nachfühlbar - Messbar: Eine Videoanalyse kann Hinweise auf den beobachtbaren Ausdruck eines Menschen geben, also das, was im Verhalten sichtbar wird. Dies kann eine große Hilfe, ebenso aber auch eine Quelle von Missverständnissen sein. Denn nicht immer drücken Körper und Mimik das aus, was ein Mensch empfindet. Bei Menschen mit schwerster Mehrfachbehinderung kann dies körperlich begründet sein, indem allein schon die Muskeln, die für die Körperspannung oder Mimik zuständig sind, verlangsamt oder in ihrer Intensität unangemessen reagieren. Ein weiterer möglicher Zusammenhang ist aus Untersuchungen der Bindungsforschung bekannt. Sie zeigten, dass z.B. bei unsicher-vermeidend gebundenen Kindern in potentiell Ärger auslösenden Situationen „die Gefühlsqualität Ärger mimisch nicht nachweisbar [war], obwohl physiologische Erregungsparameter eindeutig das Gegenteil anzeigten, d.h. auf eine erhöhte Grundanspannung hinwiesen" (Dornes, 1997, S. 296). Die Ursache hierfür liegt vermutlich in den Interaktionserfahrungen, die diese Kinder gemacht haben. Wurde von Seiten der Bezugspersonen nicht oder unzuverlässig auf ihre emotionalen Bedürfnisse reagiert, so werden von diesen Kindern Empfindungen nicht mehr mimisch ausgedrückt, obwohl sie innerlich vorhanden sind.

So ist für den Therapeuten neben der Notwendigkeit, den eigenen Blick zu schulen, im gleichen Maße wichtig, die Fähigkeit zu entwickeln, sich in das Innere eines Menschen einzufühlen, da Affekte oft schwer lesbar sind. Für ein Erspüren der Affektlage eines Menschen mit schwerster Mehrfachbehinderung ist es notwendig, dass der Therapeut frei ist von seinen eigenen Empfindungen, die er womöglich angesichts eines schwerstbehinderten Menschen verspürt. Weiterhin ist es notwendig, dass der Therapeut sein eigenes Zeitempfinden, das evtl. geprägt ist von einem dicht gefüllten Therapie-Terminkalender, herunterbringt auf das Tempo, in dem sich vermutlich der Mensch mit schwerster Mehrfachbehinderung befindet. Es bedarf hier oftmals sehr viel innerer Ruhe, um dem inneren Zustand eines Menschen mit schwerster Mehrfachbehinderung wirklich nachspüren zu können.

Eine Möglichkeit, die Zu- und Abnahme von Belastung in der Therapiesituation objektiv zu messen, bietet die sogenannte „SMARD Watch" (Balzer, 2009). Mit diesem Gerät können verschiedene vegetative Parameter während der Therapie gemessen und hinsichtlich ihrer Bedeutung für das Erleben von Stress interpretiert werden. Durch Untersuchungen dieser Art lassen sich Aussagen über den affektiven Zustand eines Menschen weiter spezifizieren. Besonders dort, wo Affekte „schwer lesbar" sind, sind solche Messungen eine wertvolle Quelle, die das subjektive Empfinden und die Interpretation des Therapeuten für Forschungszwecke objektivieren und bestätigen kann.

Hirnforschung: In dieser Arbeit wurden keine Erkenntnisse aus der Hirnforschung einbezogen, da der Schwerpunkt auf Methoden liegen sollte (hier die Verhaltensbeobachtung), die unmittelbar in der musiktherapeutischen Praxis eingesetzt werden können. Jedoch können Erkenntnisse der Hirnforschung deutlich die entwicklungspsychologischen Erkenntnisse zur Emotionsregulation in ihrer Bedeutung für die Entwicklung untermauern und erweitern (Schore, 2007; Schore, 2012).

8.4 Affektregulation durch Musiktherapie

Die Ergebnisse der Arbeit zeigen, dass das Einbeziehen des Körperempfindens eine wesentliche Rolle bei der Regulation von zu hoher Anspannung und Unruhe sowie bei stereotypen, selbstverletzenden und selbststimulierenden Verhaltensweisen spielte. Einzelne Videobeispiele zeigen eindrücklich die Veränderung von einem angespannten unruhigen Verhalten hin zu Ruhe und Entspannung, bei der es einem Menschen möglich wird, in Kontakt mit sich selbst, der Umwelt und seinen Mitmenschen zu treten.

Aus entwicklungspsychologischer Sicht wird die Bedeutung einer regulierten Affektlage für die Entwicklung deutlich hervorgehoben. Schaut man auf die Arbeitsfelder, in denen auch Musiktherapeuten tätig sind, so finden sich viele Krankheitsbilder, die mit affektiver Dysregulation einhergehen. Es ist jedoch sehr unterschiedlich, welche Wege zur Regulation von Affekten eingeschlagen werden. Viele Therapieansätze und andere Vorgehensweisen setzen Sprachverständnis und Reflexionsvermögen voraus. Für die Arbeit mit nicht verbalisierungsfähigen Menschen wurde ein musikbasiertes Vorgehen von Schumacher beschrieben (Schumacher, 1999; Schumacher et al., 2013). Das Potential, das Musiktherapie hier und auch bei verbalisierungsfähigen Patienten bietet, findet zunehmend Beachtung (Schultz-Venrath, 2013). Musiktherapeutische Interventionen können sinnvoll dort eingesetzt werden, wo Affekte unmittelbar körperlich erlebt werden und eine Behandlung auf kognitiv-mentaler Ebene nur schwer möglich ist.

In der musiktherapeutischen Arbeit mit Menschen mit schwerster Mehrfachbehinderung kann der Therapeut seine Interventionen in ihrer Dynamik genau auf die Affektlage abstimmen. Dass der Therapeut den Affekt des Menschen mit schwerster Mehrfachbehinderung teilt und mit ihm gemeinsam empfindet, ohne aber selbst davon überflutet zu sein, ist eine Erfahrung, die in dieser Qualität nur durch entsprechend gestaltete musiktherapeutische Interventionen erlebt werden kann. Für Menschen, die häufig intensiven überwältigenden Affekten ausgeliefert sind, ist dies vermutlich ein sehr eindrückliches Erlebnis, das bei wiederholter Erfahrung zu Veränderungen des Empfindens und Erlebens hoher affektiver Zustände führen kann. Blickt man zurück auf die in dieser Arbeit dargestellten entwicklungspsychologischen Erkenntnisse, so sind in diesem Zusammenhang Beschreibungen zu den ersten Lebensmonaten eines Säuglings interessant: Zu Beginn des Lebens werden hohe affektive Zustände oftmals sehr bedrohlich erlebt. Erfährt aber der Säugling immer wieder den Halt und die Sicherheit seiner Bezugsperson, die mitempfindet, gleichzeitig aber auch die Regulation unterstützt, so wird er zunehmend vertrauen, seine Affekte nicht mehr so bedrohlich erleben und zunehmend die Fähigkeit zur Selbstregulation entwickeln.

In der Musiktherapie mit Menschen mit schwerster Mehrfachbehinderung werden durch die musiktherapeutischen Interventionen Erfahrungen von Affektabstimmung und Affektregulation möglich, die den Menschen mit schwerster Mehrfachbehinderung aus seiner Isolation und seelischer Not befreien können, sei es oft auch „nur“ für die Dauer der Intervention. Es bleibt zu wünschen, dass Interventionen zur Affektregulation für weitere musiktherapeutische Anwendungsbereiche untersucht und beschrieben werden. Hier liegt ein großes Potential der musiktherapeutischen Arbeit, von dem noch zu wenig bekannt ist, wie weit seine Auswirkungen reichen können. Grenzen werden durch krankheitsspezifische Bedingungen gesetzt, gleichzeitig eröffnet die Musiktherapie aber auch Chancen für Entwicklung und Beziehung.

9 Literaturverzeichnis

Ainsworth, M. (2003): Feinfühligkeit versus Unfeinfühligkeit gegenüber den Mitteilungen des Babys. In K. E. Grossmann und K. Grossmann (Hg.): *Bindung und menschliche Entwicklung. John Bowlby, Mary Ainsworth und die Grundlagen der Bindungstheorie* (S. 414 – 421). Stuttgart: Klett-Cotta.

Als, H. (1986): A synactive model of neonatal Behavioral Organization. Framework for the Assessment of Neurobehavioral Development in the Premature Infant and for Support of Infants and Parents in the Neonatal Intensive Care Environment. In J. Sweeney (Hg.): *The high-risk neonate. Developmental therapy perspectives*. New York: Haworth Press.

Baer, U.; Frick-Baer, G. (2009): *Gefühlslandschaft Angst*. Weinheim: Beltz.

Balzer, H.-U. (2009): Chronobiology as a foundation for and approach to a new understanding of the influence of music. In R. Haas und V. Brandes (Hg.): *Music that works. Contributions of biology, neurophysiology, psychology, sociology, medicine, and musicology* (S. 1 – 76). Wien; New York: Springer.

Becker, M. (2002): *Begegnungen im Niemandsland. Musiktherapie mit schwermehrfachbehinderten Menschen*. Weinheim; Berlin; Basel: Beltz.

Bergmann, T.; Dziobek, I.; Reimer, S.; Schumacher, K.; Diefenbacher, A.; Sappok, T. (2011): Jenseits des Dialogs. Beziehungsqualität in der Musiktherapie bei Menschen mit Autismus und Intelligenzminderung. In *Medizin für Menschen mit geistiger und mehrfacher Behinderung* (8), S. 14–20.

Bienstein, C.; Fröhlich, A. D. (2004): *Basale Stimulation in der Pflege. Die Grundlagen*. 2. Aufl. Seelze-Velber: Kallmeyer.

Bradley, S. J. (2003): *Affect Regulation and the Development of Psychopathology.* New York: Guilford Publications.

Brazelton, T. B.; Koslowski, B.; Main M. (1974): The origins of reciprocity. The early mother-infant interaction. In Lewis, M., Rosenblum, L. A. (Hg.): *The effect of the infant on its caregiver*. New York: Wiley.

Brezovsky, P. (1985): *Diagnostik und Therapie selbstverletzenden Verhaltens*. Stuttgart: Enke.

Burkart, H. (2004): Schwerste Behinderung. Anfragen an Förderkonzepte für Menschen mit allumfassendem Hilfebedarf. Würzburg: Ed. Bentheim.

Carr, E. G. (1977): The Motivation of Self-Injurious Behavior. A review of some Hypotheses. In *Psychological Bulletin* 84 (4), S. 800–816.

Cichetti, D. (1999): Entwicklungspsychopathologie: Historische Grundlagen, konzeptuelle und methodische Fragen, Implikationen für Prävention und Intervention. In: R. Oerter, C. von Hagen, G. Röper und G. Noam (Hg.): *Klinische Entwicklungspsychologie. Ein Lehrbuch*. Weinheim: Beltz.

Decker-Voigt, H.-H.; Bach, S. (Hg.) (2001): *Schulen der Musiktherapie*. München: Reinhardt.

Decker-Voigt, H.-H. (1991): *Aus der Seele gespielt. Eine Einführung in die Musiktherapie.* München: Goldmann.

Decker-Voigt, H.-H. (2016): *„...und berührt mich tief", Musiktherapie und Basale Stimulation – mit einer Einführung in die therapeutischen Gedanken von Viktor E. Frankl.* Wiesbaden: Reichert (in Vorbereitung).

Derksen, B.; Lohmann, S. (2009): *Baby-Lesen. Die Signale des Säuglings sehen und verstehen.* Stuttgart: Hippokrates-Verlag.

Dilling, H. (Hg.) (1991): *Internationale Klassifikation psychischer Störungen: ICD 10.* Klinisch-diagnostische Leitlinien. Bern: Hans Huber.

Dornes, M. (1997): *Die frühe Kindheit. Entwicklungspsychologie der ersten Lebensjahre.* Frankfurt am Main: Fischer-Taschenbuch-Verlag.

Došen, A. (2010): *Psychische Störungen, Verhaltensprobleme und intellektuelle Behinderung. Ein integrativer Ansatz für Kinder und Erwachsene.* Hrsg.: K. Hennicke & M. Seidel. Göttingen: Hogrefe.

Durand, V.; Crimmins, D. (1988): Identifying the variable maintaining self-injurious behaviors. *Journal of Autism and Developmental Disorders*, 18, S. 99 - 117.

Emerson, E., Todgood, A., Mansell, J. et al. (1987): Challenging behaviour and community services. Introduction and overview. *Mental Handicap*. 15, S. 166 - 169.

Farhi, I. (2009): Austherapiert? *Analyse emotionaler Entwicklung im musiktherapeutischen Prozess bei einem apallischen Syndrom unter besonderer Berücksichtigung des stimmlichen Ausdrucks.* Diplomarbeit zum Abschluss des Weiterbildungs- und Ergänzungsstudienganges Musiktherapie an der UdK Berlin.

Feuser, G. (1985): Zum Verständnis von Stereotypien und selbstverletzenden Verhaltensweisen bei Kindern mit Autismus-Syndrom unter Aspekten der pädagogisch-therapeutischen Arbeit. In *Beschäftigungstherapie und Rehabilitation* (2), S. 75–90.

Fröhlich, A. (1991): Pädagogik bei schwerster Behinderung. In H. Bach (Hg.): *Handbuch der Sonderpädagogik.* Bd. 12. Berlin: Ed. Marhold im Wiss.-Verlag Spiess.

Fröhlich, A. (1998): *Basale Stimulation. Das Konzept.* Düsseldorf: Bundesverband f. Körper- u. Mehrfachbehinderte.

Fröhlich, A. (2010): Communico. In Grunick, G.; Maier-Michalitsch, N. J. (Hg.) (2010): *Leben pur - Kommunikation bei Menschen mit schweren und mehrfachen Behinderungen.* Düsseldorf: Verlag Selbstbestimmtes Leben.

Fröhlich, A.; Simon, A. (2004): *Gemeinsamkeiten entdecken. Mit schwerbehinderten Kindern kommunizieren.* Düsseldorf: Verlag Selbstbestimmtes Leben.

Grossmann, K. E.; Grossmann, K. (Hg.) (2003): *Bindung und menschliche Entwicklung. John Bowlby, Mary Ainsworth und die Grundlagen der Bindungstheorie.* Stuttgart: Klett-Cotta.

Gustorff, D.: Singen im Atemrhythmus. Wachkoma auf Intensivstationen aus musiktherapeutischer Sicht. In Peter Nydahl: *Wachkoma. Betreuung, Pflege und Förderung eines Menschen im Wachkoma.* S. 121–124. München: Urban & Fischer.

Haupt, U. (2006): *Wie lernen beginnt. Grundfragen der Entwicklung und Förderung schwer behinderter Kinder.* Stuttgart: Kohlhammer.

Haupt, U.; Fröhlich, A. D. (1982): *Entwicklungsförderung schwerstbehinderter Kinder. Bericht über einen Schulversuch*. Mainz: Hase u. Koehler.

Herzka, H. S. (1979): *Gesicht und Sprache des Säuglings*. Basel: Schwabe.

Hess, P. (2012): *Die heilende Kraft der Klangmassage: Entspannen, Stress abbauen, Schmerz lösen mit Klangschalen*. München: Irisiana

Hettinger, J. (1996): *Selbstverletzendes Verhalten, Stereotypien und Kommunikation. Die Förderung der Kommunikation bei Menschen mit geistiger Behinderung oder Autismussyndrom, die selbstverletzendes Verhalten zeigen*. Heidelberg: Ed. Schindele.

Hüther, G. (2001): *Bedienungsanleitung für ein menschliches Gehirn*. Göttingen: Vandenhoeck & Ruprecht.

Kanter, G. O. (1986): Empirisch-analytisches Vorgehen in der Pädagogik. Hilfe oder Gefährdung für den behinderten Menschen?. In Manfred Thalhammer (Hg.): *Gefährdungen des behinderten Menschen im Zugriff von Wissenschaft und Praxis. Anfragen an Sondererziehung u. Therapie*. Unter Mitarbeit von Ulrich Bleidick. München: Reinhardt.

Klauß, Th. (2006): *Geistige Behinderung. Psychologische Perspektiven*. Heidelberg: Winter.

Klauß, Th. (2007): *Selbstverletzendes Verhalten - Weshalb schädigen Menschen ihren Körper.* Online verfügbar unter http://www.ph-heidelberg.de/fileadmin/user_upload/ wp/ klauss/svv.pdf. Abgerufen am 22.03.2014

Klauß, T.; Janz, F.; Lamers W. (2007): Kommunikation über Körperausdruck und Verhalten bei Menschen mit schwerer und mehrfacher Behinderung. In *Behinderte Menschen. Zeitschrift für gemeinsames Leben, Lernen und Arbeiten* (5), S. 36 – 52.

Kuntsche, A. (2011): *Kinder mit schweren Behinderungen in der Musiktherapie. Zwischen Annehmen, Spüren, Begegnen und Entdecken*. Wiesbaden: Reichert.

Leitner, K. (2007): *Sehnsucht nach Sicherheit. Problemverhalten bei Menschen mit Behinderung*. Düsseldorf: Verlag Selbstbestimmtes Leben.

Mall, W. (2001): Basale Kommunikation. In Fröhlich, A., Heinen, N., Lamers, W. (Hg.): *Schwere Behinderung in Praxis und Theorie - ein Blick zurück nach vorn. Texte zur Körper- und Mehrfachbehindertenpädagogik*. Dortmund: Verlag Modernes Lernen.

Meyer, H. (2009): *Gefühle sind nicht behindert. Musiktherapie und musikbasierte Kommunikation mit schwer mehrfach behinderten Menschen. Ein Praxisbuch*. Freiburg, Br.: Lambertus-Verlag.

Meyer, L. H., & Evans, I. M. (1986). Modification of excess behavior: An adaptive and functional approach for educational and community contexts. In R.H. Horner, L. H. Meyer & H. D. B. Fredericks (Eds.): *Education of learners with severe handicaps: Exemplary service strategies* (S. 315 – 350). Baltimore: Brookes.

Mühl, H.; Neukäter, H.; Schulz, K. (1996): *Selbstverletzendes Verhalten bei Menschen mit geistiger Behinderung. Ein Lehrbuch aus pädagogischer Sicht*. Bern: Haupt.

Oerter, R.; Montada, L. (1998): *Entwicklungspsychologie. Ein Lehrbuch*. Weinheim: Beltz.

Perovic-Kniesel, G. (1997): *Freiräume. Musikalischer Umgang mit Schwerstbehinderten*. Dortmund: Verlag Modernes Lernen.

Plahl, Ch. (2000): *Entwicklung fördern durch Musik. Evaluation musiktherapeutischer Behandlung*. Münster: Waxmann.

Reimer, S. (2000). *Der Kurzzeitige Wechsel von Beziehungsqualitäten in der Musiktherapie – Entwicklung einer Methode zur Untersuchung und Darstellung am Beispiel eines Improvisationsausschnittes*. Unveröffentlichte Diplomarbeit, HdK Berlin.

Reimer, S. (2004). *Der kurzzeitige Wechsel von Beziehungsqualitäten in der Musiktherapie*. Musiktherapeutische Umschau 25/2, 135–143.

Reimer, S. (2010): Das EBQ-Instrument in der Arbeit mit schwerst-mehrfachbehinderten Erwachsenen. In K. Schumacher (Hg.): *20 Jahre Studiengang Musiktherapie an der UdK Berlin. Alumnitage 2008*. DVD-Dokumentation. Berlin: UdK.

Reimer, S. (2011a; 2011b): *Vorläufige Anpassung des EBQ-Instrumentes für Menschen mit schwerster Mehrfachbehinderung*. Unveröffentlichtes Manuskript.

Rojahn, J.; Matson, J. L.; Lott, D.; Esbensen, A. J.; Smalls, Y. (2001): The Behavior Problems Inventory: An Instrument for the Assessment of Self-Injury, Stereotyped Behavior, and Aggression/Destruction in Individuals with Developmental Disabilities. *Journal of Autism and Developmental Disorders*, Vol. 31, No. 6

Salmon, S.; Kallós, C. (2010): *Zwischen Freiraum und Ritual. Ausdrucksmöglichkeiten mit Musik und Bewegung für Menschen mit Behinderung*. DVD-Video. Salzburg: Univ. Mozarteum, Abteilung für Musik- und Tanzpädagogik, Orff-Institut.

Sarimski, K. (2003): *Entwicklungspsychologie genetischer Syndrome*. Göttingen: Hogrefe.

Sarimski, K.; Steinhausen, H.-Ch. (2007): *KIDS Kinder-Diagnostik-System. Geistige Behinderung und schwere Entwicklungsstörung*. Göttingen: Hogrefe.

Schore, A. N. (2007): *Affektregulation und die Reorganisation des Selbst*. Stuttgart: Klett-Cotta.

Schore, A. N. (2012): *Schaltstellen der Entwicklung. Eine Einführung in die Theorie der Affektregulation mit seinen zentralen Texten*. Hg. v. Eva Rass. Stuttgart: Klett-Cotta.

Schultz-Venrath, U. (2013): *Lehrbuch Mentalisieren. Psychotherapien wirksam gestalten*. Stuttgart: Klett-Cotta.

Schumacher, K. (1999): *Musiktherapie und Säuglingsforschung. Zusammenspiel. Einschätzung der Beziehungsqualität am Beispiel des instrumentalen Ausdrucks eines autistischen Kindes*. Frankfurt: Peter Lang.

Schumacher, K.; Calvet, C. (2001): Die Relevanz entwicklungspsychologischer Erkenntnisse für die Musiktherapie. In H.-H. Decker-Voigt, S. Bach (Hg.): *Schulen der Musiktherapie*. München: Reinhardt.

Schumacher, K.; Calvet, C. (2008): *Synchronisation. Musiktherapie bei Kindern mit Autismus*. Göttingen: Vandenhoeck & Ruprecht.

Schumacher, K. / Calvet-Kruppa, C. (2005): „Untersteh` Dich!“ - Musiktherapie bei Kindern mit autistischem Syndrom. In C. Plahl, H. Koch-Temming: *Musiktherapie mit Kindern*. Bern: Hans Huber.

Schumacher, K.; Calvet, C.; Stallmann, M. (2005): Zwischenmenschliche Beziehungsfähigkeit. Ergebnisse der Reliabilitätsprüfung eines neu entwickelten Instrumentes zum Wirkungsnachweis der Musiktherapie. In B. Müller-Oursin (Hg.): *„Ich wachse, wenn* *ich Musik mache". Musiktherapie mit chronisch kranken und von Behinderung bedrohten Kindern.* S. 143 – 204. Wiesbaden: Reichert.

Schumacher, K.; Calvet, C.; Reimer, S. (2013): *Das EBQ-Instrument und seine entwicklungspsychologischen Grundlagen.* Göttingen: Vandenhoeck & Ruprecht.

Speck, O.; Thalhammer, M. (1974): *Die Rehabilitation der Geistigbehinderten. Ein Beitrag zur sozialen Integration.* München: Reinhardt.

Sroufe, L. A. (1995): *Emotional Development: The Organization of Emotional Life in the Early Years.* Cambridge: University Press.

Sroufe, L. A.; Rutter, M. (1984): The Domain of Developmental Psychopathology. In *Child Development* (55), S. 17 – 29.

Sroufe, L. A.; Waters, E. (1977a): Attachment as an organizational construct. In: *Child Development* (48), S. 1184 – 1199.

Sroufe, L. A.; Waters, E. (1977b): Heart Rate as a convergent measure in clinical and developmental research. In *Merrill-Palmer Quarterly* (23), S. 3 – 27.

Stern, D. N. (2007): Die Lebenserfahrung des Säuglings. Mit einer neuen Einleitung des Autors. Stuttgart: Klett-Cotta.

Strumpf, S. (2008): *Lebensgeschichte (be)greifbar machen. Biographiearbeit mit Menschen mit schwerer geistiger Behinderung.* Saarbrücken: VDM Verlag Dr. Müller.

Thomä, H.; Kächele, H. (1989): *Lehrbuch der psychoanalytischen Therapie.* Berlin, Heidelberg: Springer-Verlag.

Thoms, K. (2004): *Hilfsmittel in der musiktherapeutischen Arbeit mit schwerst mehrfach behinderten Kinder und Jugendlichen.* Reader Symposium: 14 – 28. München.

Winnicott, D. W. (2012): *Vom Spiel zur Kreativität.* Stuttgart: Klett-Cotta.

10 Anhang

10.1 Merkmalliste zur Einschätzung des körperlich-emotionalen Ausdrucks von Menschen mit schwerster Mehrfachbehinderung (KEBQ-sMb)

Modus 0: Kontaktlosigkeit/ Kontaktabwehr

Hauptmerkmal ist die Beeinträchtigung der sozialen Interaktion. Der Mensch mit schwerster Mehrfachbehinderung (sMb) scheint nicht auf den Therapeuten und seine Angebote zu reagieren. Belastungszeichen können zu beobachten sein. Der affektive Ausdruck des Menschen mit sMb ist schwer zu deuten. Es entsteht kein Blickkontakt.

Beziehung:

intrapersonell: Merkmale für ein Empfinden des eigenen Körpers (siehe Modus 3) sind nicht zu beobachten.

interpersonell: Der Therapeut wird nicht als Person wahrgenommen.

Körperkontakt:

Taktile Interventionen des Therapeuten werden vom Menschen mit sMb abgelehnt, oder er zeigt darauf keine Reaktion.

Affekt:

Körper: Der Körper des Menschen mit sMb ist behinderungsbedingt oft angespannt (siehe hierzu auch Modus 2). Auch eine „Unterspannung" (Hypotonie) kann zu beobachten sein.

Mimik: Der Affekt ist schwer zu deuten. Er kann auch schnell von einem Ausdruck in einen anderen wechseln.

Blick/ Blickkontakt:

Der Mensch mit sMb zeigt keinen Blickkontakt.

Modus 1: Auftauchendes Körperempfinden/ Kontakt-Reaktion

Der Mensch mit sMb lässt Körperkontakt passiv zu. Hauptmerkmal ist die Ruhe, die als Reaktion auf die Veränderung des Körperempfindens entsteht.

Beziehung:

intrapersonell: Ein Empfinden des eigenen Körpers wird durch sensorische Stimulation bzw. durch intermodale Verknüpfung möglich.

interpersonell: Ein interpersoneller Kontakt ist nicht sichtbar, oder der Mensch mit sMb zeigt einen kurzfristigen Kontakt (Kontakt-Reaktion).

Körperkontakt:

Der Mensch mit sMb lässt Körperkontakt passiv zu. Er lässt sich körperlich berühren (indirekt durch Gegenstände/ Musikinstrumente oder direkt durch den Therapeuten), Wiegen (z.B. Schoß) oder Schaukeln (Hängematte).

Affekt:

Körper: Die Interventionen des Therapeuten führen zu einer ausgeglichenen Körperspannung.

Mimik: Der Mensch mit sMb zeigt längerfristig eine entspannte Mimik oder kurzfristig eine positive Affektlage als Reaktion auf die Interventionen des Therapeuten.

Blick/ Blickkontakt:

Der Mensch mit sMb kann flüchtige oder schweifende Blicke zeigen, die nach dem Ursprung der Klänge oder der Berührung suchen, er wendet den Kopf in Richtung Klangquelle oder zeigt keine Blickveränderung.

Modus 2: Hohe Spannung/ Belastungszeichen

Hauptmerkmale sind Belastungszeichen, die mit einer hohen Spannung und/ oder Unruhe einhergehen.

Beziehung:

intrapersonell: Das Körperempfinden ist durch einen hohen Tonus geprägt. Die körperliche Unruhe (z.B. auch stereotypes Verhalten) kann das Bedürfnis nach Stimulation zeigen, sie kann der Selbstregulation dienen oder hohe Belastung/ Stress zeigen.

interpersonell: Die interpersonelle Beziehung dient der Affektregulation.

Körperkontakt:

Bei Anspannung oder Unruhe wird der Körperkontakt meist vom Therapeuten initiiert und dient der Affektregulation.

Affekt:

Körper: Der ganze Körper oder einzelne Körperteile sind stark angespannt. Die hohe Affektlage kann sich außerdem in physischen Zeichen (Atmung etc.) zeigen.

Mimik: Der Mensch mit sMb zeigt seine hohe Affektlage mimisch mit Anspannung oder auch Verzerrung.

Blick:

Der Ausdruck des Blickes kann der hohen Affektlage entsprechen. Kommt es zu Blickkontakt, kann der Blick eine kontrollierende Qualität haben.

Modus 3: Kontakt zu sich selbst/ Selbsterleben

Hauptmerkmal ist eine ruhige Affektlage und Aufmerksamkeit. Handlungen können mit einer Intention verbunden ausgeführt werden.

Beziehung:

intrapersonell: Der Mensch mit sMb kann seinen Körper empfinden und seine Affekte sind so weit reguliert, dass er ruhig und aufmerksam sein kann. Wenn es die körperlichen Möglichkeiten zulassen, kann der Mensch mit sMb intentionale Bewegungen ausführen und sich als Handlungszentrum und als Urheber seiner Bewegungen erleben. Bei nur sehr leichten Körperbehinderungen können koordinierte, von der Körpermitte ausgehende Bewegungen i.S. der Intrasynchronisation ausgeführt werden.

interpersonell: Die Gegenwart des Therapeuten dient der längerfristigen Exploration.

Körperkontakt:

Körperkontakt kann vom Menschen mit sMb gewünscht werden, was er z.B. durch seine Körperhaltung oder seine Mimik zeigt.

Affekt:

Körper: Die Körperspannung ist angemessen. Treten Anspannungen auf, so sind sie von kurzer Dauer und geringer Intensität.

Mimik: Eine ruhige, klare, aufmerksame Affektlage hält an.

Blick:

Der Blick hat eine ruhige beobachtende Qualität. Bei Menschen, die zu eigenen Handlungen in der Lage sind, folgt der Blick den eigenen Bewegungen und Handlungen. Bei Menschen mit Sehbehinderung ist es möglich, dass sie ihren Kopf in Richtung der Aktivität ausrichten.

Modus 4: Kontakt zum Anderen / Intersubjektivität

Der Mensch mit sMb kann sich gemeinsam mit dem Therapeuten auf etwas konzentrieren (Inter-Attentionalität). Ist er zu eigenen Handlungen in der Lage, können sich gemeinsame Intentionen entwickeln (Inter-Intentionalität). Hauptmerkmal ist der Wunsch, das eigene Erleben im Therapeuten bestätigt zu finden (soziale Rückversicherung). Durch Blickaustausch und Pausen kann sich der Mensch mit sMb selbst affektiv regulieren.

Beziehung:

interpersonell: Die Fähigkeit, die Aufmerksamkeit gemeinsam mit dem Therapeuten auf etwas Drittes zu richten (Inter-Attentionalität) ist entwickelt. Der Therapeut wird als Person einbezogen. Gemeinsame Wünsche werden möglich (Inter-Intentionalität).[12]

Körperkontakt:

Die körperliche Berührung bekommt eine interpersonelle Qualität. Das eigene Körperempfinden kann rückversichert werden.

Affekt:

Mimik: In der Mimik zeigt sich der Wunsch, den anderen in das eigene Erleben einzubeziehen. Der Mensch mit sMb kann sich selbst durch den Blickkontakt und durch Pausen[13] affektiv regulieren.

Blick:

Die gemeinsame Ausrichtung der Aufmerksamkeit auf das Tun wird möglich. Der Mensch mit sMb sucht den Blick des Therapeuten zur Bestätigung seines eigenen Empfindens (soziale Rückversicherung).

KEBQ-Modus 5 und Modus 6 kamen im Rahmen der Videoanalyse nicht vor.

12 Das Auftreten dieser Merkmale wurde in der vorliegenden Arbeit mit der Bezeichnung 4I gekennzeichnet.

13 Die Fähigkeit, Pausen zur Selbstregulation zu machen, wurde in der vorliegenden Arbeit mit der Bezeichnung 4P gekennzeichnet.

10.2 Anhang 2 – Zeitdiagramme zur Einschätzung der Beziehungsqualität in den Musiktherapiestunden

Zeitdiagramm 1: Nina

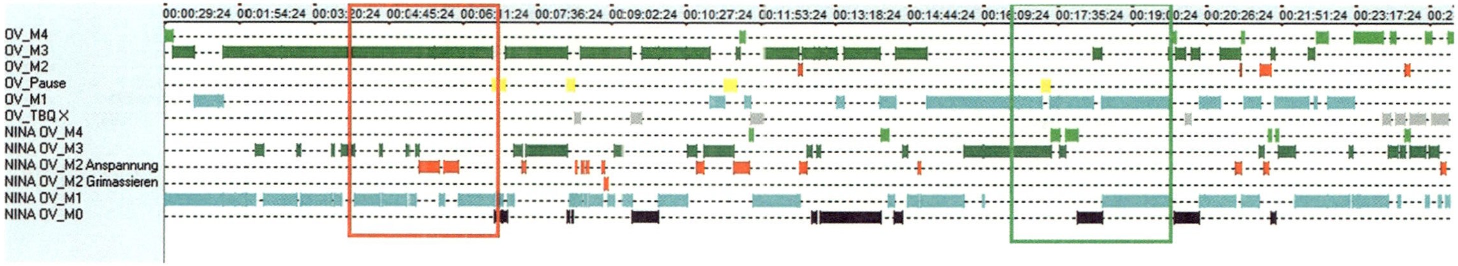

Zeitdiagramm 2: Saja

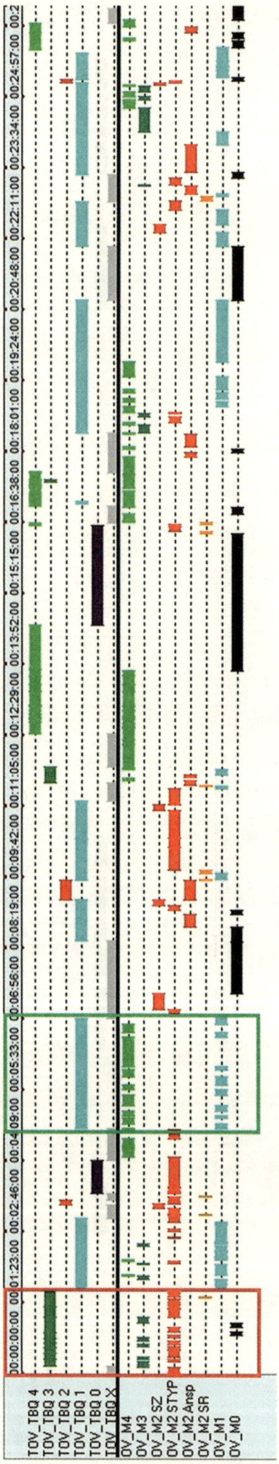

Zeitdiagramm 3: Marie

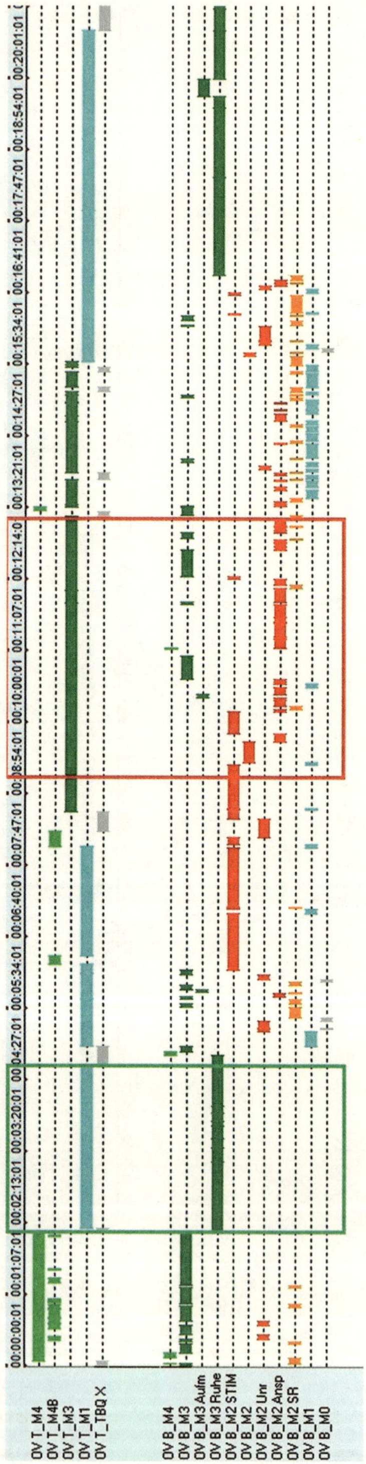

Zeitdiagramm 4: Marion

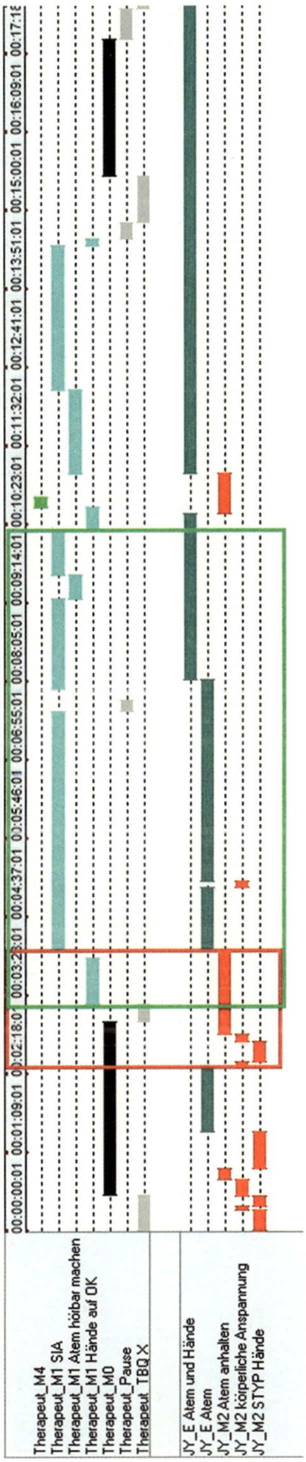

Zeitdiagramm 5: Gina

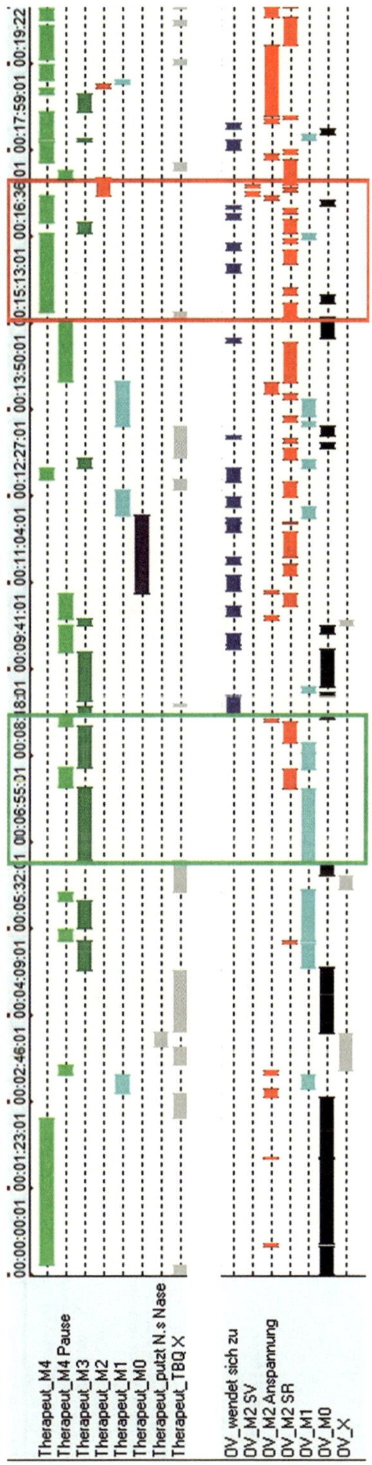

Zeitdiagramm 6: Joanna

Zeitdiagramm 8: Eric

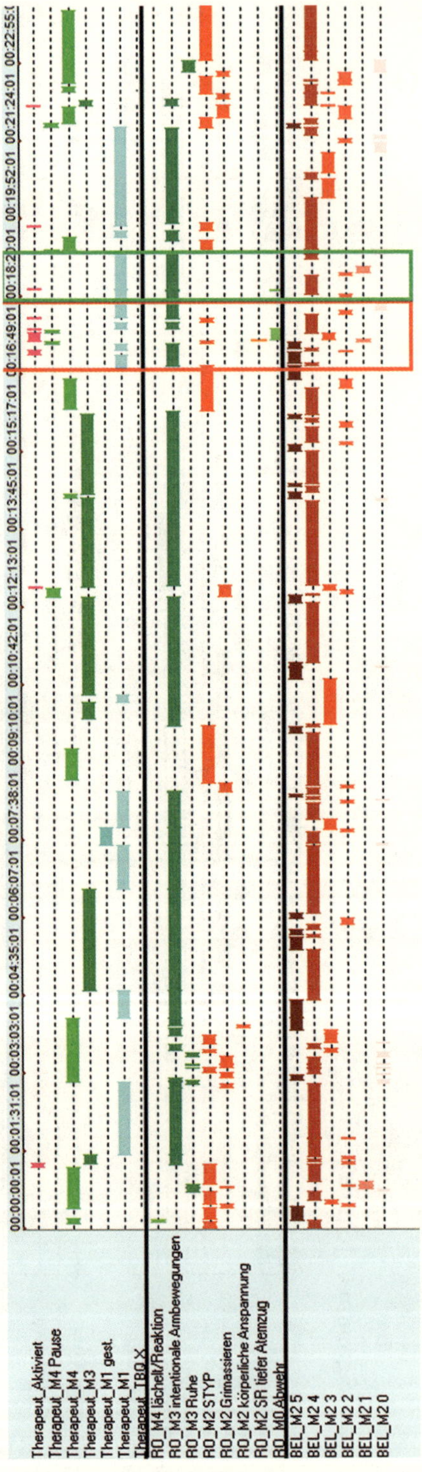

Zeitdiagramm 7: Gerhard

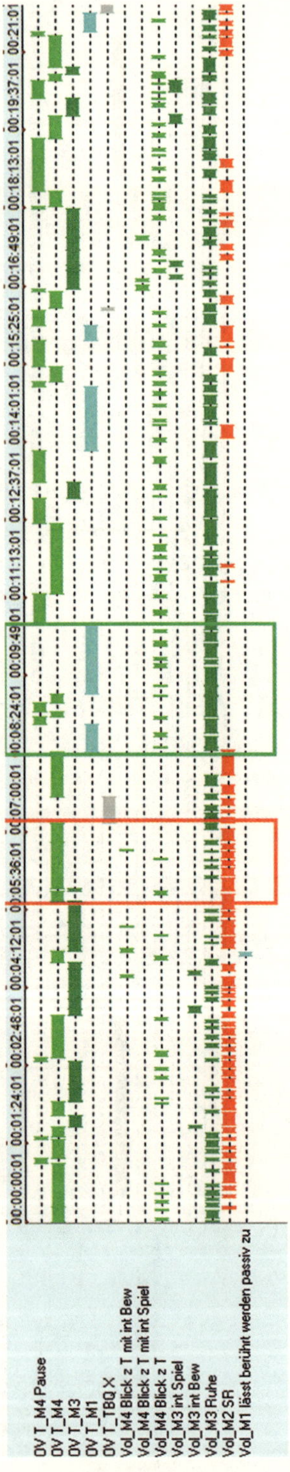

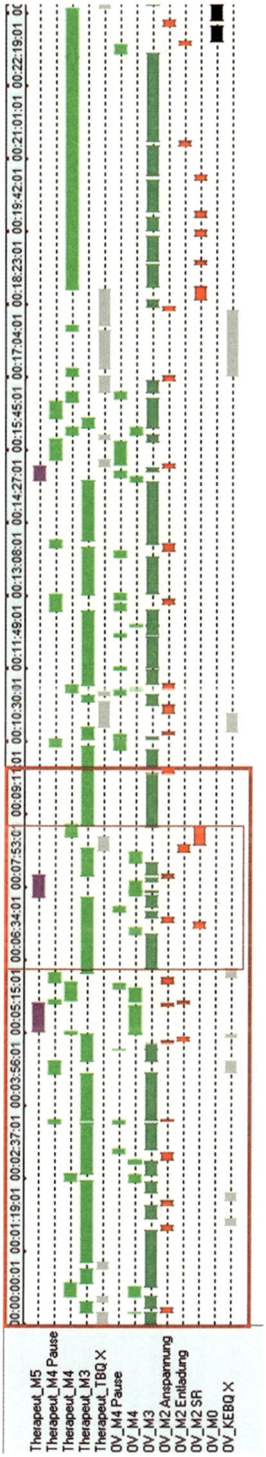

Zeitdiagramm 9: Sandra

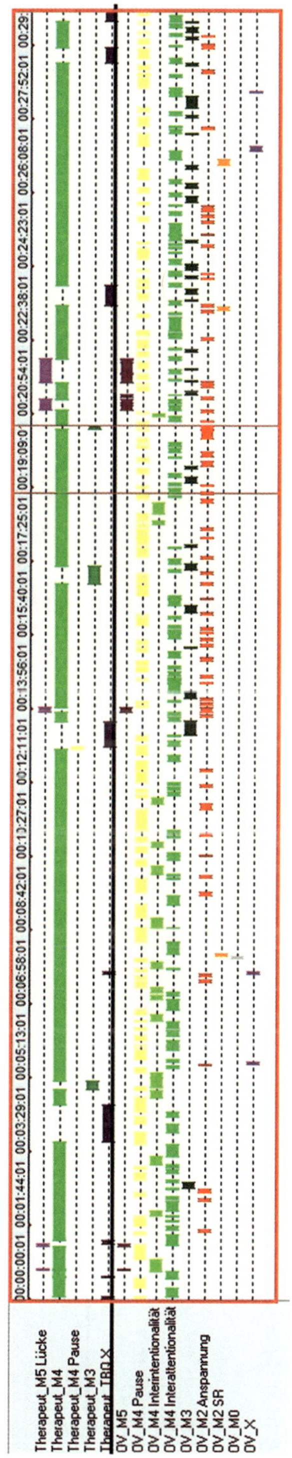

Zeitdiagramm 10: Thomas

Zeitdiagramm 11: Elisa

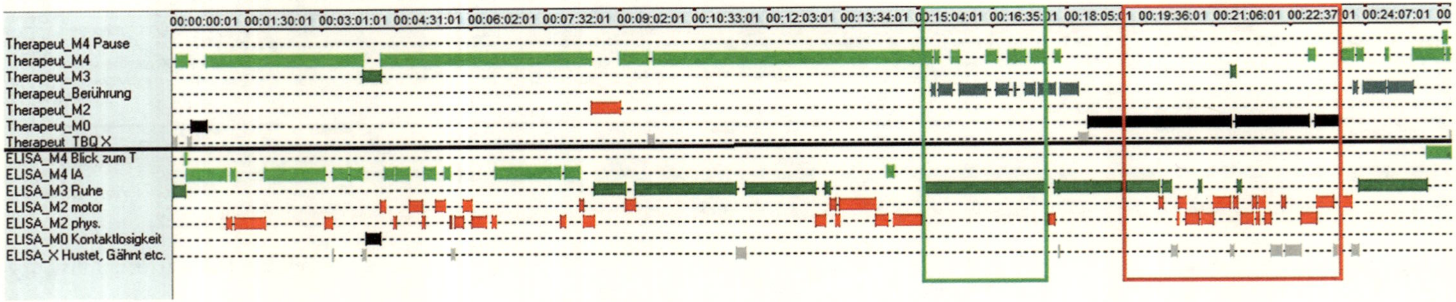

Zeitdiagramm 12: Sonja

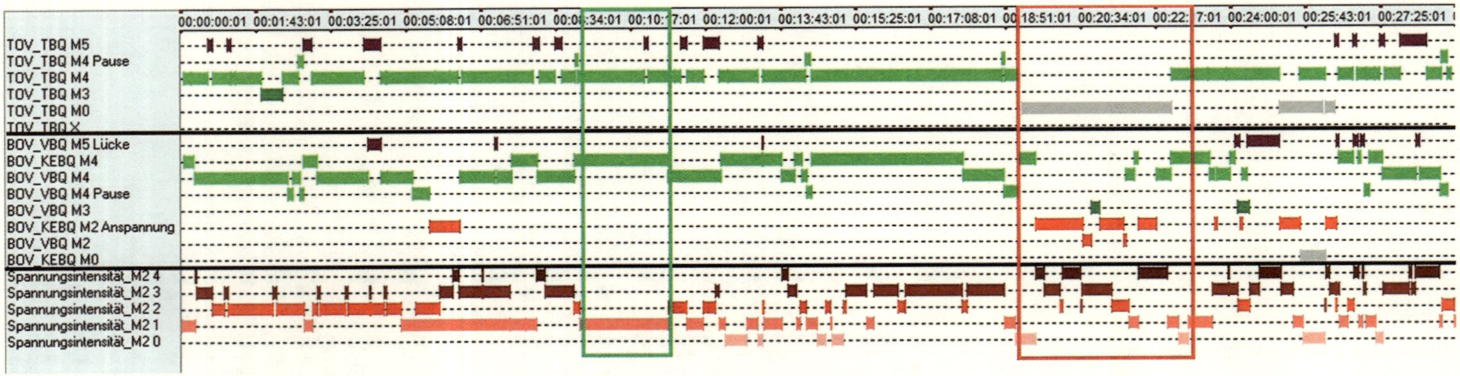

1 * = gleichzeitiges Vorkommen von Selbstberuhigungszeichen (Modus 2) und anderen Modi

2 * Im Untersuchungszeitraum trat im Rahmen der Musikgruppe so starkes Schreien auf, dass die Probandin nicht mehr an der Gruppe teilnehmen konnte. Da sie die einzige Probandin der Gruppe „2 SR“ ist, konnte keine andere Person als Ersatz gefilmt werden.